Stella Fontana

Geltungstod

Kriminalroman

AF215792

Harz, Norddeutschland: Wie schwarz kann eine Seele sein, wenn sie vom Geltungsbedürfnis getrieben wird?

Auf dem Weihnachtsmarkt der Kaiserstadt Goslar wird ein rüstiger Rentnerstammtisch Zeuge eines mysteriösen Todesfalls. Das Opfer ist nicht nur ein bekannter Lokalpolitiker, sondern auch Bauunternehmer und Wohltäter der Stadt. Anouk Bernstein stößt mit ihrem Partner auf kriminelle Machenschaften der Lokalprominenz. Geldwäscherei, Korruption, Erpressung und die Verwicklung in die Schlepper-Szene von Flüchtlingen kommen bei den Untersuchungen zum Vorschein. Kann Anouk im Morast von Macht und Gewalt den Mörder finden?

 **Stella Fontana**, die Weltenbummlerin wurde in Goslar geboren, lebte in London, Madrid, Frankfurt, Zürich, im Großraum New York City und wohnt zurzeit mit ihrer Familie in Barcelona, Spanien. Die ehemalige Kapitalmarkt-Expertin ist seit einigen Jahren leidenschaftliche Schriftstellerin für Kurzgeschichten, Kinderbücher und Kriminalromane. Mit **GELTUNGSTOD** erzählt sie vom zweiten Fall für Anouk Bernstein.

STELLA FONTANA

GELTUNGS TOD

Bibliografische Information der Deutschen Nationalbibliothek:
Die Deutsche Nationalbibliothek verzeichnet diese Publikation in
der Deutschen Nationalbibliografie; detaillierte bibliografische
Daten sind im Internet über http://dnb.dnb.de abrufbar.

© 2019 **Stella Fontana**
Carrer d'Osi, 55, 08034 Barcelona, Spanien
stella@federundfoto.com
www.federundfoto.com

Covergestaltung: Casandra Krammer
Covermotiv: © Shutterstock.com
Lektorat: Bianca Weirauch
Korrektorat: Heike Rodenkirch
Buchsatz: Laura Newman

Herstellung und Verlag:
BoD – Books on Demand, Norderstedt

ISBN: 978-3-749-48299-3

Juan José und Fina Sol gewidmet.

-PROLOG-

»Du wirst immer fetter«, zischte er, stieß sich ruckartig von ihr weg, stand auf und stopfte sein weißes Designerhemd in die Anzughose.

Sie griff in ihr zerzaustes Haar und richtete sich im Bett auf. Was war das? Warum hatte er seine Meinung geändert? Und wieso beschimpfte er sie auf einmal als fett? Seit einigen Wochen hatte sie das Rauchen eingestellt. Seit der Einführung des öffentlichen Rauchverbots fühlte sie sich als Gelegenheitsraucherin schäbig. War sie bereits dicker geworden? Hilflos wanderte ihr Blick zuerst zum Wecker, der ihr anzeigte, dass ihre Tochter noch im Schulunterricht saß, und darauf zum Frauen-Magazin auf dem Nachttisch. Eine perfekte Schönheit thronte auf der Titelseite. Sie schaute kontrollierend an sich herunter.

Einfach ignorieren!, ermahnte sie sich.

Der Mann griff in den Kleiderschrank, zog einen Ledergürtel hervor und fädelte ihn in den Hosenbund.

»Komm wieder her!«, bettelte sie.

Statt eine Antwort zu geben, beugte er sich zu seinen Accessoires, wühlte im Kleiderschrank und ignorierte sie. Als er eine passende Krawatte gefunden hatte, band er sie sich um, blickte auf und sah ihr leidenschaftslos ins Gesicht. Ihr Ehemann war groß, hatte tiefe Zornesfalten auf der Stirn, aber weiche Augen. Seine machtvolle Aura war umgeben von distanzierter Arroganz, ein klassischer Karrieretyp Anfang vierzig.

Sie erhoffte sich eine Reaktion.

Wie bei etwas Verbotenem ertappt, schlich ihre Hand zu den oberen, offenen Knöpfen ihres Kleides. Ihr Dekolleté lag frei. Das blassblaue Leinenkleid war vollkommen zerknittert.

Sie schaute auf ihre braun gebrannten Füße mit hellrotem Nagellack, der mittlerweile abblätterte. Der widerliche Anblick weißer, gerissener Hornhaut an ihren Hacken brannte sich auf ihre Netzhaut ein. Schief stehende Ballenzehen zerstörten endgültig das Bild von einem wohlgeformten Frauenfuß.

Hexenfüße!, schoss es ihr durch den Kopf.

Abrupt wanderte ihr Blick auf den überdimensional großen Spiegel an der Wand. Ihr Schlafzimmer war geräumig, Blumenmotive und Messing dominierten den Raum.

Das Gemach einer Prinzessin!, dachte sie und spürte die wohlige Wirkung des Champagners.

»Komm wieder zu mir!«, flehte sie weiter und befeuchtete lustvoll ihre Lippen.

Gebeugt schlüpfte er reaktionslos in hochwertige Schnürschuhe mit Ledersohlen, griff sich ins grau melierte Haar und stand umständlich aus der Hocke auf. Er schritt zum Bett und griff vom Nachttisch nach dem neuerworbenen iPhone, dem ersten seiner Art.

»Wo sind deine Jugend und Frische geblieben? Du lässt dich gehen und wirst immer hässlicher!«, schnauzte er, ergriff ein schwarzes Jackett aus dem Schrank und verließ den Raum.

»Bis eben hat es dich nicht gestört«, schrie sie gekränkt hinter ihm her.

Sie lauschte.

Keine Reaktion.

War sie etwa über die Jahre zu einem sexhungrigen Fußabtreter mutiert?

Ja! Sie brauchte das Gefühl, begehrt zu werden.

Doch warum war er so? Sie suchte intuitiv nach Erklärungen. Lag es an seinen vielen Projekten? Jahr für Jahr waren mit dem Erfolg mehr Aufgaben hinzugekommen und er verbrachte selten einen Abend zu Hause. Regelmäßige Geschäftsreisen, Gala-Dinners, der Altherren-Klub und sein Engagement für Kinder, Tiere, sozial Schwache und Immigranten fraßen Zeit. Zeit, die er nicht mit ihr verbrachte.

Von der anfänglichen Geliebten hatte sie sich zur Mutter seines Kindes und Repräsentantin seiner Macht gewandelt. Ihr Luxusleben bestand aus Terminen mit Haushaltshilfen, Gärtnern, Kindermädchen, einem Personaltrainer und regelmäßigen Treffen mit Frauen, die austauschbaren Schaufensterpuppen glichen.

Nein!, raste es ihr widerwillig durch den Kopf. Sie spürte ein Gefühl des Aufbruchs, der Zuversicht und nicht mehr diese lähmende, dunkle Macht, die sie heruntergezogen hatte. Sie dachte an den Kellner von gestern, der ihr hübsche Augen gemacht hatte. Heute würde sie ihm ein überaus großzügiges Trinkgeld geben.

Du bist eine aufopfernde Mutter und kümmerst dich um verschiedene Projekte! Du bist begehrenswert!, korrigierte sie sich und lächelte dabei zuversichtlich ihr Spiegelbild an.

Plötzlich stand er erneut im Schlafzimmer, diesmal fertig gekleidet: »Wenn du jemals im Leben wieder ficken willst, solltest du eine andere Strategie fahren!«, bellte er angewidert, drehte sich um und ließ sie zurück.

Schlagartig nahm sie ein Piepen in ihrem Ohr wahr. Eine Virusinfektion hatte ihr dieses Geschenk eingebrockt. Jetzt wurde es lauter, fast unerträglich. Sie ließ sich unkontrolliert aufs Bett zurückfallen und hörte einen klatschenden Ton, als das Magazin auf den Boden schlug.

Gesichts- und Bruststraffung, Fettabsaugen und Lippenkorrektur waren in der Vergangenheit ihre

Verbündeten gewesen. Würde sie sich in den nächsten Jahren zu einem operierten Monster entwickeln, weil sie ihren natürlichen Anblick komplett verloren hatte?

Tränen schossen ihr in die Augen. Mit einem Satz hatte er ihr das aufkeimende, positive Gefühl genommen.

Leise schluchzend lauschte sie, ob er das Haus verlassen hatte oder wieder zurückkommen würde.

Sie hörte die Schritte der Ledersohlen auf dem Parkettboden im Eingangsbereich. Erst als die schwere Eingangstür ins Schloss fiel, gab sie sich vollkommen ihren Gefühlen hin. Sie rollte sich zusammen und heulte hemmungslos in die Kissen. Sie schämte sich für ihr Betteln und Flehen. Seine vernichtenden Worte hatten ihr Herz gebrochen.

Das laute Motorengeräusch des Sportwagens drang bis ins Schlafzimmer. Er verließ das Grundstück.

Trauer verwandelte sich in Wut und mit zusammengeballten Fäusten schlug sie auf einmal wild auf die Kissen ein. Wieso musste er so grausam sein? Sie setzte sich auf, schrie enthemmt, riss die Arme in die Luft, beugte sich vor und trommelte wild auf das Bett ein.

Minutenlang.

Kraftlos hielt sie inne und entdeckte ihr Bild im Spiegel. Sie erstarrte und betrachtete das Gesicht einer alten Frau mit schwarz verschmierten Augen. Ihre Haare waren mit Tränen und Rotze verklebt, und das halb offene Kleid zeigte eine mit Silikon vollgepumpte Brust.

Ihr Kopf fiel in den Nacken, starr blickte sie an die Decke und schrie mit voller Wucht: »Du verdammtes Arschloch!«

Ihre Fäuste verkrampften sich, bis es schmerzte. Sie ließ sich ins Bett fallen und starrte an die Decke. Langsam kam dieses Gefühl der Kraft zurück. Die Erkenntnis, alles erreichen zu können, wenn sie es nur wirklich wollte.

Wild entschlossen stand sie auf, richtete ihre Haare, fummelte ein Haargummi hervor und band sich einen Dutt. Auf dem Weg ins Bad wischten ihre Finger entschieden über die verheulten Augen.

Am Waschbecken hielt sie das Gesicht unter kaltes Wasser, atmete laut aus und genoss es, wie das bitterkalte Nass sie reinigte. Ihr Leben, ihre Demut, ihre Unterwürfigkeit, ihr Verständnis, ihre Zurückhaltung, einfach alles. Sie wollte stark und frei sein. Sie brauchte ihn nicht mehr. Gab es denn nicht genügend andere Männer auf dem Planeten? Sie wollte begehrt und wahrgenommen werden. Auf einmal war ihr klar, dass sie so einen Mann finden würde. Eine kraftvolle Stimmung erfüllte sie und sie beschloss, ab heute keine Tabletten mehr zu nehmen.

Freitag, 11. August

- 1 -

Anouks Finger umklammerten verkrampft die Hartgummigriffe des Fahrradlenkers. Sie schob ihr Rad über den Goslarer Marktplatz. Blonde Locken fielen ihr ins Gesicht, die sie fieberhaft hinters Ohr zu klemmen versuchte. Wilde Gedanken rasten ihr durch den Kopf, während ihr Blick steif über die sonnenstrahlförmig verlegten Pflastersteine des Marktplatzes wanderten. Angst und Freude beherrschten gleichzeitig ihren Körper. Wieso hatte er sie zur Verabschiedung geküsst? Sie hatten zusammen Mittag gegessen. Es war schön. War sie zu offen gewesen? Hatte sie ihm ein ungewolltes Signal gegeben? Einfach so hatte er, an ihrem Fahrrad stehend, ihr Gesicht in beide Hände genommen und sie geküsst.

Jonas war gut aussehend, strahlte Arroganz und Männlichkeit aus. Gleichzeitig war er fürsorglich und liebevoll.

Immer noch spürte sie diese weichen, feuchten Lippen auf ihrem Mund. Anouks Herzschlag raste zwar, doch gleichzeitig kroch ein unangenehmes Gefühl in ihr hoch. Ihre Vergangenheit war zu präsent.

Aus dem Nichts kam der Impuls, sich noch einmal umzudrehen. Dort saßen die Mitglieder des Rentnerstammtisches gemütlich zusammen und er stand daneben und plauderte fröhlich mit ihnen. Sie waren Jonas´ engste Familienmitglieder. Nein, seine fünfjährige Tochter Filipa fehlte.

Anouk schaute wieder nach vorn. Mit steifem Blick schob sie ihr Fahrrad durch die Innenstadt, auf dem Weg zur Goslarer Polizeiinspektion. Auf der Fischemäkerstraße zogen die Umrisse der Einkaufsgeschäfte an ihr vorbei.

Sie hatte nach vielen Jahren in Frankfurt am Main ihre anerkannte Position als Kriminalhauptkommissarin und ihr verkorkstes Privatleben verlassen, um frei zu sein. Sie wollte im Harz neu anfangen und vor allem von Männern nicht mehr enttäuscht werden.

Sie brauchte Distanz, um emotional unantastbar zu bleiben. Doch Jonas war einfach in ihr Leben gerauscht, wie der erste Mordfall in dieser wunderschönen und historischen Kleinstadt.

Jonas ist ein alleinerziehender Vater!, ermahnte sie sich. Dazu noch ein Triathlet, der sich stundenlang dem exzessiven Sport und seiner neugierigen Familie widmet!, erinnerte sie sich. Sie lebte nun in Goslar, einer Kleinstadt, in der sie sich nicht verstecken konnte, sondern sich in das soziale Leben einfügen sollte!

Ein Gefühl von Kontrollverlust breitete sich in ihr aus. War es die falsche Entscheidung gewesen, Frankfurt zu verlassen?

Sie erinnerte sich, wie erleichtert sie sich in den letzten Tagen gefühlt hatte. Ihr Jagdinstinkt war hier in Goslar seit Langem wieder entfacht worden und sie hatte diesen schrecklichen Mordfall lösen können. Den brutalen Mord an einem Profi-Triathleten.

Jonas war der Organisationsleiter des hiesigen Triathlon-Wettkampfes gewesen und es hatte während der Ermittlungen zwischen beiden geknistert.

Jonas war zwar ein attraktiver Halbspanier mit perfektem Sportlerkörper, doch sie wusste gar nichts von ihm. War er sprunghaft oder ein Fremdgeher? Oder verlässlich und verwurzelt?

An der Jakobikirche befreite sie sich von ihren widersprüchlichen Gefühlen, sah vollbesetzte Tische und blickte in ausgelassene Gesichter, die anscheinend den Tag genossen.

Sie beschloss, sich auf das Hier und Jetzt zu besinnen und sich zu einem späteren Zeitpunkt, mit mehr Distanz, über Jonas Moreno und diesen Kuss Gedanken zu machen.

Anouk dachte an die notwendige Bepflanzung ihres Balkons und an den nächsten Einkauf im Biomarkt. Zusätzlich wartete Papierkram im Büro auf sie. Toni, ihr Partner, hatte bereits angekündigt, dass sich beide die Arbeit teilen würden.

Sie atmete tief durch und schaute in den blauen Himmel. Sie hatte mal gelesen, dass, wenn man eine Minute am Stück lächelte, sich die Laune schlagartig verbessern würde, also probierte sie es aus.

Ein paar Meter weiter stieg sie vor dem Hotel Achtermann und dem Rosentor, die zur ehemaligen Befestigungsanlage der Stadt gehörten, gut gelaunt aufs Fahrrad.

Mittwoch, 5. Dezember

-2-

Seit Mittag schneite es. Dicke Schneeflocken legten sich gemütlich auf die Stadt und verschluckten den Lärm der Straßen. Nach kurzer Zeit bedeckte eine weiße Schneedecke die Kaiserstadt.

Seit Ende November dominierte der Goslarer Weihnachtsmarkt das Geschehen im Stadtzentrum. Zimt- und Glühweingeruch zogen durch die Straßen der Innenstadt und hektisches Gewusel beherrschte die Menschen.

Heiko Schreiber trug auf dem Weg zum Marktplatz einen dunkelgrauen Kaschmirmantel, einen hellgrauen Schal, Lederhandschuhe und einen schwarzen Hut. Unerwartet rutschten seine lederbesohlten Halbschuhe unkontrolliert über den Schnee, und es ärgerte ihn, dass er keine besseren und wintertauglicheren Schuhe trug. Gleichzeitig freute es ihn, dass er sich langsam durch eine Menschenmenge schob. All die Menschen lebten hier oder kamen in seine Heimatstadt, um ihr Geld auszugeben. Er hatte sich in diesem Jahr entschieden, in verschiedene Weihnachtsmarktprojekte zu investieren, und hatte den Eindruck, dass die Rendite besonders lukrativ ausfallen würde.

Auf dem Marktplatz und den umliegenden Gassen standen winterliche Holzhütten vor historischen Fachwerkhäusern. Der Goslarer Weihnachtsmarkt war zwar klein, doch reich an Attraktionen.

Der Touristenmagnet zur Vorweihnachtszeit bot nicht nur die klassischen Schlemmerbuden, Ideen für Weihnachtsgeschenke, Kleinkunsthandwerk und Kinderfahrgeschäfte. Nein, der Weihnachtsmarkt der Weltkulturerbe-Stadt besaß einen Weihnachtswald, der mittlerweile über die regionalen Grenzen hinaus bekannt war und eine der Hauptattraktionen für viele Besucher darstellte.

Auf dem Schuhhof, in der Nähe des Marktplatzes, wurden wie in jedem Jahr unzählige Nadelbäume aufgestellt und mit Lichtern geschmückt. Der Wald war zudem von Glühwein- und Schlemmerbuden umringt.

Heiko Schreiber und andere Mitglieder des Stadtrats hatten in diesem Jahr keine Kosten und Mühen gescheut, um das Angebot mit neuen Ideen zu erweitern.

Auf dem Schulhof der ehemaligen Realschule Hoher Weg befand sich zum ersten Mal eine Eisfläche für große und kleine Schlittschuhläufer. Gegenüber thronte ein singender Weihnachtsbaum neben kulinarischen Angeboten aus aller Welt. Der Baum war eine Bühne für Schüler- und Erwachsenen-Chöre des Landkreises. Die Breite Straße, eine Hauptstraße der Stadt, die durch das Breite Tor in das Herz der Kaiserstadt führte, war in der Nähe des Marktplatzes mit weihnachtlichen Delikatessen und Accessoires versehen worden. Hier stand auch ein Eis- und Weihnachtslabyrinth für Kinder.

Die letzte Neuerung befand sich am Gelände der Königsbrücke, die über die Abzucht, das fließende Gewässer der Stadt, führte. Hier gab es in diesem Jahr eine Skihütte mit alpinen Gaumenfreuden und einen Streichelzoo für Kinder.

Wie in jedem Jahr traf sich Heiko Schreiber mit Geschäftspartnern auf dem Weihnachtsmarkt. Man musste sich unter die Wähler mischen, hatte ihm schon sein Vater eingebläut. Seit nicht allzu langer Zeit war er selber in die Politik eingestiegen. Es fühlte sich berauschend an, wie sinnvoll er wirtschaftliche und politische Belange verband. Er hätte es nicht für möglich gehalten, dass sich so unendlich viele Chancen auftaten. Eines der Projekte, die er durch sein politisches Engagement vorantrieb, war die Kaiserresidenz Steinberg.

Zu Beginn der Siebzigerjahre war das Steinberg-Hotel niedergebrannt, das auf der Bergkuppel mit berauschendem Weitblick thronte. Seither war es nicht wiederaufgebaut worden. Allerdings hatte sich vor Jahren eine Bergalm auf den Wiesen des Steinberges unweit von einem beliebten Spielplatz etabliert. Danach hatten die Stadtherren das Thema fallen gelassen, weil sie kein Potenzial in einem Hotel an dieser Stelle sahen.

Heiko Schreiber lachte innerlich, als er an der Marktkirche vorbeischlenderte. Er war davon überzeugt, dass seine Investitionen hohen Profit abwerfen würden. Er kannte nicht nur die richtigen Gönner, sondern auch ihre Schwächen. Sein Hotel mit exquisitem Restaurant würde hervorstechen, Besucher und Gourmets anziehen. Er war davon überzeugt, dass es Michelin-Sterne und vor allem Geld regnen würde.

Jetzt erkannte er den historischen Marktbrunnen der Stadt. Das obere der zweischaligen bronzenen Becken aus dem 13. Jahrhundert wurde von Ungeheuern getragen. Der Sage nach hatte der Teufel den Brunnen höchstpersönlich nach Goslar gebracht. Am Teufelsbecken standen bereits die Männer seiner Verabredung. Sein Assistent Lino Kirchhoff sah ihn von Weitem, lächelte unsicher und winkte ihm hektisch zu.

Willi Heine stand in selbst gestrickten Handschuhen, Schal und Mütze vor dem Bio-Glühweinstand. Seine Füße stapften ungeduldig im Schnee und Martha, seine Frau, bewunderte neben ihm den Weihnachtswald. Da tauchte aus der Menge Gustav Peters, Marthas Bruder, mit seinem Hund Luna auf.

»Morgen Leute!«, rief Gustav gut gelaunt. Er hatte die Halbglatze mit einer ledernen Schiebermütze bedeckt, trug einen grünen Barbour-Wintermantel, gefütterte Gummistiefel und erinnerte in diesem Outfit, kombiniert mit dem Hund an seiner Seite, an einen englischen Landgrafen.

»Schwager, der Morgen ist schon lange vorbei. Wir sind in Goslar und nicht an der Küste«, begrüßte ihn Willi und strich sich dabei Schneeflocken von der Schulter.

Gustav war vor dem Rentnerdasein als Kapitän eines Kreuzfahrtschiffes zur See gefahren und hatte sich noch vor Eintritt des Rentenalters wieder in seiner Heimatstadt häuslich niedergelassen. Der eingefleischte Junggeselle lebte mit der Irish-Setter-Dame Luna in einer Eigentumswohnung am Steinberg.

»Martha, schön, dich zu sehen«, überging er den Kommentar seines Schwagers und begrüßte herzlich seine Schwester.

»Gustav, du siehst ja aus wie ein eingeschneiter englischer Lord!«, erwiderte Martha kichernd und nahm ihren Bruder zur Begrüßung in den Arm.

Martha und Willi lebten in einem Bungalow mit großem Garten in Kramerswinkel, einem Stadtteil von Goslar, bauten selber Obst und Gemüse an, besaßen kein Auto, liebten Second-Hand-Läden und hatten vor der Rente eine eigene Bäckerei geführt.

»Seid ihr bei diesem Wetter etwa mit dem Fahrrad in die Stadt gekommen?«, neckte Gustav, der wusste, dass beide hartnäckige Fahrradfahrer waren.

»Stell dir vor, Willi wollte doch tatsächlich mit dem Rad kommen, doch ich war strikt dagegen. Es ist einfach viel zu gefährlich bei diesem Winterwetter«, empörte sich Martha, schüttelte dabei ungläubig den Kopf und schaute Willi vorwurfsvoll an. Ihr Mann ignorierte sie und reichte Gustav die Hand.

Daraufhin beugte sich Martha schmunzelnd vor und streichelte die treue Begleiterin Luna. Der Kopf des Hundes legte sich augenblicklich an ihren Oberschenkel und forderte mehr Aufmerksamkeit ein.

»Wo bleibt denn Hanna? Ich will endlich einen Glühwein, wenn ich nicht meinen Käsekuchen bekomme«, maulte Willi, der sich viel lieber im Café am Markt mit seinen angeheirateten Verwandten traf.

Hanna Moreno war Marthas und Gustavs Schwester. Sie hatte einen Spanier geheiratet, vor ihrer Rente eine Montessori-Schule geleitet und verwöhnte nun die Gäste dreier Ferienwohnungen am Georgenberg.

»Heute ist nicht Freitag, mein Lieber! Außerdem ist es bereits Nachmittag!«, lachte der ehemalige Seebär.

»Willi, wir sind doch selber eben erst angekommen. Lass uns lieber Glühwein holen«, schlug Martha vor und drückte ihren Mann zur Theke des Glühweinstands.

Seit einigen Jahren bildeten Willi, Martha, Gustav und Hanna einen Rentnerstammtisch. Jeden Freitagmittag trafen sie sich im Café am Markt zu Kaffee und Kuchen. Sie selber nannten dieses Kaffeehaus liebevoll Café Plüsch wegen der herrlich weichen Plüschsofas. Willi war der Initiator dieses Stammtisches gewesen, denn er wollte sein Rentnerdasein verstärkt nutzen, um unter die Leute zu kommen und Karten zu spielen. Allerdings brauchte er dazu Mitspieler, einen Kaffee, ein Stück Käsekuchen und einen Pharisäer als genüsslichen Höhepunkt. Diese nordfriesische Spezialität bestand aus Kaffee, Zucker und braunem Rum sowie einer Sahnehaube.

Seit Eröffnung des Weihnachtsmarkts hatten die vier Stammtischmitglieder das freitägliche Café-Plüsch-Treffen gegen den vorabendlichen Bio-Glühweinstand ausgetauscht. Die heutige Verabredung an einem Mittwoch war eine klare Ausnahme, denn Hanna hatte für Freitagabend bereits Konzertkarten.

Willi drängelte sich zwischen den Menschen an die Theke des Standes und bestellte zwei rote und zwei weiße Glühweine ohne Schuss. Martha zupfte an ihrer Beanie-Mütze, einem absoluten Trendsetter, den sie bei ihrem letzten Second-Hand-Besuch ergattert hatte. Sicherlich war dieses Winter-Highlight aufgrund seiner Farbe schnell in dem Laden gelandet. Die länglich gestrickte Mütze war senfgelb mit grünem Rand. Martha störte das allerdings wenig.

»Für mich bitte einen weißen Glühwein«, forderte Hanna plötzlich aus der Menge und stellte sich mit einem umwerfenden Lächeln zu ihrer Familie.

»Schwester, schön dich zu sehen!«, sagte Gustav, nachdem er sich umgedreht und Hanna entdeckt hatte. Martha tat es ihm nach und strahlte ihre jüngere Schwester an.

»Na endlich bist du auch da! Wir sind schon bei der zweiten Runde«, bluffte Willi, als er Hanna entdeckte, und bekam augenblicklich von Martha einen Stoß in die Rippen.

»So ein Quatsch, wir sind auch gerade erst gekommen!«, maßregelte sie ihren Mann mit zugekniffenen Augen und nahm ihre Schwester in die Arme.

»Pablo will nachher auch noch in die Stadt kommen«, sagte Hanna und schaute mit einem begeisterten Lächeln in die Runde. Ihr Ehemann führte seit seinem Renteneintritt mit ihrer gemeinsamen Tochter eine kleine Pension auf Mallorca, seiner Heimatinsel. Hanna war in Goslar geblieben, um ihren alleinerziehenden Sohn zu unterstützen, und hatte im Gegenzug Ferienwohnungen in dem ehemaligen Familienhaus eröffnet. Seitdem sie räumlich voneinander getrennt lebten, pendelten sie regelmäßig zwischen beiden Urlaubsregionen und erlebten eine Auffrischung ihrer Ehe.

Hanna trug einen roten Wollmantel, der farblich zu ihren rot geschminkten Lippen passte. Ihre modische

Kurzhaarfrisur wurde von einem Hut bedeckt und ihre Füße steckten in dicken Moon-Boots.

»Sag mal, willst du Aufsehen mit deinem St.-Moritz-Outfit erwecken!«, provozierte Willi und gab Hanna einen weißen Glühwein.

»Willi, ich sage aus Höflichkeit auch nichts gegen deine bunten, selbst gestrickten Winterutensilien. Du weißt ja, als ehemalige Lehrkraft tendiere ich zum Vorbild in meinem Benehmen«, piesackte sie zurück, nahm einen Schluck des Heißgetränkes und schaute ihren entgeisterten Schwager schmunzelnd an.

»Tja, Willi, meine kleine Schwester ist nicht auf den Mund gefallen, das solltest du doch wissen«, sagte Gustav und klopfte Willi auf die Schulter.

»Aber meine Güte, Luna. Dich habe ich ja total übersehen«, fiel Hanna plötzlich auf und kramte in ihrer Tasche. Dann beugte sie sich vor, gab der Hündin ein Leckerchen und begrüßte sie ausgiebig. Sekunden später erinnerte nur noch die leckende Hundezunge daran, dass sie gerade etwas zu essen bekommen hatte.

»Mensch, Hanna! Du sollst doch dem Hund nicht ständig etwas mitbringen!«, beschwerte sich Gustav.

Hanna hielt übertrieben ihre Hand vor den offenen Mund und zwinkerte Luna zu, die sie anhimmelnd anstarrte.

Trotz ihres Asthmas und der Tierhaarallergie, die sie seit über zwanzig Jahren begleiteten, liebte Hanna Tiere. Aus diesem Grund hatte sie einen Asthma-Spray, oder Puster, wie sie ihn nannte, ständig griffbereit. Luna hatte sie besonders in ihr Herz geschlossen. Die folgsame Hündin war ausgeglichen und eine Schönheit.

»Ach, Gustav. Ich kann einfach nicht anders«, sagte sie und ihr Bruder schmunzelte milde. Er betrachtete liebevoll seine beiden Schwestern. Hanna, die Jüngste, wirkte trotz der für ihr Alter ausgeprägten Falten frischer und jugendlicher als ihre Schwester, die deutlich glattere Haut besaß. Auch sahen Martha und er sich ähnlicher und kamen nach ihrer Mutter, während Hanna dem Äußeren nach dem gemeinsamen Vater ähnelte.

»Schaut doch mal her!«, lenkte Martha ab.

»Was hast du denn da?«, wollte Gustav wissen.

»Mein neuestes Geschenk! Ein Handy!«, strahlte sie.

»Wie kommst du denn zu so einer Errungenschaft?«, hinterfragte Hanna erstaunt.

Willi erklärte: »Eigentlich ist das mein Ding. Die Jungs haben mir dieses neumodische Zeug zum Geburtstag geschenkt, doch ich kann damit nichts anfangen. Also habe ich es Martha gegeben.« Er fühlte sich in der analogen Welt immer noch deutlich wohler.

»Weißt du denn, wie man damit umgeht?«, wollte Hanna wissen und Martha präsentierte der Runde ein hochmodernes Smartphone.

»Na, Thomas hat mir das alles eingestellt. Hier kann ich telefonieren«, dabei zeigte sie auf ein kleines Bild auf dem Bildschirm. »Doch das Beste ist die Kamera darin!«, jubelte sie. Thomas war einer der beiden Söhne von Martha und Willi.

»Ich kann jetzt Fotos und Videos machen, so oft und so viel ich will. Ist das nicht herrlich?«, schwärmte sie weiter.

»So einen Quatsch braucht kein Mensch! Schau dir doch mal die jungen Leute an. Die bekommen alle Rücken- und Augenprobleme, weil sie dauernd aufs Handy gucken. Ich rede schon seit Ewigkeiten mit unserem Fußballvorstand, dass diese Dinger nicht mit ins Training dürfen. Die jungen Kerle können kaum ihre Hände davonlassen«, beschwerte sich Willi. Neben der Liebe zum Garten war er fußballverrückt. Seitdem er laufen konnte, spielte er Fußball. Später hatte er als Trainer fungiert und mit dem Alter vermehrt administrative Aufgaben im Vorstand seines Fußballvereins übernommen. Willi hatte eine Schwäche für den Duft des frisch gemähten Rasens und zelebrierte die maskulinen Emotionen bei seinem Lieblingssport.

»Na, dann guck mal nach oben!«, befahl Martha und schoss einige Fotos mit ihrem Handy. Willi verdrehte die Augen und Hanna brach in schallendes Gelächter aus.

»Sag mal, Schwester, wie finden deine Gäste die Kriminalromane in den Ferienwohnungen? Ist da mal einer verschwunden?«, wechselte Martha interessiert das Thema und verstaute ihr Telefon.

Seitdem sie im letzten Sommer maßgeblich an der Auflösung eines Kriminalfalles beteiligt gewesen waren, interessierte sich der Rentnerstammtisch verstärkt für die Verbrecherseite ihrer Kleinstadt. Zu ihren wöchentlichen Treffen wurde jeder Diebstahl oder Einbruch diskutiert und Gustav hatte seit dem Fall begonnen, Kriminalromane zu lesen, um seine kriminalistische Ader zu schulen. Hanna war auf die Idee gekommen, eine Krimi-Romansammlung aufzubauen, um sie ihren Gästen während des Aufenthaltes in Goslar anzubieten, und das Ehepaar Willi und Martha stillten ihre Neugierde bei jeder neuen Tatort-Folge im Fernsehen.

»Die Krimileser unter meinen Gästen sind begeistert. Außerdem lassen sie eher mal einen Roman nach der Abreise liegen, seitdem sie wissen, dass ich Krimis sammle«, strahlte Hanna.

»Du könntest bei der Anzahl deiner Romane sogar eine Krimi-Bloggerin werden«, sagte Gustav.

»Eine Krimi-Was?«, fragte Willi und Martha staunte.

»Ein Blogger ist ein Herausgeber oder Verfasser von Beiträgen auf seiner Homepage, also im Internet. Hanna könnte bei all den Krimis ein Menge Rezensionen schreiben«, erklärte der Älteste der Runde.

»Ach, so! Doch wer soll das denn lesen?«, war Willi noch nicht überzeugt.

Heiko Schreiber stand mittlerweile im Weihnachtswald und schaute hinauf zur weihnachtlichen Beleuchtung in den Bäumen. Er hatte inzwischen fast den fünften Glühwein ausgetrunken. Sein Handlanger Kirchhoff war bemüht, ihn bei Laune zu halten. Die Gespräche in der Männerrunde waren für ihn oberflächlich und uninteressant. Hier in der Öffentlichkeit gab es keine Themen, die sie wirklich diskutieren konnten. Allerdings schmeckte der Glühwein mit Schuss und innerlich freute er sich auf seine spätere Verabredung. Zur Vorbereitung nutzte er die Gelegenheit und scannte die Umgebung nach junger, weicher Haut ab. Das regte seine Fantasie an und die Vorfreude in den Lenden wuchs. Er liebte die Kombination aus Macht und Sex.

Da vibrierte das Smartphone im Mantel und unterbrach ihn in seinen Gedanken. Er fingerte vorsichtig nach dem Telefon und nahm das Gespräch entgegen. Schreiber nickte den Männern der Runde zu und verließ die Gruppe, um in Ruhe zu telefonieren. Er entschied sich für den Ausgang zur Hirsch-Apotheke. Dort öffnete sich in diesem Moment die Tür. Schwarz glänzende, lange Locken quollen unter einer Wollmütze hervor und grüne, weiche, arabische Augen schauten ihn direkt an. Ihm stockte überrascht der Atem. Was machte sie hier?, schoss es ihm durch den Kopf. Gequält schaffte er es, ein Lächeln zu formen.

—◇·◇—

Johann Thiede schaute Heiko Schreiber hinterher, wie er in der Menge verschwand, um sein Telefonat zu führen. Mittlerweile spürte er den Glühwein. Hatte Schreibers Assistent mit voller Absicht die alkoholischen Heißgetränke immer wieder nachbestellt? Schlussendlich interessierte ihn das nicht. Es sollte ein genüsslicher Abend für ihn werden. Er griff in sein graues, volles Haar und darauf in seinen Henriquatre, eine Kombination aus Schnurr- und Kinnbart. Eine junge Frau mit blonden, langen Haaren führte im Gedränge einen Weimaraner an ihm vorbei.

»Sie haben aber ein schönes Tier«, konnte er sich einen Kommentar nicht verkneifen. Die Frau drehte sich um und blaue Augen sahen ihn freundlich an.

»Oh, vielen Dank. Brutus ist wirklich der Beste«, sagte sie, kicherte verunsichert und schaute zu Boden.

»Ich habe Ihren Hund noch nie gesehen! Wohnen Sie in Goslar?«

»Mmmmh, ja, aber erst seit ein paar Wochen«, sagte sie mit fragenden Augen.

Johann Thiede kramte eine Visitenkarte aus seiner Jacke, beugte sich vor und streckte sie ihr entgegen. »Falls Sie noch keinen guten Tierarzt haben, probieren Sie mich mal aus«, vertraute er ihr an. Die junge Frau zog die Stirn in Falten, nahm aber die Karte entgegen. Als sich ihre Hände berührten, spürte er ihre überaus weiche Haut und merkte aufsteigende Hitze in seiner Hose. Dann beugte er sich zum Hund, um ihn zu streicheln, der aber zog augenblicklich an der Leine, weil er einen Artgenossen entdeckt hatte. Damit war die Schönheit verschwunden und die Vorfreude auf den Rest des bevorstehenden Abends breitete sich in Thiede aus.

Heiko Schreiber trat zurück zur Männergruppe und schlug seinem Angestellten ohne Vorankündigung auf die Schulter. »Was halten die Herren davon, wenn wir Bimmelbahn fahren und uns die beleuchteten Straßen dieser wunderbaren Stadt ansehen?«

Die Runde zeigte wenig Interesse. Sie bevorzugten Glühwein anstatt einer Fahrt in der Goslarer Bimmelbahn.

»So, mein Junge, dann fahren wir alleine, aber vorher will ich noch einen Glühwein mit Schuss!«, bellte Schreiber seinen Assistenten Kirchhoff an und exte den restlichen Inhalt des Weihnachtsmarktbechers herunter. Unkontrolliert schüttelte er sich.

»Was für ein ekelhaftes Zeug, wenn es kalt wird. Kirchhoff, ich will diesmal einen Amaretto als Schuss, verstanden? Aber zackig, hopp, hopp!«, schrie er seinem Handlanger hinterher, der bereits in der Menge verschwunden war.

Die Goslarer Bimmelbahn fuhr in etwas mehr als einer halben Stunde neunzehn Sehenswürdigkeiten der Stadt ab. Während des diesjährigen Weihnachtsmarktes war die Strecke umgeleitet worden, da einige Wege durch die Stände und Attraktionen unpassierbar geworden waren. Allerdings führte die Bahn während der Weihnachtsmarktzeit zusätzliche Abendfahrten durch. Den Gästen wurde neben einigen herkömmlichen Attraktionen die neue Weihnachtsbeleuchtung der historischen Altstadt gezeigt. Startpunkt der Fahrten war nach wie vor auf der Straße vor dem Rathaus. Dort konnten interessierte Fahrgäste ein- und aussteigen.

Schreiber beteuerte in der Männerrunde, dass sie nach einer Dreiviertelstunde wieder zurück wären, um den eigentlichen Spaß des Abends zu starten. Freudiges Lachen breitete sich bei den Männern als Antwort aus.

Heiko Schreiber drehte sich schwankend weg und suchte den Weg aus dem Weihnachtswald. Vor dem Wald entdeckte er eine lange Schlange am Glühweinstand und schaute genervt auf seine Armbanduhr. Plötzlich stand sein Assistent mit zwei Bechern Glühwein in der Hand vor ihm.

»Kirchhoff, ich bin beeindruckt, dass Sie bei dieser Schlange bereits Nachschub vorweisen können«, staunte Schreiber und schlug seinem Assistenten auf die Schulter.

Die Bahn stand bereits vor dem Rathaus. Schreiber ergriff Kirchhoffs Ärmel und zog ihn hinter sich her zur Bimmelbahn. Sie wurden allerdings beim Besteigen durch den Fahrer getrennt. Schreiber stieg im hinteren Teil ein und versicherte seinem Assistenten, dass es in Ordnung war, wenn er vorne Platz nahm. So hatte er Kirchhoffs Rücken im Blick.

—◇·◇—

Nach einer Pause hatte es wieder angefangen zu schneien. Diesmal sogar noch stärker. Der Boden war mittlerweile nicht nur weiß bedeckt, sondern beim Gehen hörte man ein leises, wohliges Knirschen. Die Luft war kalt, aber nicht eisig und die Stimmung im Herzen der Kleinstadt vorweihnachtlich.

Der Rentnerstammtisch hatte einiges auf dem Weihnachtsmarkt erlebt: Hanna hatte einem Schülerchor am singenden Weihnachtsbaum freundlich applaudiert, Gustav hatte die Schlittschuhfahrer und ihre Künste bewundert, Martha hatte pausenlos fotografiert und sich mit gebrannten Mandeln eingedeckt, und Willi hatte den Streichelzoo unter die Lupe genommen.

Sie schoben sich gerade durch den Weihnachtswald, um am Bio-Glühweinstand noch einen letzten Glühwein zu trinken, als Pablo am Stand lehnte und dem Rentnerstammtisch zuwinkte.

»Mi amor, dda sseid ihrr ja!«, begrüßte er mit stark spanischem Akzent und singender Stimme die Runde. Er drückte Hanna einen Kuss auf die Lippen und drehte sich zum Rest der Familie. »La familia!«, freute er sich und wandte sich Martha zu, küsste sie auf jede Wange, umarmte Gustav und nahm zum Schluss Willi in die Arme. Dieser verzog entsetzt sein Gesicht, weil es ihm unangenehm war, von einem Mann umarmt zu werden.

»Pablo, immer wenn ich dich sehe, muss ich an Luciano Pavarotti denken«, schmetterte Willi ihm den Kommentar ins Gesicht und drückte ihn hastig von sich weg. Gustav schmunzelte, denn so unrecht hatte Willi nicht. Pablo hatte mittellanges gewelltes Haar und einen Vollbart, der grau und schwarz vereinte. Außerdem liebte er es, zu singen. Allerdings brachte er nicht das Übergewicht auf die Waage, das der verstorbene Tenor vorgewiesen hatte.

»Oh, meine guta Willi. Das ligt an meine Sstimme«, flötete Pablo und schlug seinem Schwager auf die Schultern.

»Also, wer will noch alles einen Glühwein?«, fragte Martha, blickte in die Runde und zählte die nickenden Köpfe.

Pablo erzählte währenddessen, dass er sich an das raue Winterwetter des Harzes immer noch gewöhnen musste, doch die kalte Luft bereits liebte. Seit einigen Tagen waren er und Blanca, die gemeinsame Tochter von Hanna und ihm, wieder in Goslar.

Seit wenigen Jahren führten sie zusammen ein kleines Bed & Breakfast im Norden von Mallorca, das Pablo geerbt hatte. Er kam gebürtig von der Baleareninsel und hatte einige Familienmitglieder, die nach wie vor auf der Insel lebten. Die Wintermonate verbrachten er und Blanca in Goslar und beide halfen Hanna bei den Ferienwohnungen.

Langsam schob sich die Goslarer Bimmelbahn durch den Schnee auf sie zu und hinterließ Reifenspuren.

»Wieso sich die Bimmelbahn an den Ständen und Besuchern vorbeischlängeln muss, ist mir ein Rätsel«, beschwerte sich Martha und nickte in Richtung der Bahn, die nur einige Meter von ihnen entfernt stehen blieb.

»Macht die Bimmelbahn nicht auch extra Nachtfahrten?«, erkundigte sich Hanna.

»Nicht nur das. Sie unterstützt auch das Park-and-ride-System der Stadt. Sie fährt am Osterfeld vorbei und holt die Besucher von auswärts ab. Ab 19 Uhr stellt die Bahn die touristischen Fahrten ein und ist ein reiner Zulieferservice«, erklärte Gustav.

In diesem Moment blieb die Bahn stehen und die Türen in Richtung Bio-Glühweinstand sprangen auf. Zum Vorschein kamen glühweinselige Fahrgäste. Es war ein großer Tumult, denn neue Gäste warteten bereits, um wieder einzusteigen. Zudem gab es genügend Passanten, die über den Weihnachtsmarkt an der Bahn vorbeischlenderten.

Plötzlich ertönten kreischende Stimmen und Menschenmassen wichen von der Bahn zurück.

»Was ist da los?«, fragte Hanna und schaute Gustav an. Sie standen nur wenige Meter vom Geschehen entfernt.

»Bestimmt ein Notfall. Halte Luna, ich geh mal gucken«, erwiderte ihr Bruder und gab ihr die Leine. Sekunden später schrie Gustav den restlichen Mitgliedern des Rentnerstammtischs entgegen: »Martha, Hanna, wir brauchen einen Krankenwagen!«

Sofort zückte Martha ihr neues Telefon und wählte die Nummer des ärztlichen Bereitschaftsnotdienstes.

»Martha, ich muss mir das genauer anschauen. Vielleicht kann ich helfen«, sagte Willi und stürmte zu Gustav.

Der Anblick war erschreckend.

Aus einer der geöffneten Türen der Bimmelbahn hing ein schlaffer Männerkörper halb heraus, der sich offensichtlich irgendwo verhakt hatte und nicht herausfallen konnte.

Die Kleidung der Person war sehr elegant.

Vor der geöffneten Tür schrie ein junger, leichenblasser, dunkelhaariger Kerl fassungslos nach Hilfe und einem Arzt, während ein älterer Mann versuchte, ihn zu beruhigen. Zwei weitere Gestalten sprangen auf die geöffnete Tür zu und versuchten, den schlaffen Körper aus der Bahn zu ziehen, doch dieser war im Inneren verklemmt. Der leblose Körper machte nur wellenartige Bewegungen, ohne die Bahn verlassen zu können. Aus dem Nichts standen zwei Polizeibeamte vor der Bimmelbahn und versuchten, Ordnung in dieses Chaos zu bringen.

Willi entschloss sich, seine Position zu ändern, um das Gesicht des leblosen Mannes zu erkennen, das von einem Hut verdeckt war. Dabei rempelte er Gustav an.

»Hast du das Gesicht gesehen?«, flüsterte Willi seinem Schwager zu.

»Ja, es ist dieser Lokalpolitiker. Wie heißt der denn noch?«, sagte Gustav flüsternd.

»Irgendetwas Schreiber«, überlegte er.

»Heiko Schreiber?«, fragte Willi und riss Augen und Mund auf.

»Genau!«, erinnerte sich Gustav.

Willi war sprachlos.

»Schwager, ich finde die gesamte Situation äußerst skurril. Hast du die Augen gesehen? Die sehen aus wie von einem Alien«, raunte Gustav.

Willi schüttelte den Kopf. »Vielleicht hatte der Arme einen Herzinfarkt«, spekulierte er.

»Die Bahn war gerammelt voll. Das hätten doch die anderen Fahrgäste mitbekommen. Da wäre bei der Ankunft nicht so ein Tumult entstanden, sondern irgendjemand hätte in der Bahn bereits den Krankenwagen gerufen. Nein, die Sache hier stinkt für mich bis zum Himmel!«, analysierte Gustav.

Willi nickte stumm.

Das Martinshorn ertönte von Weitem, doch Gustav und Willi wussten, dass es bereits zu spät war.

Gustav fischte sein Telefon hervor und suchte in seinen Kontakten.

»Ich rufe jetzt Anouk Bernstein an. Irgendwie glaube ich nicht an einen Unfall.«

»Hast du denn ihre Nummer?«, fragte Willi.

»Na ja, zumindest dachte ich das. Allerdings kann ich sie gerade nicht finden. Hanna hat sie bestimmt. Lass uns zu den anderen zurückgehen«, schlug Gustav vor. Beide drehten sich synchron um und eilten zum Bio-Glühweinstand zurück.

-3-

Anouk stand unter der Dusche. Heißes Wasser prasselte auf ihren Kopf. Ihre blauen Augen waren geschlossen und die langen Locken klebten an ihrem nassen Körper.

Minuten später griff sie nach einem Seifenstück und erzeugte zusammen mit einem Naturschwamm Schaum. Sie genoss die Momente des Alleinseins.

Ihre Gedanken wanderten wie so oft zu Jonas und dem Kuss. Sie hatte seit dem Ereignis seine WhatsApp-Nachrichten und Anrufe ignoriert. Irgendwann hatte er sie eingestellt.

Anouk war Ende dreißig und hatte sich vor sechs Monaten für ein neues Leben und für Goslar entschieden. Sie hatte Ruhe und einen Bio-Supermarkt gefunden, erkundete Goslar und seine Sehenswürdigkeiten, unternahm an den Wochenenden Ausflüge in den Harz und genoss die Zeit auf ihrer Terrasse.

Die Arbeit im Büro hatte etwas Alltägliches und damit angenehme Routine bekommen. Sie mochte Toni, ihren hoch motivierten und unerfahrenen Kollegen, und arbeitete gerne mit der Leiterin der Spurensicherung zusammen. Neben diesen beiden gab es mittlerweile mehr Kollegen, mit denen sie sich duzte. Anouk fühlte sich angekommen.

Sie stieg aus der Dusche und betrachtete die roten Hautstellen auf Schultern, Brust und Po vom heißen Wasserstrahl. In diesem Moment klingelte das Handy. Sie stolperte nackt auf dem Weg ins Wohnzimmer über ihr Handtuch und konnte sich gerade noch am Türrahmen festhalten, um nicht hinzufallen. Auf dem

Esstisch lag ihr Telefon. Im Display erkannte sie die Nummer von Hanna Moreno. Sie schloss die Augen, atmete tief durch und nahm das Gespräch entgegen.

»Anouk Bernstein.«

»Frau Bernstein, ich bin es, Frau Moreno, die Mutter von Jonas. Sie müssen in die Stadt auf den Weihnachtsmarkt kommen. Wir glauben, es hat einen Mord gegeben!«

Hanna Moreno hatte beim ersten Goslarer Fall einen entscheidenden Hinweis gegeben, um den Mordfall an einem Profi-Triathleten zu klären. Offensichtlich fühlte sie sich seitdem mit Anouk kriminaltechnisch verbunden.

»Frau Moreno, hallo! Ja, wie kommen Sie darauf?«

»Der Lokalpolitiker Heiko Schreiber ist tot aus der Bimmelbahn gefallen. Die Schutzpolizei ist schon hier, doch wir glauben, es ist ein Tatort.«

»Warum?«

»Intuition«, sagte Hanna fachmännisch.

»Okay, ich komme!«, runzelte Anouk die Stirn, willigte ein und legte auf.

Sie schaute an sich herunter und entdeckte Wassertropfen auf dem Parkett. Sie drehte sich zum Bad und sah ihre hinterlassene Wasserspur.

Jürgen Hansen, der Chef des Fachkommissariats Eins oder FK1, bestätigte ihr am Telefon den Vorfall mit gereizter Stimme. Sie erfuhr, dass Heiko Schreiber ein bekannter und erfolgreicher Unternehmer sowie Lokalpolitiker war.

Toni, ihr Partner, reagierte übertrieben genervt, als er von Hanna Morenos Anruf erfuhr. Hansen hatte sie weiterverbunden. Seit der letzten Begegnung mit dem Rentnerstammtisch und Jonas Moreno, ihrem Sohn, war er zwiegespalten bezüglich dieser Rentnerrunde. Er glaubte, sie hätten einfach zu viel Zeit und liebten es, sich einzumischen.

Anouk entschied sich, von ihrer Wohnung in der Bismarckstraße den kurzen Weg ins Stadtzentrum zu Fuß zu laufen. Seit der Eröffnung des Weihnachtsmarktes hatten die meisten Straßen der Innenstadt eine prunkvolle Weihnachtsbeleuchtung. Sie fühlte sich fast an ihre Zeit in den USA erinnert. Viele Häuserfassaden waren ausgiebig geschmückt und standen im direkten Wettbewerb zu der prunkvoll beleuchteten Straße.

Was für eine Stromverschwendung!, schoss es ihr durch den Kopf, als sie das Lichtermeer erblickte. Wenn es nach ihr ginge, hätten alle Dächer installierte Solaranlagen oder Windräder, der öffentliche Nahverkehr wäre kostenlos, dafür müsste bei herkömmlichen Autos die KFZ-Steuer verdreifacht werden. Auf jeder konventionellen Wurst- und Fleischverpackung würden Bilder von Tierquälerei – ähnlich der Zigarettenverpackungen – kleben, Plastikverpackungen wären verboten und jeder Mitbürger müsste monatlich zwei bis drei unbezahlte Sozialstunden in seiner Wohngemeinde absolvieren.

Nach ihrer Weltreise vor vielen Jahren kam sie als Veganerin und Umweltschützerin zurück. Sie hatte plastikverseuchte Strände und Meere, riesige Plantagen von Monokulturen und die Abholzung des Regenwaldes gesehen, wusste um die schlechte Luftqualität in vielen asiatischen Regionen und hatte genug von entsetzlicher Massentierhaltung.

Sie verstand nicht, warum die Menschheit ihre Lebensgrundlage mit Füßen trat und an dem Ast sägte, auf dem sie saß.

In Olaf, ihrem Frankfurter Ex-Freund, hatte sie einen Seelenverwandten gefunden und wieder verloren. Manchmal vermisste sie die Gespräche mit ihm und dachte wehmütig daran zurück. Der vegane Tierarzt, der die Welt mit ihren Augen sah, hatte sie nach Jahren und einigen vergeblichen Versuchen, schwanger zu werden, verlassen, um eine andere Frau zur Familiengründung zu finden.

Sie hatte sich in die Arbeit geflüchtet, doch ihren Verlust und der Schmerz darüber wurden zu intensiv. Sie verlor ihre Intuition, die Klarheit und den Jagdinstinkt. Zweifel an sich selber krochen in ihren Verstand und vernebelten alles.

In einer tränenreichen Nacht kam aus dem Nichts die Erkenntnis: Sie musste ihr Leben verändern. Anouk wechselte von der Großstadt in die Provinz, ließ Kollegen, ihre anerkannte Position und ihr altes Leben zurück.

Nach sechs Monaten in ihrer neuen Umgebung hatte sie sich nicht nur an die mittelalterliche und historische Altstadt gewöhnt, kannte Haupt- und Schleichwege der Stadt, sondern hatte ihr berufliches Gespür wiedergefunden und ihren ersten Fall erfolgreich gelöst.

Sie lief über die Mauerstraße zur Spitalstraße am Roxani und dem Rigoletto vorbei, zwei beliebte Restaurants der Stadt, in die Bäckerstraße, zur Piepmäkerstraße, auf die Breite Straße. Dort, auf Höhe des Drogeriemarktes, erschlug sie der Menschenandrang des Weihnachtsmarktes. Von Weitem sah die Kommissarin verschwommen hinter dichten Schneeflocken die Blaulichter der Streifen- und Krankenwagen. Sie kämpfte sich durch langsame Rentner, laute Kinder, genervte Väter und neugierige Mütter, um zur provisorischen Absperrung zu gelangen.

Vom Rathausgebäude ausgehend, am Schuhgeschäft vorbei, über die Straße zum Schnellrestaurant und weiter zur Eisdiele und zurück zur Marktkirche war das rot-weiße Absperrband gespannt. Die Hokenstraße auf Höhe des Ledergeschäfts Goslar war genauso abgesperrt wie der Zugang zum Weihnachtswald.

Innerhalb der Absperrung standen Polizisten und außerhalb drängelten sich Menschen und starrten. Handyfilmern wurden die Aufnahmen von den Polizisten untersagt.

Die Spurensicherung war gerade dabei, einen Sichtschutz an der Bimmelbahn aufzubauen, um in Ruhe arbeiten zu können, als Anouk am Absperrband in der Nähe eines Schuhgeschäftes ihren Ausweis vorzeigte und eingelassen wurde. Sie erkannte Susanne Schönefeld, die Leiterin der Spurensicherung, auf Höhe der Bimmelbahn und lief zu ihr.

»War es also kein Fehlalarm?«, sagte die Kommissarin anstatt einer Begrüßung.

»Anouk, hallo! Wir wissen es noch nicht so genau. Helmut ist noch nicht da, doch die Auffindesituation ist schon außergewöhnlich.«

»Warum?«

»Nach ersten Zeugenaussagen dürfte es kein Herzinfarkt gewesen sein, denn er hatte weder Krämpfe, Schmerzen noch Ähnliches. Er hat erst noch klar gesprochen, doch Minuten später gelallt. In dieser Phase versuchte er, die Frau neben sich anzubaggern, indem er ihr seine Hand aufs Knie legte und mit ihr etwas trinken gehen wollte. Allerdings ist die Frau 75 Jahre alt und war über die Avancen unangenehm überrascht.« Susanne schmunzelte bei der Vorstellung. »Dann musste er aufstoßen, hustete stark und schlief nach ihrer Aussage einfach ein.«

Anouk nickte. Sie mochte die kleine, etwas rundliche Mittvierzigerin mit ihrem blonden Pagenkopf und den rot geschminkten Lippen.

»Hast du schon was gefunden?«, fragte Anouk.

»Hör mir auf! Ich hasse es, wenn ein Fundort in der Öffentlichkeit ist. Zu viele Augenpaare, keine Ruhe zum Arbeiten, und das Wetter macht es auch nicht besser. Wir bauen jetzt Sichtschutz und Zelte auf und wir brauchen Licht, viel Licht bei dieser Dunkelheit!«, schimpfte sie und stemmte ihre Fäuste in die Seite.

»Kann ich ihn sehen?«, fragte Anouk, die wusste, wie wichtig es für die Leute der Spurensicherung war, in Ruhe zu arbeiten.

»Ja, komm mit. Er hatte sich mit dem Fuß und seinen teuren Lederschuhen im Vordersitz verhakt. Zum Glück. Deshalb war er immer noch in der Bimmelbahn, als wir kamen. Der Sanitäter stellte nicht nur den Tod, sondern auch Mydriasis fest und erfuhr von Schreibers Assistenten vom Alkoholkonsum.«

»Alkohol und Drogenkonsum?«

Susanne fing an zu lachen. »Es ist Glühweinsaison! Alkohol hatte er ganz sicher im Blut. Die Frage ist nur, wie viel? Doch wenn du mich fragst, nicht nur das!«

Anouk nickte und überlegte, wann Prof. Dr. Helmut Keller, der Rechtsmediziner, am Tatort eintreffen würde. Er reiste vom fünfundachtzig Kilometer entfernten Hannover an. Hier in der Provinz war Distanz und Zeit eine ganz andere Komponente als in der Großstadt. So richtig daran gewöhnt hatte sie sich noch nicht.

Die Tür der Bimmelbahn stand offen. Der Tote trug einen dunkelgrauen Kaschmirmantel. Ein hellgrauer Schal hing über eine der Schultern und ein schwarzer Hut bedeckte den Kopf.

Anouk beugte sich vor, verdrehte sich und blickte in das friedliche, aber blasse Gesicht eines Mannes Mitte fünfzig. Markant waren seine tiefen Stirnfalten. Sie kannte das Gesicht.

Sie schaute sich auf dem abgesperrten Gelände um und erkannte unterschiedliche Gruppen. Der Krankenwagen mit zwei Sanitätern und die Spurensicherung standen direkt an der Bimmelbahn. Anouks Blick wanderte zu den Sanitätern zurück. Sie erkannte die dunkelgrünen Augen des einen. War das nicht Sebastian Kropp? Das letzte Mal hatte sie ihn Anfang August gesehen, allerdings in privater Kleidung. Heute wirkte er professionell. Damals hatte er vergeblich versucht, Markus Kaufmann, dem ermordeten Profi-Triathleten, das Leben zu retten. Überall bauten Polizisten an unterschiedlichen Stellen Schutzwände und Zelte auf, während Schaulustige sich dicht an die Absperrung drängten.

Ihre Augen wanderten weiter, um das Gesamtbild auf sich wirken zu lassen. An einem Glühweinstand versammelten sich verschiedene Zeugen. Unter ihnen erkannte sie die Mitglieder des Rentnerstammtisches. Willi Heine stand neben seiner Frau und Hanna Moreno und erzählte wild gestikulierend, während Gustav Peters von Zeit zu Zeit nickte. Ihre Gedanken wanderten an die vorletzte Begegnung mit Willi Heine zurück.

—◇·◇—

Es war September und ihr erster Mordfall lag nur wenige Wochen zurück. Sie war auf dem Weg in die Goslarer Stadtbibliothek, die übergangsweise in die Gebäude der ehemaligen Hauptschule Kaiserpfalz umgesiedelt worden war. In dem alten Schulkomplex entstand ein Kulturmarktplatz mit Bibliothek, Archiv, Museum und weiteren Kulturangeboten.

Es war ein warmer Nachmittag im Altweibersommer. Sie hatte nach dem Büro ihren Drahtesel zu Hause in der Bismarckstraße abgestellt und war von dort aus zu Fuß in die Stadt gegangen. Auf dem Marktplatz war die Luft von einer lauten Werbestimme erfüllt gewesen. Sie hörte immer wieder das Wort Steinberg und wurde mit jedem Schritt neugieriger.

Der Platz war überfüllt mit Menschen. Am Rathaus war eine Bühne aufgebaut und vor einem Rednerpult stand ein groß gewachsener Mann mit grau melierten Haaren und hielt einen bedeutungsschwangeren

Vortrag. Er versprühte Geschäftsmäßigkeit und wirkte einnehmend und überzeugend. Es war der Tote aus der Bahn.

Sie hatte nicht vorgehabt stehen zu bleiben oder sich den Vortrag genauer anzuhören, bis ihr Arm zögerlich ergriffen und ihr Körper sanft gedreht wurde. Ihre Augen schauten in ein bekanntes Gesicht.

»Die Kommissarin! Frau Bernstein, wie geht es Ihnen?«, flötete der Rentner unsicher. Vor ihr stand Willi Heine, der Onkel von Jonas Moreno. Ein Radfahrer und Öko wie sie.

»Mensch, Herr Heine, Sie hätte ich ja beinahe nicht erkannt«, erwiderte sie. Er stand mit grünlicher Cordhose und einem Pullunder vor ihr. Bilder ihres alten Geschichtslehrers huschten durch ihren Kopf. Auf seiner Nase saß eine Lesebrille, die leicht Richtung Nasenspitze gerutscht war.

»Frau Bernstein, ich habe ja schon lange nichts mehr von Ihnen gehört! Haben Sie denn etwas zu tun, wenn es keine Mordfälle gibt?«, scherzte der Rentner, kam ihr näher und lächelte dabei verschmitzt.

»Ja, zu tun gibt es immer etwas«, war ihre irritierte Antwort. Ein komisches Gefühl breitete sich auf ihrer Zunge aus. Sie wollte nicht mit Willi Heine sprechen. Die Gedanken an Jonas waren zu präsent. Sie brauchte Ruhe und klare Linien in ihrem Leben, nichts Unvorhersehbares. Sie machte Anstalten sich abzuwenden, doch Willi Heine ließ sich nicht abschütteln.

»Da vorne auf der Bühne«, er zeigte mit dem Kopf zum Podium, »den sollten Sie mal genauer unter die Lupe nehmen!«, sagte er und ergriff erneut ihren Ärmel.

»Aha, wieso denn?«, fragte sie, befreite sich und schaute zur Bühne. Der eloquente Redner trug ein prall sitzendes Hemd, das den voluminösen Bauch bedeckte. Anouk wurde aufmerksam. Die Bühne stand vor dem Goslarer Rathaus, das wegen Sanierungsarbeiten teilweise mit Planen verdeckt war. Hinter den Arkaden des Rathauses schmückte eine Fotoplane mit dem aktuellen Preisträger des Paul-Lincke-Rings das Gebäude.

Davor befand sich ein Rednerpult, das links und rechts von zwei überdimensionalen Plakaten begleitet wurde. Die Computerzeichnungen darauf zeigten einen modernen Großbau mit historischen Elementen, der auf einem Berg thronte, der von Wald umgeben war, und der klaren Aufschrift Steinberg.

»Worum geht es da?«, fragte sie Willi Heine.

»Tja, dieser Heiko Schreiber macht Werbung für sein Luxushotelvorhaben am Steinberg. Dort gab es schon mal ein Hotel mit Gaststätte, das ist aber in den Siebzigerjahren abgebrannt, kurz nachdem es zum Verkauf angeboten wurde.«

Willi erhob lehrerhaft den Zeigefinger und plauderte weiter. »Da soll jetzt ein 5-Sterne-Hotel hin. Mit allem. Wellnessanlage, Sauna, Innen- und Außenpool sowie Kosmetik, Frisör und Massage. Es soll der Luxushöhepunkt der Stadt werden. Mit eigener Zahnradbahn von den Parkplätzen am Kinderspielplatz Unter den Eichen aus und einer Aussichtsterrasse mit einem gigantischen Blick über die schöne Altstadt.«

»Das hört sich doch gut an!«, lächelte Anouk und schaute auf die Menge, die begeistert dem Sprecher zuhörte.

»Das finden aber nicht alle«, konterte Willi.

»Zum Beispiel?«, fragte sie überrascht. Der Rentner hatte eindeutig ihr Interesse geweckt.

»Na, der Naturschutzverein zum Beispiel. Oder vielleicht auch der Betreiber des Maltermeister Turms auf dem Rammelsberg. Wer mag schon, wenn der Wettbewerb steigt? So viele Besucher hat Goslar nun auch wieder nicht.«

»Aber die Stadtväter finden das Projekt gut, oder?«, hinterfragte sie.

Willi Heine fuhr mit einer Gärtnerpranke an seinen Dreitagebart und rieb sich das Kinn. »Es muss noch abgestimmt werden, aber wenn man der Presse glauben darf, soll es gut aussehen für Heiko Schreiber.«

Ihr Interesse war verflogen, sie wollte weiter, sie hatte keine Lust, dieses Thema zu vertiefen. »Herr Heine, ich muss jetzt leider wirklich gehen, sonst macht die Bibliothek zu«, versuchte sich die Kommissarin zu verabschieden.

»Sie essen doch gerne bio, oder?«, wechselte Willi das Thema.

»Ja, wieso?« Anouk hob ihre Augenbrauen. Hatte sich diese Information bereits herumgesprochen, was sie zu essen pflegte?

»Also in diesem Jahr habe ich so viel Obst. Die Bäume hängen voll und ich weiß kaum, wohin damit. Bitte kommen Sie vorbei und holen Sie sich etwas. Und bei mir können Sie sich sicher sein, dass alles bio ist. Nur Wasser und Sonne!«, strahlte der Rentner über das gesamte Gesicht, stemmte seine Handflächen in den Rücken und wippte kindlich auf den Fußspitzen vor und zurück.

Anouk öffnete leicht den Mund und wusste nicht, was sie antworten sollte. Das Angebot war verlockend, doch würde sie dann auf Jonas treffen? Doch warum eigentlich nicht? Was stellte sie sich denn so an? In der Provinz kannten sich die Leute und sie würde immer auf bekannte Gesichter stoßen.

»Klar, ich komme sehr gerne«, entschied sie sich, »wann und wo?«.

»Sie waren doch schon bei uns zu Hause. Haben Sie die Adresse noch?«, fragte er stolz und gab Anouk erneut die Anschrift, als sie mit dem Kopf schüttelte. Sie gab Willi Heine ihre Karte und bat ihn, sich noch mal bei ihr zu melden, wenn er genauer wüsste, wann das Obst geerntet werden müsste. Dann drehte sie sich herum, hob die Hand, lächelte und steuerte die Worthstraße an.

—◇·◇—

»Anouk! Bist du noch bei mir?«, fragte Susanne. »Ich muss jetzt hier weitermachen.«

»Susanne, na klar!«, schreckte Anouk aus ihren Gedanken hoch. »Ich gehe mal zu den Zeugen rüber! Danke und bis später«, sagte sie und nickte der Leiterin der Spurensicherung zu.

»Anouk!«, rief Toni aus dem Nichts hinter ihr.

Sie drehte sich um und erkannte ihren jungen Teamkollegen, der auf sie zugelaufen kam. Er trug einen schwarzen Winterparka mit ausuferndem Webpelz von Wellensteyn, dunkelblaue Chinos und beigeschwarze Winterboots von Sorel. Sein Kopf wurde von einer beigefarbenen Wollmütze bedeckt, die zu der Farbe des Schals und der Schuhe passte.

»Haben wir einen neuen Fall?«, fragte er.

Anouk nickte.

»Diesmal etwas Brisantes, wenn es Heiko Schreiber ist! Ist er noch vor Ort?«, fragte Toni.

»Ja, er ist immer noch in der Touristenbahn. Ich bin mir aber noch nicht sicher, was hier genau passiert ist. Es kann auch ein Unfall gewesen sein. Wir müssen warten, was Dr. Keller sagt.«

»Wollen wir deinen speziellen Rentner-Klub befragen?«, piesackte er Anouk.

»Es sieht ganz danach aus. Sie haben mich informiert und waren vor Ort, als Heiko Schreiber gefunden wurde«, lächelte sie.

»Ich schaue mir Schreiber an und komme dann nach.«

Anouk nickte und Toni drehte sich um.

Willi Heine und Gustav Peters sprachen nach wie vor mit dem Streifenpolizisten, als sie zur Gruppe trat.

»Frau Bernstein, gut, dass Sie da sind!«, platzte es Willi Heine heraus, als er sie entdeckte.

»Herr Heine, Herr Peters!«, begrüßte sie die Herren. Aus dem Hintergrund gesellten sich Martha Heine und Hanna Moreno dazu. Anouk sah, dass sich ein südländisch aussehender Mann neben Jonas` Mutter dazustellte. Die Ähnlichkeit war auffällig. Der Mann war zwar kleiner und deutlich älter als Jonas, doch das musste sein spanischer Vater sein. Ganz ohne Zweifel.

»Frau Bernstein, endlich sind Sie hier!«, sagte Martha Heine und begann, ohne gefragt zu werden, die Geschehnisse zu schildern, wurde aber nach kurzer Zeit von ihrer Schwester unterbrochen. Hanna Moreno teilte aufgeregt ihre Sichtweise mit, wurde aber von Willi Heine korrigiert. Zum Schluss ergriff Gustav Peters das Wort, der Heiko Schreiber als Erster aus der Rentnerrunde hinter dem Hut erkannt hatte. Erstaunlicherweise blieb der Spanier im Hintergrund, schwieg und beobachtete die hitzigen Schilderungen seiner Familienmitglieder. Die Rentner redeten, gestikulierten und konnten ihr Redebedürfnis nicht stoppen. Anouks Blick auf die Rentner wurde unscharf und ihre Gedanken wanderten zurück ins zweite Oktoberwochenende.

—◇·◇—

Der goldene Oktober war außergewöhnlich warm. Anouks Haare wehten im Wind. Sie saß auf dem Fahrrad und fuhr nach Kramerswinkel. Sie hatte sich zwei Jutetaschen mitgenommen und einen alten verrosteten Fahrradkorb an das Rad befestigt. Sie wollte es hinter sich bringen. Heute würde sie Obst in Willi Heines Garten pflücken.

Sie zögerte, als sie ihren Drahtesel am Zaun des Bungalows befestigte. Anouk schloss die Augen, atmete zweimal in den Bauch, nahm die Beutel in die Hand und drückte die verrostete Klinke der Gartenpforte herunter. Ein ohrenbetäubendes Quietschen ertönte und kündigte den Heines neuen Besuch an. Wie auf Kommando kam Martha Heine um die Ecke.

»Die Kommissarin! Ach wie schön, Frau Bernstein, dass Sie kommen konnten«, wurde sie warmherzig von der Rentnerin empfangen. Martha Heine hatte mit verschiedenfarbigen Spangen ihre Haare aus dem Gesicht befreit und trug Handschuhe und einen selbst gestrickten Pullunder in einer Senffarbe.

Anouk musste automatisch an die letzte Begegnung mit Willi Heine denken, der ebenfalls einen Pullunder getragen hatte, und konnte ein Schmunzeln kaum unterdrücken.

»Frau Heine, ja ich freue mich. Ihr Mann hat mich eingeladen, etwas Obst zu pflücken«, erwiderte sie den Empfang.

Ohne abzuwarten, zog Martha Heine die junge Kommissarin hinter das Haus und schob sie vor sich her.

»Schaut mal, wen ich mitgebracht habe!«, kündigte sie Anouk an und drückte sie weiter in den Garten. Das Grundstück war umschlossen von Obstbäumen und Sträuchern, die eine Sicht auf die Nachbarn einschränkte. Am Haus befand sich eine große Terrasse mit einem einladend gedeckten Tisch, an dem Gustav Peters und Hanna Moreno saßen. Auf der liebevoll mit einem weißen Tischtuch angerichteten Tafel entdeckte sie Obstschalen, verschiedene Sorten Kuchen, Kaffeekannen, Glasflaschen mit Saft und Wasser und einen prachtvollen Blumenstrauß. Kinderstimmen lenkten ihren Blick auf Filipa, die fünfjährige Tochter von Jonas, die mit zwei älteren Mädchen zwischen Brombeerbüschen spielte. Ihr Herz überschlug sich, doch sie konnte Jonas nicht entdecken.

»Hallo Frau Bernstein!«, wurde sie von Hanna Moreno begrüßt, die vom Stuhl am Tisch aufstand. Die

Rentnerin trug eine dunkelblaue Jeans und dazu eine weiße, kurzärmelige Bluse. Eine modische, braun melierte Sonnenbrille bedeckte ihre Augen und bildete einen attraktiven Kontrast zu den rot geschminkten Lippen. Hanna Moreno wusste sich elegant und damenhaft zu kleiden, eher das genaue Gegenteil ihrer Schwester. Auch Gustav Peters hatte einen geschmackvollen Kleidungsstil, während man Willi Heine ansah, dass es ihm egal war, welche Kleidungsstücke er miteinander kombinierte.

»Hallo Frau Moreno«, erwiderte sie die Begrüßung und beobachtete aus den Augenwinkeln, wie Filipa sich umdrehte und sie entdeckte. Das Mädchen ließ etwas fallen und rannte auf sie zu. »Die Polizistin ist da!«, schrie sie vor Begeisterung und schmiss sich Anouk an den Körper. Automatisch beugte sie sich vor und nahm die Kleine in den Arm. Sie hatte das Mädchen am Vienenburger See kennengelernt, als sie ihren ersten Mordfall in Goslar untersuchte. Filipa schien sofort von ihr und ihrem Beruf begeistert gewesen zu sein.

»Hallo Filipa, schön, dich wiederzusehen.«

»Mein Papa ist gar nicht da!«, erwiderte das Mädchen in Anouks Bauch und schaute darauf die Kommissarin an.

»Wo ist er denn?«, fragte sie und eine Mischung aus Erleichterung und Enttäuschung breitete sich in ihr aus.

»Filipa, lass Frau Bernstein erst mal ankommen, bevor du sie belagerst«, sagte Hanna. Augenblicklich ließ die Kleine von Anouk ab und rannte zurück zu den Mädchen, die in den Büschen auf sie warteten.

»Möchten Sie etwas trinken oder ein Stück Kuchen haben?«, fragte Hanna Moreno, doch Anouk schüttelte den Kopf.

»Ich will mir etwas Obst pflücken, Ihr Schwager hatte mich eingeladen.«

»Ja, ich weiß, doch ein Stück zur Stärkung?«, blieb Hanna hartnäckig.

»Nein, danke«, sagte sie und suchte verzweifelt im Garten nach Willi Heine. Erst jetzt bemerkte sie, dass neben dem Rentnerstammtisch mehr Personen im Garten waren. Ein Mann und eine Frau in ihrem Alter standen an einem Apfelbaum und am Nachbarsbaum streckten sich zwei weitere Männer in die Äste. Luna, Gustav Peters Irish-Setter-Dame, schnüffelte vergnügt im Gras.

Unerwartet legte sich eine Hand auf Anouks Schulter. Ruckartig drehte sie sich nach hinten und entdeckte Willi Heine.

»Frau Bernstein! Ich hoffe, Sie haben einige Taschen mitgebracht. Wie haben sehr viel an den Bäumen hängen!«

Anouk lächelte verlegen und wusste nicht recht, was sie antworten sollte, doch das brauchte sie nicht, denn Willi Heine sprach gleich weiter.

»In den Bäumen sind meine Jungs mit ihren Partnern und bei Filipa spielen meine Enkelinnen. Zwillinge und echte Prachtmädchen«, erzählte er mit vor Stolz erhobener Brust.

»Oh, das freut mich für Sie, dass Ihre Familie heute versammelt ist. Da will ich gar nicht so lange stören.«

»Keine Sorge. Sie pflücken erst mal. Ich bin dankbar über jeden Abnehmer. Es gibt Äpfel, Birnen, Himbeeren und Brombeeren.«

Anouk nickte, entdeckte personenleere Büsche und schlich zu den Brombeersträuchern, um mit Jonas' Cousins nicht ins Gespräch kommen zu müssen. Nach wenigen Minuten wurde sie bei ihrer Pflückerei von Hanna Moreno unterbrochen.

»Ich habe hier ein paar Pappschalen, damit die Himbeeren und Brombeeren nicht kaputtgehen.«

»Vielen Dank. Das ist eine gute Idee, sonst überleben sie den Transport vielleicht nicht«, lachte Anouk und Röte stieg ihr ins Gesicht.

»Genau! Ach, und wenn es Sie interessiert, können Sie Jonas später auf Ihrem Telefon verfolgen!«, erklärte die Rentnerin.

»Wie meinen Sie das?«, fragte Anouk überrascht.

»Ach, ich dachte, Sie wüssten es! Im Sommer konnte sich Jonas beim Ironman in Zürich für die Weltmeisterschaft auf Hawaii qualifizieren. Mein Neffe Tobias wohnt in Zürich mit seinem Partner. Sie hängen da vorne im Birnbaum«, sagte Hanna Moreno und zeigte auf zwei große und schlanke Männer. »Sie müssen wissen, dass Jonas' Zeit bei dem Wettkampf fantastisch war. Etwas weniger als neuneinhalb Stunden.«

»Ach, wirklich?«, reagierte Anouk überrascht und gleichzeitig beeindruckt, denn Jonas hatte das mit keiner Silbe erwähnt. Doch dann erinnerte sie sich daran, dass sie seine Nachrichten konstant ignoriert hatte, bis er sie eingestellt hatte.

»Ja, und heute ist der Tag der Ironman-Weltmeisterschaft. Nachher geht es los und wir sind alle ganz aufgeregt und drücken ihm die Daumen. Er hat in dieser Saison wirklich gut abgeschnitten. Jonas ist zu Beginn der Herbstferien nach Hawaii geflogen und Filipa und ich sind bis gestern bei meinem Mann auf Mallorca gewesen«, strahlte sie voller Stolz.

»Das ist ja unglaublich aufregend!«, freute sich Anouk und schaute zu den spielenden Mädchen.

»Laden Sie sich einfach die Ironman-App runter und dann können Sie ihn verfolgen. Seine Starternummer ist die 1292«, erklärte Hanna, die mit dem Gebrauch von Smartphones keine Probleme hatte.

»Ah, okay, vielen Dank«, sagte Anouk und nahm die Pappschalen entgegen.

»Wann geht es denn genau los?«, fragte sie.

»Um 18:35 Uhr unserer Zeit ist der Startschuss für die männlichen Profi-Triathleten. Fünf Minuten später starten die Profi-Frauen und um 19:05 Uhr die männlichen Amateure.«

»Gut zu wissen, dann werde ich mich mal mit dem Pflücken beeilen, damit ich nichts verpasse!«, griff sie die Gelegenheit auf, um sich später schnell verabschieden zu können.

Hanna Moreno lächelte zufrieden und ging zurück zur Terrasse. Nach fünfundvierzig Minuten hatte Anouk mehr Obst, als sie tragen konnte, und verabschiedete sich von allen Familienmitgliedern. Martha Heine griff Anouk unter den Arm, um sie an die Pforte zu begleiten. Als sie am Zaun ankamen, begrüßte sie herzlich ihre Nachbarin. Die Frau war deutlich älter als Martha Heine und wurde von einer arabisch aussehenden Frau mit schwarzem Kopftuch begleitet. Als beide im Haus verschwunden waren, richtete sich Frau Heine an Anouk: »Eine unglaubliche Frau, unsere Nachbarin. Inga Meit ist neunzig Jahre alt und geistig fit wie ein Turnschuh. Sie müssen wissen, dass sie vor drei Jahren ihren Mann verloren hat. Und weil sie kinderlos ist und somit keine Hilfe aus der Familie bekommt, hat sie sich irgendwann eine Haushaltshilfe gesucht. Doch ich sage Ihnen, das war gar keine einfache Sache, denn die meisten wollen nur bestimmte Aufgaben im Haushalt übernehmen. Luisa ist ein Hauptgewinn für Frau Meit. Sie wäscht, kocht, kauft ein und macht auch Mani- oder Pediküre«, erzählte Martha Heine.

»Oh, das freut mich für Ihre Nachbarin. Wissen Sie, woher die Hilfe kommt?«, fragte Anouk.

»Luisa heißt mit Nachnamen Rahman und stammt aus Syrien. Die arme Frau hat ihre beiden Kinder und ihren Mann im Krieg verloren. In Aleppo hat sie in einem Krankenhaus als Ärztin gearbeitet, doch hier will sie keiner haben. Was für eine Verschwendung«, entrüstete sich die Rentnerin und schüttelte dabei den Kopf.

Anouk kannte sich mit dem Leben der Flüchtlinge in Deutschland kaum aus und nickte nur mitfühlend mit dem Kopf. »Frau Heine, ich muss jetzt los, damit ich den Start von Jonas nicht verpasse!«, nutzte sie die Gelegenheit, um sich loszueisen.

Martha Heine strahlte. »Ach, wie schön, dass Sie mit unserem Jonas bekannt sind!«

»Ja, ich muss dann mal!«, ergriff Anouk die Flucht. Sie nahm die Obstschätze, ging durch das quietschende Tor, öffnete das Fahrradschloss und verstaute die Beutel in den Fahrradkorb.

»Vielen Dank noch mal, Frau Heine!«, verabschiedete sie sich von Martha und schob ihr vollgepacktes Rad davon.

—◇·◇—

Am Tatort schauten sie zehn Augenpaare erwartungsvoll an. Der Rentnerstammtisch hatte zu Ende diskutiert und erwartete jetzt eine Antwort von ihr. Doch sie hatte nicht zugehört.

»Wir brauchen das alles schriftlich. Bitte kommen Sie morgen ins Kommissariat, damit wir Ihre Aussage aufnehmen können«, rettete sie sich aus der Situation und Jonas´ Familienmitglieder waren sichtlich zufrieden.

Anouk verabschiedete sich und erfuhr von einer Streifenpolizistin, dass Lino Kirchhoff, der Assistent von Heiko Schreiber, sich in der Holzhütte des Bio-Glühweinstands befand und völlig aufgelöst war.

-4-

Der Holzanbau des Bio-Glühweinstands war rustikal und gemütlich eingerichtet. Es gab sogar eine Fußbodenheizung. In einer Ecke saß Lino Kirchhoff auf einer Holzbank. Er sprach gesenkten Kopfes und leichenblass mit einem von Anouks Kollegen.

Auf dem Weg zur Hütte hatte sie Toni für die Befragung eingesammelt und von ihm erfahren, dass Prof. Dr. Keller bereits in Goslar eingetroffen war und gleich am Fundort ankommen müsste.

»Das ist gut!«, sagte Anouk.

»Ich kann nicht glauben, dass es Heiko Schreiber ist. Er ist eine Goslarer Persönlichkeit, ein Bauunternehmer, Wohltäter und zum Wohle der Bürger in die Lokalpolitik gegangen«, flüsterte Toni.

»Wie gut kanntest du ihn?«

»Ich nicht so gut, aber mein Vater, glaube ich«, sagte Toni mit leiser werdender Stimme. Tonis Familie war wohlhabend. Seinem Vater gehörten mehrere Luxus-Hotels im Umkreis von hundert Kilometern. Anouk erinnerte sich, wie geschockt sie gewesen war, als ihr Junior bei den Ermittlungen ihres ersten Falles mit einem Porsche vorgefahren war. Es war offensichtlich, dass Toni den Polizeiberuf nicht wegen des Geldes ausübte, sondern aufgrund seiner persönlichen Überzeugung oder um seinem Vater eines auszuwischen.

Heiko Schreibers Assistenten war der Schock des Abends in den Leib gefahren. »Herr Kirchhoff?«, fragte die Polizistin vorsichtig und der junge Mann nickte.

»Ich bin Anouk Bernstein und das ist mein Kollege Anton Meyer-Burghardt.«

Der Zeuge nickte wieder.

»Unser herzlichstes Beileid. Dürfen wir Ihnen trotzdem ein paar Fragen stellen, um das grauenvolle Ereignis schnellstmöglich aufzuklären?«

Er nickte erneut.

»In welchem Verhältnis standen Sie zu Herrn Heiko Schreiber?«, fragte Toni.

Lino Kirchhoff runzelte die Stirn und war offensichtlich überrascht über die Frage. »Na, ich war sein Assistent!«

»Auf der politischen oder der wirtschaftlichen Seite?«, fragte Anouk.

»Eigentlich habe ich im Bauunternehmen mit einer Ausbildung angefangen. Nach meinem Abschluss wurde ich sein persönlicher Assistent, und als er in die Politik eingestiegen ist, habe ich auch diese Themen übernommen.«

»Okay!«, sagte Anouk und Toni nickte.

»Was haben Sie heute Abend hier gemacht?«, wollte sie weiter wissen.

»Nichts Offizielles. Herr Schreiber hat sich mit einigen Geschäftspartnern getroffen. Sie machen das jedes Jahr. Es sollte ein feuchtfröhlicher Abend für alle werden.« Lino Kirchhoff nannte die Namen der kleinen Gruppe, Anouk notierte sie sich, gab Toni den Zettel und bat ihn, herauszubekommen, ob die Männer noch auf dem Weihnachtsmarkt waren.

»Also gab es viel Alkohol heute Abend?«

»Ja, Glühwein mit Schuss.«

»Wie viele hatten Sie?«

»Ich weiß nicht so genau. Fünf oder sechs. Doch wir waren erst am Anfang.«

»Wieso?«

»Die Herren wollten danach noch festlich zu Abend essen.«

»Sie auch? Und wo?«

»Nein, ich nicht, aber das ist auch okay so. Ich bin noch mit meiner Freundin verabredet«, sagte Lino Kirchhoff und schaute auf seine Schuhe. »Das hat sich wohl jetzt erledigt«, flüsterte er und blickte Anouk wieder an.

»Wo wollten Sie essen gehen?«, wiederholte sie ihre Frage.

»In der Alten Münze.« Das Romantik-Hotel Alte Münze hatte seit Neuestem ein Restaurant in den historischen Räumlichkeiten der ehemaligen Stadtbücherei eröffnet.

»Wieso sind Sie Bimmelbahn gefahren und warum saßen Sie getrennt?«

»Das weiß ich ehrlich gesagt gar nicht. Auf einmal wollte er fahren, die anderen aber nicht, also musste ich mit. Getrennt wurden wir, weil wir spät dran waren und die Bahn schon voll besetzt war.«

Anouk nickte.

»Wo haben Sie den Glühwein gekauft?«

»An verschiedenen Ständen, doch die letzten beiden am Glühweinstand direkt vor dem Weihnachtswald.«

Sie nickte Lino Kirchhoff zu und bat einen Streifenpolizisten, der sich in ihrer Nähe aufhielt, die Getränke und Flüssigkeiten des besagten Standes sicherzustellen.

»Hatte Herr Schreiber denn keinen Herzinfarkt?«, wunderte sich der Assistent.

»Wie kommen Sie darauf?«

»Warum sollte er sonst verstorben sein?«

»Zum jetzigen Zeitpunkt können wir nichts Genaues sagen«, erklärte sie.

Lino Kirchhoff beugte sich vor und griff in sein volles Haar, dabei kam ein Goslarer Glühweinbecher aus seiner Jackentasche zum Vorschein. Das goldene G mit aufgesetzter Krone, ein Symbol der Kaiserstadt, sprang Anouk förmlich ins Gesicht.

»Ist der Becher vom letzten Glühweinstand?«

»Wie?« Kirchhoff räusperte sich, setzte sich auf und griff in seine Tasche.

»Ja, warten Sie.«

Er beugte sich zur Seite und ergriff einen weiteren Becher, der neben ihm auf der Bank stand.

»Bevor wir in die Bahn gestürzt sind, wollte Herr Schreiber noch einen Glühwein mit Schuss, die Tasse müsste er noch bei sich haben. Und die hier«, er holte den herausschauenden Becher und einen weiteren aus seiner Jackentasche, »die habe ich nicht abgegeben, damit wir die Bahn bekommen.«

»Sie hätten doch die nächste Bahn nehmen können, oder?«

»Herr Schreiber konnte sehr aufbrausend werden, wenn er nicht bekam, was er wollte. Und er wollte diese Bahn nehmen, also habe ich mich beeilt«, erklärte Lino Kirchhoff sein Verhalten.

Anouk fummelte Plastiktüten aus ihren Taschen und stülpte je eine über die drei Becher. Für sie war es jedes Mal ein komisches Gefühl, wenn sie durch die Arbeit Beweismittel in solchen Tüten sicherte, denn in ihrem privaten Leben gab es so gut wie kein Plastik.

»Herr Kirchhoff, vielen Dank für Ihre Zeit. Wir werden wieder auf Sie zukommen, falls wir weitere Fragen haben.« Damit verabschiedete sie sich vom Assistenten und verließ die Glühweinhütte.

An der Bimmelbahn entdeckte sie Prof. Dr. Keller, und auch Susanne stand bei ihm.

»Herr Prof. Keller, gut, dass Sie vor Ort sind«, begrüßte Anouk den Rechtsmediziner und schaute in ein Mondgesicht mit rosa Wagen.

»Unsere Goslarer Schönheit! Frau Bernstein, es ist mir eine Ehre«, schmeichelte der Rechtsmediziner in Tenorstimme und drehte sich zurück zur Leiche.

»Susanne, ich habe hier drei Glühweintassen, die untersucht werden müssen.«

»Okay, danke!«, erwiderte die Leiterin der Spurensicherung und verschwand mit den Plastiktüten.

»Tja, die Pupillen sind erweitert. Klare Mydriasis. Er hat etwas Erbrochenes am Mund und nach dem Aroma zu urteilen, war er alkoholisiert. Er hat Hautabschürfungen an den Händen. Sein Handy und die Handschuhe lagen auf dem Boden der Bahn. Wir werden verschiedene Tests machen. Fremdeinwirkung kann ich im Moment nicht zu einhundert Prozent ausschließen«, stellte Prof. Dr. Keller fest. Der Mediziner schaute auf die Hose der Leiche. »Der Schließmuskel ist zwar erschlafft, allerdings noch geschlossen. Das ist gut, dann können wir eine Blut-, Urin- und Haarprobe analysieren lassen.«

Anouk nickte, als sich Toni dazugesellte.

»Weder im abgesperrten Zeugenbereich noch im Weihnachtswald habe ich die Herren entdeckt«, berichtete Toni.

»Danke, wir haben die Namen. Dann befragen wir sie später«, stellte Anouk fest und sah Jürgen Hansen, den Leiter des FK1, auf sie zukommen.

»Ist es wirklich Heiko Schreiber?«, fragte Hansen und bekam beim Anblick der Leiche seine Antwort.

»Wissen wir bereits etwas, können wir Fremdeinwirkung ausschließen?«, fragte Hansen den Rechtsmediziner, der sich zu ihm drehte und den Kopf schüttelte.

»Okay, dann haben wir viel Arbeit vor uns, und es wird Druck von oben geben. Stellt euch schon mal darauf ein«, schüttelte er nervös den Kopf und fasste sich in sein volles graues Haar.

—◇·◇—

Zwischen Nadelbäumen stand Johann Thiede und verfolgte durch ein paar Äste die Szenerie bei der Goslarer Bimmelbahn. Wie ein Lauffeuer hatte sich herumgesprochen, dass Heiko Schreiber in der Bahn zusammengebrochen war. Mit der Nachricht kam die Nüchternheit der kleinen Männerrunde unverzüglich zurück. Die Gruppe hatte sich kommentarlos aufgelöst, doch er musste stehen bleiben und beobachten. Als die Spurensicherung erschienen war, spürte man Unruhe, gepaart mit Neugierde bei den Weihnachtsmarktbesuchern aufkommen. Thiede allerdings ergriff die Unsicherheit erst, als ein Jungspund in zivil offensichtlich nach den Begleitern von Schreiber suchte. Jetzt war es Zeit, den Weihnachtsmarkt zu verlassen. Er schritt Richtung Hirsch-Apotheke und verließ den Schuhhof, auf dem der Weihnachtswald aufgebaut war. Sein Weg führte ihn Richtung Münzstraße. Die Straße war glücklicherweise ruhig und fast menschenleer. Er griff entschlossen zum Smartphone.

»Heiko Schreiber ist tot. Wir haben vielleicht ein bis zwei Stunden Zeit, um für die Öffentlichkeit unwichtige Informationen verschwinden zu lassen. Sag mir Bescheid, wenn es erledigt ist«, flüsterte er zitternd, aber bestimmt. Mit dem Ende des Gesprächs erhöhte er seine Schrittfrequenz.

—◦◦—

Vor der Absperrung des Tatorts drängten sich Gaffer und hinter ihr herrschte hektisches Treiben, um Ordnung in das Chaos zu bringen.

»Na, Frau Bernstein? Wittern Sie bei jedem Herzinfarkt einen Mord? Es gibt wohl zu wenig für Sie in unserer schönen Kaiserstadt zu tun«, frotzelte Dieter Cordes, der zur Gruppe der Ermittler dazugekommen war.

Anouk schaute ihrem Kollegen aus dem FK1 in sein faltendurchfurchtes Gesicht und ignorierte seine Sprüche. Seine Igelfrisur war schon seit Längerem nicht mehr geschnitten worden, und ihr fiel sein Raucheratem auf, als er sprach. Bisher war ihr gar nicht klar gewesen, dass Cordes offensichtlich Raucher war. Bei ihm war sich Anouk nicht sicher, ob sie ein vertrauensvolles Arbeitsverhältnis mit ihm aufbauen wollte, denn seit ihrem Einstieg bei der Goslarer Polizei und ihrem ersten Fall war er ihr feindlich gegenüber gesinnt gewesen.

»Jürgen, übertreiben wir nicht ein bisschen?«, fragte Cordes, der offensichtlich noch nicht wusste, um wen es sich handelte. Er drehte sich und blickte unter den Hut der Leiche.

»Scheiße, Leute, jetzt haben wir wirklich ein Problem«, fluchte Cordes blass, als er Heiko Schreiber erkannte.

Jürgen Hansen, der FK1-Leiter, blieb stumm.

»Wieso hat mir keiner gesagt, dass es Heiko Schreiber ist?«, schimpfte er.

Wut über Cordes' überhebliche Art stieg in Anouk auf. Wieso reagierte ihr Kollege so? Wollte er sich wichtigmachen?

»Kennst du ihn denn persönlich?«, provozierte sie ihn und ärgerte sich sofort über ihre emotionale Kampfansage.

»Seit wann duzen wir uns, Bernstein?«, empörte sich Cordes.

Er hatte reagiert, wie sie erwartet hatte.

»Und?«, lächelte sie triumphierend.

»Jeder in der Stadt kennt Heiko Schreiber. Ein Wohltäter und Visionär. Goslar braucht solche Leute«, knurrte er.

Hansen wandte sich an Anouk und Cordes.

»Ich will, dass wir alle zusammenarbeiten und diesen Fall so schnell wie möglich klären. Ich will Teamgeist sehen! Ist das klar?«, stellte er unmissverständlich klar.

Trotz machte sich in ihr breit und verdrängte die Professionalität. Wollte sie mit Cordes überhaupt zusammenarbeiten? Seit sie im Polizeipräsidium Goslar arbeitete, schnitt und wetterte Cordes gegen sie. Toni hatte ihr erzählt, dass er glaubte, es läge an ihrem Rang und daran, dass Toni nun mit ihr und nicht mehr mit Cordes arbeitete. Doch sie spürte, dass es mehr als reine Wettbewerbsängste sein musste.

»Einen Scheiß werde ich«, bellte Cordes seinen Chef an, drehte sich um und griff zum Telefon.

Der FK1-Leiter schaute seinem über Jahre vertrauten Kollegen verständnislos und entsetzt hinterher. Dann drehte er sich zu Anouk. »Frau Bernstein, manchmal ist er überfordert. Ich hoffe, Sie nehmen das nicht persönlich«, versuchte er, die Situation zu retten. Dem FK1-Leiter war es offensichtlich peinlich, dass Cordes so unprofessionell reagiert hatte.

»Wie sollen wir weiter vorgehen?«, fragte Anouk stattdessen und ignorierte seinen Kommentar. Die Polizistin in ihr war zurück. Auf solche Diskussionen ließ sie sich nicht ein. Sie wollte einen Fall lösen und nicht Ringelpiez mit Anfassen spielen.

»In einer halben Stunde werden wir alles Weitere im Präsidium besprechen. Keller soll mit der Obduktion im Goslarer Krankenhaus beginnen, ich will keine Zeit verlieren. Wir müssen wissen, was mit Heiko Schreiber passiert ist.«

Anouk gefiel die Vorgehensweise ihres Chefs nicht. »Wir sollten die Angehörigen von Heiko Schreiber benachrichtigen und wir müssen die Herren des Männerabends befragen. Ist doch komisch, dass sie nicht mehr auf dem Weihnachtsmarkt sind, oder?«, sagte Anouk. Ihr passte es nicht, dass die nächsten Schritte erst im Präsidium besprochen werden sollten.

»Frau Bernstein, dann fahren Sie jetzt mit Toni zu Frau Schreiber und überbringen ihr die traurige Nachricht. Rufen Sie mich aber direkt danach an.« Damit drehte sich Hansen von ihnen weg und besprach weitere Schritte mit Prof. Dr. Keller.

»Toni, wir brauchen die Adresse.«

Er nickte, nahm sein Telefon in die Hand und rief in der Polizeiinspektion an.

»Kaisertorstraße 24, in Goslar. Ich bin mit meinem Wagen hier; der steht da vorne am Hohen Weg, wo das Restaurant Aubergine ist.«

Anouk schluckte und nickte. Sie hasste es, in herkömmlichen Autos zu fahren. Normalerweise organisierte sie sich immer ein Elektroauto aus der Polizeiinspektion, doch das wäre jetzt zu umständlich gewesen. Also musste sie in den sauren Apfel beißen.

Toni lächelte siegessicher.

-5-

Willi schloss erschöpft die Haustür des Bungalows auf. Martha stand hinter ihm und drängelte ungeduldig ins Haus hinein.

»Nun warte doch, bis die Tür ganz auf ist«, beschwerte er sich.

»Willi, ich muss aufs Klo. Der Glühwein und dann die Befragungen. Ich hätte noch mal auf die Toilette gehen sollen, bevor wir das Taxi genommen haben.« Damit schob sie sich an ihm vorbei und verschwand auf das stille Örtchen.

Willi streifte die Winterstiefel ab und zog sich Hausschuhe an. In der Küche wusch er sich die Hände und setzte Wasser für einen Tee auf. Kurze Zeit später gesellte sich Martha zu ihm.

»Ich habe die schrecklichen Neuigkeiten immer noch nicht verdaut. Wie furchtbar für die Familie von Heiko Schreiber«, begann Martha das Gespräch.

Willi rümpfte die Nase. Seine voreingenommene Meinung zur Todesursache beschäftigte ihn. »Aber ein Herzinfarkt oder so war das bestimmt nicht, sonst hätte die Polizei nicht so großräumig abgesperrt«, überlegte er.

»Aber Willi, wir haben der Polizei den Floh ins Ohr gesetzt«, erinnerte ihn seine Frau und nahm sich eine Tasse aus dem Schrank.

»Gustav hat das Gesicht des Toten gesehen und war sich sicher, dass mit ihm irgendetwas nicht stimmte«, erinnerte Willi, schüttete Pfefferminzkräuter in ein Metallsieb, setzte es in eine Tasse und goss heißes Wasser darüber.

»Vielleicht erfahren wir morgen mehr, denn Heiko Schreiber wird bestimmt untersucht und dann steht garantiert etwas in der Zeitung«, sagte Martha, öffnete eine Metalldose und ein Geruch von Zimt und Vanille durchströmte die Küche. Sie griff nach ein paar selbst gebackenen Plätzchen und bot Willi ein paar an, der aber mit dem Kopf schüttelte.

»Es ist aber auch ärgerlich, dass wir mit dieser Kommissarin nicht besser bekannt sind«, zog Willi eine Schnute. »Dann müssten wir sicherlich nicht die Details in der Goslarschen Zeitung nachlesen.« Willi griff sich erst mit einer seiner großen Hände ins Haar und schenkte daraufhin heißes Wasser in eine zweite Tasse ein. Mit den Getränken in der Hand ging das Ehepaar ins Wohnzimmer und setzte sich an den Esstisch, der seit Neuestem am Panoramafenster zur Terrasse stand. Martha hatte sich nach langer Diskussion durchgesetzt, weil der Tisch vorher unglücklich zwischen Sofa und Fernseher gestanden hatte und nur die eine Seite des Sofas benutzt werden konnte, wenn beide fernsahen.

Seitdem sahen sie vom Tisch aus in den dicht verwachsenen Garten und in die Küchen- und Wohnzimmerfenster ihrer Nachbarin Frau Meit. Willi nahm sich die aktuelle Zeitung, um darin zu schmökern, während Martha genüsslich kauend in das Nachbarhaus schaute und Luisa Rahman, Frau Meits Pflegerin, in der Küche hantieren sah.

Sie freute sich für ihre Nachbarin, die sich, seitdem Frau Rahman in ihr Leben gestoßen war, positiv verändert hatte. Nach dem Tod ihres Mannes war es der rüstigen Rentnerin zusehends schlechter gegangen. Es war zum Teil tragisch mit anzusehen, wenn alte Menschen ihren Partner verloren. Frau Meit hatte ihren demenzkranken Mann über viele Jahre gepflegt und jegliche Hilfe im Haushalt abgelehnt, bis sie über einen Teppich gestolpert war und sich den Oberschenkelhalsknochen gebrochen hatte. Sie verbrachte mehrere Wochen im Krankenhaus und später in der Reha. Sie beantragte einen Pflegedienst, der sich um die Medikamente und das Essen ihres Mannes kümmerte, allerdings nicht um sein seelisches Wohlbefinden. Nach einigen unglücklichen und gefährlichen Haushaltsunfällen organisierte Frau Meit eine Haushaltshilfe, um beruhigt die Zeit in der Rehabilitation zu verbringen, die sie auch nach ihrem Aufenthalt weiter nutzte. Als ihr Mann allerdings starb, ging nicht nur er, sondern auch ihre Haushaltshilfe, und die neunzigjährige Frau blieb einsam zurück.

Martha erinnerte sich noch sehr gut daran, wie die alte Nachbarin täglich ein Stück mehr in sich zusammenfiel. Dann entdeckte sie eine Anzeige im Supermarkt, nahm sie mit nach Hause und steckte sie ihrer Nachbarin in den Briefkasten. Nach ein paar Tagen kam das erste Mal eine Frau mit schwarzem Kopftuch zu ihrer Nachbarin, und die alte Dame blühte zusehends wieder auf. Luisa war einfühlsam, hilfsbereit und mittlerweile unersetzlich für sie geworden.

»Frau Meit! Darf ich etwas fragen?«, sagte Luisa und strich sich über die Küchenschürze. »Aber selbstverständlich, mein Kind. Was hast du denn?«, sagte Inga Meit und setzte sich an den altmodischen Küchentisch. Seitdem Luisa ihr half, sprach die alte Frau häufig über ihre eigene Flucht und verfolgte das aktuelle politische Geschehen, wenn es um die Flüchtlingssituation in Deutschland ging. Sie erkannte verstärkt Vorurteile oder Fremdenhass und hatte das Bedürfnis, Luisa mit Weisheit zu helfen. Nur weil Menschen anders waren, mussten sie nicht schlecht sein.

»Wie war zweiter Weltkrieg? Wann ist alles im Kopf vorbei? Ich habe schlechte Träume«, fragte die

Haushaltshilfe und hielt sich an der Spüle fest. Ihr Deutsch wurde zwar über die Zeit besser, doch die traurigen Augen blieben.

»Ich lese viel Historie, hier Deutschland. Sie Flüchtling wie ich, oder?«, fragte Luisa weiter. Anfänglich war es der syrischen Frau schwergefallen, sich zurechtzufinden, und Inge Meit hatte Mitgefühl, denn sie konnte nachvollziehen, was die Frau in der Kriegsregion erlebt hatte. Über die Monate hatte sich Vertrautheit zwischen den Frauen eingestellt und irgendwann hatte Luisa Rahman begonnen, Fragen zu stellen.

»Im März 1945, kurz vor Ende des Krieges, kamen die russischen Soldaten der Roten Armee uns immer näher. Wir lebten damals noch in Dievenow auf der Insel Wolin an der Ostsee. Mein Vater musste Ende des Krieges noch an die Front und ich leistete mein Pflichtjahr bei einem Nazi-Bauern ab. Diese Zwangsverpflichtung war reine Willkür für Mädchen ohne Parteijugendorganisation. Wir mussten in der Landwirtschaft helfen und sollten zu guten Nazi-Frauen geformt werden«, sagte Inga Meit, hielt dann aber für einen Moment inne.

»Alle hatten Angst vor den Russen. Es hieß, sie schlugen, misshandelten, verschleppten und vergewaltigten Frauen aus reinstem Vergnügen. Meine Mutter flüchtete damals mit meinen beiden jüngeren Geschwistern Richtung Westen. Sie wollte zu ihrer Schwester. Der Flüchtlingsstrom aus Pommern und Westpreußen war gewaltig. Alle wollten nach Swinemünde. Der Hafen war ein Stützpunkt der Kriegsmarine und vor Anker lagen viele Transportschiffe. Die Stadt quoll von Flüchtlingen über. Ich hatte von einer Nachbarin, die neu zum Bauern kam, erfahren, dass meine Mutter mit meiner jüngeren Schwester und meinem kleinen Bruder nach Swinemünde wollte, um von dort aus weiter nach Hiddensee zu ihrer Schwester zu kommen. Und das alles zu Fuß.«

Die alte Frau schmunzelte plötzlich und schüttelte den Kopf. »Wir hatten damals nicht diese modernen Dinger und konnten nicht jederzeit mit jedem telefonieren. Im Nachhinein betrachtet, war es unglaublich, dass ich davon erfahren hatte. Ich weiß nicht, was es war, doch eine innere Stimme sagte mir, dass ich sie finden musste. Also packte ich meine Sachen und verschwand in der Nacht. Am Hafen von Swinemünde lagen verschiedene Schiffe vor Anker und die Flüchtlingsströme waren übermäßig. Also ging ich zum Hafen und fragte jeden, ob sie meine Mutter mit meinen Geschwistern gesehen hätten.«

Wieder legte sie eine Pause ein und schaute auf die Esstischplatte.

»Und auf einmal standen sie mitten im Gedränge vor mir, umgeben von Tausenden Menschen, die auf der Flucht vor der Gewalt und dem Tod waren.«

Inga Meits Blick wanderte gedankenverloren aus dem Fenster und blieb für Sekunden am Fliederbaum im Garten hängen.

»Es ist Jahrzehnte her, doch diese Nacht werde ich nie vergessen. Unser Nachtquartier war auf dem Transportschiff Andros. An Schlaf war nicht zu denken, doch wir hielten uns fest umschlungen. Morgens um sechs Uhr wollte meine Mutter nicht mehr abwarten. Ich erinnere mich noch sehr genau, wie ich es gehasst habe, so früh aufzustehen. Ich war erschöpft und ausgemergelt, doch an diesem Tag rettete sie unser Leben. Um die Mittagszeit kam die US-Flotte mit mehr als 500 Bombern und warf tonnenweise Spreng- und Splitterbomben ab. Neben unserem Nachtquartier wurden noch sechs weitere Transportschiffe versenkt. Die Kampfschiffe hatten so gut wie nichts abbekommen, die Zivilisten dafür um ein Vielfaches mehr.«

Inga Meit schaute auf ihre alten, faltigen Hände, die krumm und von Altersflecken übersät waren.

»Auf der wochenlangen Flucht hatten wir Läuse, Hunger, Durst, konnten uns nicht waschen, und mein kleinster Bruder bekam eine Lungenentzündung. Meine Mutter organisierte Antibiotika und heute weiß ich, dass sie dafür ihren Körper verkaufte. Straßen und Züge waren von flüchtenden Menschen überfüllt und wir wurden so wie du nach Goslar geleitet. Als wir hier endlich ankamen ohne irgendetwas, wurden wir nicht mit offenen Armen empfangen. Wir hatten alles verloren. Das Haus am Strand, das Boot, alles Hab und Gut und fast unser Leben. Der Bauer, bei dem wir einquartiert wurden, ließ uns im Schweinestall schlafen. Erst als mein Vater mit amputiertem Bein und mit meinen Großeltern nach Goslar kam, bekamen wir ein winziges Zimmer in Dörnten.«

Luisa Rahman runzelte fragend die Stirn und lehnte immer noch an der Spüle.

»Es ist ein Dorf in der Nähe von Goslar und dort aßen, schliefen und lebten sieben Personen auf engstem Raum. Eine Wohnung zu finden war schier unmöglich und die Ablehnung aus der Bevölkerung war unermesslich groß. Keiner wollte uns. Wir waren für sie eine Belastung und Schmarotzer. Wir waren genauso Deutsche wie sie und sie wussten, dass wir alles verloren hatten, doch wir waren Fremde.«

Inga Meit schaute ihrer Haushaltshilfe ins Gesicht.

»Der Krieg ist das Schlimmste, was ein Mensch erleben kann, und die Erinnerung daran verschwindet nicht, sondern wird erst blasser und kommt im Alter wieder zurück.«

Inga Meits Blick wanderte zum Küchenfenster und der Weihnachtsbeleuchtung.

»Die Menschen sind so. Manche werden von ihrer Angst zerfressen und irgendjemand muss die Schuld für ihr schlechtes Leben tragen. Es wird immer ein Argument für Fremdenhass gefunden. Ausländerfeindlichkeit ist so alt wie die Menschheit. Dabei ist es die reine Angst vor dem Leben mit seinen Herausforderungen, dem Wettbewerb und Gefahren. Reisende und Auswanderer wissen, dass sie, außer zu Hause, überall fremd auf dieser Welt sind. Wer nie seine vier Ecken verlässt, ist und bleibt zu dumm, um das zu verstehen.«

Luisa schritt zum Tisch und ergriff die Hand der alten Frau. Tränen lagen in ihren Augen. Sie kannte Bomben, Angst, Gewalt und Erniedrigungen. Sie hatte ihren Mann und ihre beiden Kinder mit nur zweiunddreißig Jahren verloren. Deutschland war in vielem anders, doch sie war dankbar, dass sie hier ein neues Leben beginnen durfte, auch wenn sie Ablehnung spürte.

-6-

Anouk und Toni fuhren vom Hohen Weg auf die Glo-
ckengießerstraße, vorbei am Domplatz auf die Wall-
straße. Sie pulte nervös an ihren Fingernägeln und
fühlte sich offensichtlich unwohl in Tonis Porsche 911.
Er hingegen saß mit einem verschmitzten Lächeln genüsslich hinterm Steuer.

»Die Fahrt ist nur kurz und es tut auch gar nicht
weh!«, spottete er als Retourkutsche dafür, dass ihn
Anouk immer zwang, Elektroauto zu fahren. Er kannte
seine Öko-Kollegin mittlerweile gut und wusste, dass
sie in ihrem Leben alles daransetzte, einen möglichst
kleinen CO2-Footprint zu hinterlassen.

Im Inneren bewunderte er sie, denn sie verzichtete
auf vieles. Er konnte allerdings nicht auf sein Auto,
seine Flugreisen und sein Fleisch aus der Massentierhaltung verzichten. Nein, er wollte es auch nicht. Er
dachte an die vielen Arbeitsplätze, die verloren gingen,
wenn alle Menschen so wie Anouk lebten.

»Kennst du Gudrun Schreiber?«, fragte sie.

»Nein, ich kenne nur wenige Bekannte meines Vaters. Ich bin Polizist geworden, weil ich mit seinen
Hotels und seiner Lebensart nichts zu tun haben wollte, schon vergessen?«

Ärger stieg in Toni auf. Er sprach nicht gerne über
seine Familie.

»Geht das denn? Ist man nicht immer Sohn?«

Er senkte seinen Blick für einige Sekunden. »Doch, man
bleibt immer Sohn. In meinem Fall das schwarze Schaf.«

Anouk schmunzelte: »Ich finde es gut, dass du Polizist geworden bist.«

Er lächelte dankbar.

An der Ampel bogen sie rechts ab und fädelten sich kurze Zeit später links in die Werenbergstraße ein. Von da aus ging es über den Breiten Weg in die Kaisertorstraße. Das Haus lag am Ende einer Sackgasse und versteckte sich hinter hohen Bäumen und Büschen. Sie kamen bis zur Pforte des Grundstücks, das direkt neben der Garage lag. Die Gegensprechanlage hatte eine festinstallierte Überwachungskamera. Sie klingelten und warteten. Es war niemand zu Hause.

»Haben wir ihre Telefonnummer?«, fragte Anouk.

»Jup. Bin schon dabei.«

Toni griff nach seinem Smartphone und wählte eine Nummer. Sekunden später wurde das Gespräch entgegengenommen.

»Frau Gudrun Schreiber? ... Ja, hier ist Anton Meyer-Burghardt ... Ja, vom Presseball ... Wo sind Sie? Wir müssen mit Ihnen etwas besprechen ... Beim Wellness ... Ja ... Wo denn genau? ... Ja, wir kommen vorbei.«

Dann legte er auf.

»Ich dachte, du kennst sie nicht?«, stellte Anouk überrascht fest.

»Ich kenne sie auch nicht. Doch man trifft sich in so einer kleinen Stadt wie Goslar an dieser oder jener Gelegenheit«, verteidigte er sich.

»Wo ist sie?«

»In einem Wellness-Hotel mit einer Freundin.« Sein Gesicht verzerrte sich.

»Was ist?«

»Es ist das Hotel Bergkristall in Torfhaus.«

»Und was ist das Problem?«

»Es gehört meinem Vater.«

»Prima, denn lerne ich den auch mal kennen«, lachte Anouk und kehrte zum Auto zurück.

»Wechseln wir Autos?«, fragte sie hoffnungsvoll, obwohl sie wusste, dass es Toni hasste, Elektroauto zu fahren. Die Goslarer Polizeiinspektion besaß zwei Elektro-Golfs und sie bestand normalerweise darauf, eines dieser Fahrzeuge zu nutzen.

»Mein Porsche passt besser ins Ambiente«, war sein unschlagbares Argument.

Torfhaus lag auf etwas mehr als 800 Meter über dem Meeresspiegel und war die höchst gelegene Ortschaft Niedersachsens. Dieser Ort war ein reiner Tourismusort mit Hotels, Restaurants, Hütten und Outdoor-Geschäften. Die schneebedeckten Straßen ab Goslar wurden nach Bad Harzburg deutlich schwieriger zu befahren, und Toni blieb auf Höhe des Radauer Wasserfalls stehen, um Schneeketten auf seinen Porsche aufzuziehen. Als Anouk ausstieg, fiel ihr das angestrahlte blauweiße Eiswasser des Wasserfalls auf. In den Herbstmonaten hatte sie Wanderungen im Harz unternommen. Mit dem Zug war sie nach Bad Harzburg gefahren und hatte von dort aus einige Touren gestartet.

»Ich wusste gar nicht, dass ein Porsche auch Schneeketten hat«, piesackte sie ihren Kollegen.

»Kannst mal sehen! Wieder was dazugelernt!«, zog er sie auf.

Als sie in Torfhaus ankamen, wurden sie von einer winterlichen Natur, die in behaglicher Weihnachtsbeleuchtung eingebettet war, begrüßt. Das Hotel Bergkristall war ein imposanter Komplex aus Holz und Beton. Die pompöse Auffahrt des Hotels war U-förmig und Toni fuhr mit einer Selbstverständlichkeit hinauf, stieg aus, gab die Schlüssel einem Wagenmeister und betrat, seinem Verhalten nach, bekanntes Terrain. Anouk folgte ihm kommentarlos. An der Rezeption blieben sie stehen und fragten nach der Zimmernummer von Frau Schreiber, wurden aber darüber informiert, dass sie sich in der Hotelbar aufhielt.

Am Tresen saßen eine brünette und eine blonde Frau Mitte, Ende fünfzig, die sich an einem Cocktail festhielten. Zielgerichtet sprach Toni die brünette Frau an.

»Frau Schreiber, dürfen wir mit Ihnen unter vier Augen sprechen?«, eröffnete Anouks Kollege das Gespräch.

»Oh, der Sohn vom Meyer-Burghardt. Seien Sie doch nicht so förmlich, junger Mann«, witzelte Frau Schreiber und scannte Anouk von oben bis unten mit Neidblitzen.

»Sie haben ja eine flotte Kollegin«, lachte die Blonde, und Anouk erinnerte sich daran, warum sie das Metier der Schönen und Reichen nicht mochte. Sie wusste, dass es Vorurteile waren, doch diese saßen fest in ihrem Kopf. Schönheitsoperationen, Kaufverhalten ohne Sinn und Verstand und Geldverschwendungen im Allgemeinen waren ihr zuwider.

Toni sah die Frauen, und sein Lächeln glänzte wie die Pomade in seinen Haaren. Er kannte sich im Metier aus.

»Frau Schreiber, es geht um Ihren Mann. Bitte, wir würden gerne privat mit Ihnen sprechen«, insistierte Anouk, während Toni nickte und ihr eine Hand anbot. Gudrun Schreiber lehnte ab, stand vom Tresen auf und ging weiter in den Raum hinein. Hinter einigen Blumentöpfen kam ein offener Kamin ins Blickfeld. Davor stand eine Sofagruppe. Als sie sich setzte, lud sie die Kommissare mit einer Geste ein, ihr zu folgen.

»Frau Schreiber, wir müssen Ihnen eine traurige Mitteilung machen.«

Die brünette Frau blickte irritiert.

»Wir haben Ihren Mann gefunden, er ist tot.«

Die Frau schüttelte heftig ihren Kopf.

»Was sagen Sie da? Das kann sich nur um ein Missverständnis handeln. Mein Mann ist mit einer Herrengruppe unterwegs. Wenn etwas passiert wäre, hätte ich längst einen Anruf erhalten«, stellte Frau Schreiber mit empörter Mine klar.

Toni beugte sich vor.

»Ihr Mann ist tot aus der Goslarer Bimmelbahn gefallen«, erklärte Toni mit Samtstimme und wollte der Frau eine Hand auf die Schulter legen, doch diese sprang hysterisch auf: »Oh, mein Gott! Hatte er einen Herzinfarkt? Ist er im Krankenhaus?«

Gudrun Schreiber schlug die Hände vor das Gesicht.

»Es tut uns sehr leid! Leider ist Ihr Mann verstorben«, versuchte es Anouk und ergriff eine Hand der Witwe. Sie setzte sich im Zeitlupentempo zurück und starrte das offene Kaminfeuer an. Sekunden wurden zu Stunden.

Plötzlich sprang sie erneut und unkontrolliert hoch, eilte zur Theke, holte ihre Tasche und fischte auf dem Rückweg zu der Sofagruppe ihr Telefon heraus. Blitzartig flogen die Finger über den Bildschirm, dann legte sie das Smartphone an ihr Ohr. Es klingelte nur wenige Male in der Leitung, während sie im Sofa versank.

»Anna, ich bin es, Mama. Mein Engelchen, setz dich. Es ist etwas ganz Schreckliches passiert«, sagte Gudrun Schreiber und wechselte mit Beginn des Gespräches in einen starken kurpfälzischen Dialekt. Toni zog die Augenbrauen hoch. Er hatte sie noch nie Dialekt sprechen hören.

In der Leitung wurde geantwortet.

»Ja, ich habe heute mit Oma gesprochen.«

Anna Schreiber redete wieder.

»Stell dir vor! Die Polizei ist hier mit einer furchtbaren Nachricht.«

Die Leitung blieb still. Gudrun Schreiber hielt inne und schloss die Augen.

»Papa ist tot. Auf dem Weihnachtsmarkt ist er verstorben. Ist das nicht schrecklich?«, schniefte die Frau tief getroffen in den Hörer.

Im schummrigen Licht des Kaminfeuers sah Anouk in tränengefüllte Augen. Trotzdem fühlte sie eine Distanz

zwischen sich und dieser Frau. Ob es an der gesell-
schaftlichen Klasse und deren klassischer Lebenseinstellung lag? Anouk wusste es nicht, spürte aber, dass
sie sich nicht in die Frau hineinversetzen konnte. Oder
wollte? Waren das Klischees? War sie ungerecht?
Innerlich wusste sie, dass es ihre innere Ablehnung
dieser Klasse gegenüber war, denn die Überbringung
einer Todesnachricht war das Schlimmste an der Arbeit in der Mordkommission. Anouk hatte schon so
einige Rektionen miterlebt und jede war traurig und
berührend, wenn auch Hinterbliebene zum Teil abstrus
reagierten.

In der Telefonleitung wurde wieder gesprochen.
Frau Schreiber nickte immer wieder den Kopf, kommentierte das Gesprochene in der Leitung und beendete nach einigen Minuten das Gespräch. Sie verstaute
das Telefon, schaute erst auf ihre Hände und blickte
dann die Polizisten an.

»Es muss ein Herzinfarkt gewesen sein. Er hat immer
so viel gearbeitet. Das Bauunternehmen, die wohltäti-
ge Arbeit und zum Schluss noch die Politik. Er wollte
immer alles geben und für alle da sein. So ein guter
Mann. Wer hätte ahnen können, dass es so erbärmlich
mit ihm enden würde«, sagte die Frau im perfekten
Hochdeutsch und schüttelte den Kopf dabei.

Dann sackte Gudrun Schreiber in sich zusammen,
hielt die Hände vor das Gesicht und weinte. Toni legte
ihr eine Hand auf die Schulter.

»Ist Ihre Tochter in der Nähe, brauchen Sie psychologische Unterstützung?«, fragte Toni und die Frau
schüttelte den nach unten gesenkten Kopf.

»Anna setzt sich ins Auto und kommt hochgefahren.«

»Wo lebt denn Ihre Tochter? Sie haben Dialekt gesprochen«, sagte Anouk.

»Ja, kurpfälzisch. Sie lebt in meiner Heimat, in Heidelberg.«

»Das dauert aber, bis sie hier ist. Das Wetter ist ja in ganz Deutschland wirklich winterlich«, stellte Toni fest.

»Brauchen Sie psychologische Betreuung, bis Ihre Tochter hier ist?«, fragte Anouk, doch Frau Schreiber versicherte, dass sie sich bei ihrer Freundin gut aufgehoben fühlte. Die Polizisten erklärten ihr, dass sie aufgrund der Umstände Fragen stellen müssten, und Gudrun Schreiber willigte ein.

»Wie haben Sie Ihren heutigen Tag und Abend verbracht und wann haben Sie das letzte Mal mit Ihrem Mann gesprochen?«, fragte Anouk.

»Warum wollen Sie das wissen?«, erkundigte sich die Witwe und runzelte die Stirn.

»Wir müssen uns ein genaues Bild machen, was heute vorgefallen ist. Wie wir Ihnen bereits erklärt haben, sind das reine Routinefragen.«

»Ah, okay. Also, ich bin wie jeden Morgen aufgestanden, habe meine Sachen für das Wochenende gepackt. Tja, und das Wetter! Ich hatte bereits um 15 Uhr eine Anwendung, also bin ich rechtzeitig los. Es hat ja den ganzen Tag geschneit.«

»Haben Sie Ihren Mann heute Morgen gesehen?«

»Nein, er steht immer sehr ...«, sie hielt inne und atmete tief durch, bevor sie weitersprach. »Er stand immer sehr früh auf. Er brauchte nicht so viel Schlaf wie ich. Sie müssen wissen, ich brauche nicht nur viel Schlaf, sondern auch einen ruhigen und geregelten Tagesablauf. Bei meinem Mann war alles hektisch.«

»Und im Laufe des Tages?«

Gudrun Schreibers Blick wanderte auf ihre Schuhe. Sie trug rote hochhackige Lackschuhe, die zu ihrem ausladenden Kleid passten.

»Wir haben am Vormittag und am frühen Abend telefoniert.«

»Worum ging es da?«, hakte Anouk weiter nach.

»Um alltägliche Dinge, nichts Besonderes. Ich wollte ja bis Sonntag hier oben bleiben.«

»Machen Sie das öfter? Ihr Mann auch?«

»Wie meinen Sie das?« Gudrun Schreiber starrte Anouk an. Leichte Feindseligkeit lag ihr im Blick.

»Dass Sie nicht zusammen sind«, erklärte sie.

»Ach so, Kindchen, ja, immer mal wieder. Nach so vielen Jahren Ehe hockt man nicht mehr täglich aufeinander!«, reagierte Gudrun Schreiber etwas zu schnippisch.

»Ach, ist das so?«

»Toni, du weißt doch, wie er war«, richtete sich die Witwe an Anouks Kollegen.

»Frau Schreiber, bitte, ich kannte Ihren Mann doch gar nicht«, versuchte Toni, sich zu retten. Es ärgerte ihn offensichtlich, dass sie im Hotel seines Vaters saßen und die Nachricht überbringen mussten.

»Wie haben Sie sich kennengelernt?«, nahm Anouk den Faden wieder auf.

Der Blick der Witwe wanderte durch den großen in braunen und grauen Tönen gehaltenen Raum.

»Als ich Anfang dreißig war, stand er auf einmal im Restaurant meiner Eltern und sprang in mein Leben. Er war beruflich in Süddeutschland. Es war schnell klar, dass wir zusammenleben würden. Dann wurde ich schwanger, die Heirat folgte und mein neues Leben in Goslar begann. Hier oben im Norden ist alles so elegant nordisch kühl und dann dieses klare Hochdeutsch«, strahlte sie und Anouk nickte. Toni fasste sich ins Haar, rieb seine Oberschenkel und räusperte sich.

»Sie müssten Ihren Mann identifizieren.«

Die Witwe nickte stumm.

Anouk reichte der Frau ihre Visitenkarte.

»Wenn Sie Fragen haben, dann rufen Sie mich oder auch meinen Kollegen bitte an.«

Gudrun Schreiber nickte.

Toni erhob sich vom Sofa und Anouk tat es ihm gleich. Sie verabschiedeten sich mit einem Hände-schütteln, verließen die Sitzgruppe, gingen ein paar Schritte, doch dann drehte sich Anouk noch einmal um.

»Nahm Ihr Mann Aufputschmittel oder Drogen? Sie sagten ja, er hatte einen hektischen Alltag.«

Gudrun Schreibers Gesicht entgleiste.

»Was, wie kommen Sie darauf?«, fragte sie empört und ihr Gesicht erbleichte.

»Reine Routine.«

»Ich weiß nicht, doch ich glaube, hoffe nicht«, sagte die Witwe sichtlich unsicher.

»Wir müssen ihr Alibi überprüfen«, sagte Anouk, als sie am Hoteleingang auf Tonis Porsche warteten.

»Irgendetwas stimmt doch mit der Frau nicht« zwei-felte sie Gudrun Schreiber an.

»Anouk, sie ist reich. Das ist alles. Einige Frauen sind so und ich glaube nicht, dass sie lange um ihren Mann trauern wird. Sie hat viel Geld und kann sich so einiges leisten. Das kann so langweilig sein«, sagte Toni und untermauerte seine Worte mit ausladenden Gesten.

Die Kommissarin staunte. »Sprichst du aus eigener Erfahrung?«

Toni ignorierte die Frage.

»Weißt du was, das mit dem Alibi machen wir gleich. Komm, wir gehen zurück an die Rezeption«, sagte er stattdessen.

Gudrun Schreiber saß auf dem Hotelbett im Dunkeln. Sie spürte dieses Gefühl in sich. Es war mittlerweile länger her, dass sie so ein Empfinden gehabt hatte. Es machte ihr Angst und gleichzeitig freute sie sich darauf.

Ihr Körper verkrampfte sich. Was würde jetzt passieren, wie würde es weitergehen? Sie wollte Anna noch einmal anrufen. Sie musste reden.

Durch ihr Fenster sah sie die schneebedeckten Tannen, die in der Nacht durch die Hotelbeleuchtung nahezu glühten. Der Wald wirkte magisch und verschwörerisch.

Sie griff unter eines der Kopfkissen und brachte ein in Leder gebundenes Notizbuch zum Vorschein. Langsam streichelte sie die glatte Oberfläche und öffnete es.

-7-

Jonas stand in der Küche und entkorkte eine zweite Weinflasche. Sein Blick fiel durch das Küchenfenster auf die Schneelandschaft. Eine seltene Ruhe war eingekehrt. Wohlig und passend zur Weihnachtszeit. Filipa, seine Tochter, schlief bereits tief und fest und im Wohnzimmer saßen seine Eltern und seine Schwester Blanca.

Von der Küche aus hörte er ein Sprachkauderwelsch aus Deutsch und Spanisch. Er schmunzelte innerlich. Für Filipa war es gut, wenn sein Vater wieder in der Stadt war. Jonas versuchte zwar, konsequent mit ihr Spanisch zu sprechen, wenn sie alleine waren, doch es war nicht seine Muttersprache. Es war einfach nicht so authentisch wie bei seinem Vater.

Wie jedes Jahr zur Weihnachtszeit wanderten seine Gedanken zu Filipas Mutter. Sie war einige Monate nach der Geburt ihrer gemeinsamen Tochter bei einem Verkehrsunfall ums Leben gekommen. Er hatte sie während seiner Weltreise kennengelernt. Sie war zwar viel zu schnell schwanger geworden, doch jetzt war er froh, dass er damals das Kind anerkannt hatte. Nach ihrem plötzlichen Tod interessierten sich die neuseeländischen Großeltern überhaupt nicht für ihre Enkeltochter. Filipa wusste, dass ihre Mutter im Himmel und ihre Großeltern ganz weit weg und in einer anderen Zeitzone und Welt lebten.

Seither umfasste sein Leben zwei Dinge: seine Tochter und den Triathlon. Er hatte sein Hobby zum Beruf gemacht und führte einen Triathlon-Laden in der Stadt, organisierte Trainingslager, war Trainer von einigen Amateuren und trainierte selber, um an verschiedenen Wettkämpfen teilzunehmen. Er war nicht reich geworden, aber glücklich.

Er spürte, dass sich Hanna für Filipa eine Mutter wünschte, doch Jonas brauchte seine Freiheit. Zumindest dachte er das bisher immer. Seitdem er diese Kommissarin kennengelernt hatte, war er sich nicht mehr so sicher. Sie war groß, schlank, mit blonden, langen Locken, einer feinen Nase und einem Schmollmund. Anouk war nicht nur schön, sondern auch stark, selbstbewusst, klar, irgendwie eigen und hatte ihn abblitzen lassen. Eine für ihn interessante Kombination.

Er ging zurück ins Wohnzimmer und hörte seine Familie lachen. »Dass chab ich nich gewusst, dass ihrr daa Kriminalisten sseidd«, lachte Pablo, dem immer wieder im kleinsten Detail der Mord und seine Auflösung an einem Profi-Triathleten im letzten Sommer erklärt wurde.

»Papa, denen ist hier einfach langweilig«, spottete Blanca und schaute ihren Vater an. »Dabei bräuchten wir sie auf Mallorca.« Sie drehte sich zu ihrer Mutter. »Wir haben endlich die Genehmigung zum Ausbauen bekommen«, strahlte sie Hanna an.

Pablo hatte die geerbte Pension im Norden der Insel vor einigen Jahren übernommen. Die ehemalige Finca lag zwei Kilometer vom Strand entfernt, der aber über einen Fahrradweg leicht zu erreichen war. Das Grundstück war riesig und hatte zwei Gebäudekomplexe. Eines davon beherbergte Doppel- und ein Familienzimmer, die neu, schlicht und modern eingerichtet waren und an ein amerikanisches Motel erinnerten. Die Zimmer hatten nach hinten einen weiten Blick ins Grüne und eine kleine Terrasse mit Tisch, Stühlen und einer Hängematte.

Im zweiten Gebäude war die Rezeption, eine Sofaecke mit offenem Kamin, Platz für acht Tische mit Stühlen und das morgendliche Frühstücksbuffet.

Pablo war Koch, Gärtner und Mädchen für alles. Blanca kümmerte sich um die Rezeption, die Sightseeing-Angebote, das Trainingslager, die Werbung und den Papierkram. Pablos jüngere Schwester hielt das Bed & Breakfast sauber und half ihm in der Küche.

»Herzlichen Glückwunsch!«, sagte Jonas und kam mit der offenen Weinflasche ins Wohnzimmer.

»Das ist gut. Ich habe bereits mehr als genug Anmeldungen für das Trainingslager im März. Mallorca ist im Frühling die Radlerinsel«, strahlte er und setzte sich zu seiner Familie.

Plötzlich wechselte Hanna das Thema. »Junge, hast du das bereits mitbekommen mit dem toten Politiker auf dem Weihnachtsmarkt?«

Jonas runzelte die Stirn. »Nein! Was ist denn passiert?«

»Wir wissen es nicht, doch Gustav hatte so eine Vorahnung und wir haben die Kommissarin angerufen.«

Der Triathlet verdrehte die Augen.

»Ihr ruft Anouk an? Vielleicht hatte der Mann einen Herzinfarkt. Sie untersucht Mordfälle, Vermisstenfälle, Körperverletzungen, Branddelikte, sexuelle Straftaten, Menschenhandel und Verstöße gegen das Waffengesetz«, zählte er auswendig gelernt und mit Belustigung in seiner Stimme auf.

»Hört, hört! Da kennt sich aber jemand aus«, konterte seine Schwester.

»Mensch Blanca, die Café-Plüsch-Runde ist doch keine verkappte Miss Marple oder so«, ärgerte sich Jonas.

»Mach dir keine Sorgen, mein Junge«, besänftige ihn seine Mutter und legte eine Hand auf seine.

»Die Polizei muss etwas gefunden haben, denn sie haben alles abgesperrt, Befragungen durchgeführt und die Spurensicherung kommen lassen«, führte sie weiter aus.

»Meinst du?«, wurde Jonas unsicher.

»Wir müssen morgen in die Polizeiinspektion und unsere Aussagen aufnehmen lassen und unterschreiben. Da ist irgendetwas. Ein ganz normaler Unglücksfall ist das nicht, sonst würden sie nicht so einen Aufstand machen!«, führte Hanna weiter aus.

Jonas nickte stumm und sah seine Familie nur noch verschwommen.

Irgendwie kroch Angst in ihm hoch. Sorge um diese Kommissarin, die ihn so kühl behandelte, eine ungeahnte Befürchtung, dass sie sich in Gefahr begeben könnte. Er schüttelte seine Gefühle ab. Übertrieb er nicht völlig? Lag es daran, dass er die normale Polizeiarbeit nicht kannte?

»Ruff ssie do aan!«, schlug Pablo vor und riss Jonas aus seinen Gedanken.

-8-

Auf der Rückfahrt durch den Harz sprachen Anouk und Toni wenig. In Bad Harzburg nahm der junge Kommissar die Schneeketten wieder ab und als sie nach Goslar kamen, hielt er an der Bismarckstraße, damit sich Anouk etwas Veganes zu essen aus ihrer Wohnung schnappen konnte. Als sie sich zurück auf den Beifahrersitz mit ihrer Umhängetasche aus LKW-Plane setzte, blickte sie erleichtert.

»Ich brauche auch etwas zu essen. Ich fahre noch rüber zum Bahnhof«, sagte Toni, bevor er vor einem Schnellrestaurant hielt. Anouk rümpfte ihre Nase, kommentierte aber nichts.

»Du isst so und ich eben anders, okay?«

Er stieg aus dem Auto und schlechtes Gewissen packte ihn. Er hatte das schon einige Male erlebt, wenn er neben Anouk seine herkömmlichen Gewohnheiten lebte.

»Toni, ich habe nichts gesagt!«

»Dein Gesicht spricht Bände, du brauchst keine Worte!« Damit schlug er die Fahrertür zu.

Sie kramte aus ihrer Freitag-Tasche, ein Fabrikat aus der Schweiz, eine Metalldose mit klein geschnittenen Möhren, Paprika und Gurkenstücken heraus und schob sich genussvoll das Gemüse in den Mund.

An der Rezeption des Hotels Bergkristall hatten sie erfahren, dass Frau Schreiber kurz vor 15 Uhr im Resort eingecheckt hatte. Sie hatte ihre Koffer an der Rezeption hinterlassen und war zu einer neunzigminütigen Behandlung gegangen. Der Termin wurde von der Kosmetikerin bestätigt. Als ihre Räumlichkeiten fertig waren, wurde ihre Reisetasche von der Rezeption in ihr Zimmer gebracht. Gudrun Schreiber bestellte um 18 Uhr eine Flasche Prosecco und um 19 Uhr traf sie ihre Freundin im Hotel-Restaurant zum Abendessen.

Sie wussten immer noch nicht, ob es sich bei Heiko Schreiber um Mord oder einen Unfall handelte, doch ihr inneres Gefühl plädierte für ein Kapitalverbrechen. Anouk würde in Heiko Schreibers Leben wühlen, bis sie etwas gefunden hätte.

Die Tür ging auf und Toni setzte sich zurück in den Porsche. Süßlicher, fettiger Geruch breitete sich im Auto aus.

—◦·◦—

Das eckige Gebäude der Goslarer Polizeiinspektion war von außen dezent weihnachtlich geschmückt. Aus der Vogelflugperspektive sah das Präsidium wie eine eckige Acht aus. Ein Weihnachtsbaum dekorierte den Eingang und an einigen Fenstern des dreigeschossigen Bürogebäudes leuchteten Lichterbögen. Ansonsten waren die meisten Fenster dunkel. Der Winterdienst war auf dem Polizeihof im Einsatz und die Stufen zum Eingang waren professionell vom Schnee freigeräumt und gesäubert.

Auf dem Gang des FK1 war trotz der späten Stunde hektische Bewegung. Hansen trommelte die Kollegen zusammen, als er Anouk und Toni kommen sah. Die Kommissare strömten mit ihnen in den Besprechungsraum.

Auf einem großen Bildschirm im Meetingraum leuchtete ein Stahltisch im Neonlicht. Ein Laken bedeckte den menschlichen Körper darauf. Die rundliche Gestalt von Prof. Dr. Keller hantierte hinter dem Tisch und Anouk erkannte einen mies gelaunten Cordes unbeholfen danebenstehen. Das Bild wackelte, wurde wieder scharf und Kerstin Nuss, die leitende Oberstaatsanwältin aus Braunschweig, erschien im Bild und setzte ihr Zahnlückenlächeln auf. Die beiden vorderen Schneidezähne der Staatsanwältin standen leicht auseinander.

Anouk war auf einmal klar, dass es Neuigkeiten gab. Ihre Intuition musste richtig gewesen sein. Heiko Schreiber war ermordet worden.

»Leute, setzt euch«, wies Hansen die Polizisten an. Die meisten Kollegen des FK1 und FK5, dem Fachkommissariat für Kriminaltechnik, Erkennungsdienst und Analyse und Auswertung von Datenträgern waren im Besprechungsraum versammelt. Ein bestuhlter Tisch thronte in der Mitte des Raumes und weitere Sitzgelegenheiten standen an den Wänden. Anouk suchte sich einen Stuhl an der Wand. Toni setzte sich neben sie. Der Dunst von kohlenhydratreicher und fettiger Nahrung stieg ihr immer noch in die Nase.

Sebastian Herz, Staatsanwalt in Braunschweig, betrat hektisch den Raum, fummelte an seiner schwarzen Brille und setzte sich an den Tisch.

Es kehrte Ruhe im Raum ein.

»Liebe Kollegen, gut, dass wir alle versammelt sind. Susanne, bitte stell uns eure neuesten Erkenntnisse vor«, startete Hansen die Besprechung.

Susanne fasste kurz in ihren Pagenkopf und begann mit dem Vortrag: »Die Goslarer Bimmelbahn war ein Sammelsurium an Spuren. Trotzdem haben wir zwei Treffer. Anouk hatte von Lino Kirchhoff drei Glühweinbecher bekommen, die alle vom gleichen Stand am Weihnachtswald stammen. In allen drei Bechern konnten wir Glühweinreste sichern. Einer der drei Becher hatte Glühweinreste mit Amaretto. Zwei der drei Becher enthielten Glühwein mit Rum und eine der beiden Glühwein-Rum-Mischungen beinhaltete noch zusätzlich γ-Butyrolacton.«

Anouk riss die Augen auf, ein Raunen durchfuhr den Raum und Toni runzelte die Stirn.

»γ-Butyrolacton wird auch GBL abgekürzt und wandelt sich im Körper in wenigen Sekunden in Gamma-Hydroxybuttersäure oder GHB um. Es ist als Partydroge oder K.-o.-Tropfen bekannt. In der Drogenszene gibt es viele Namen für GHB oder auch GBL wie Limo, Liquid oder auch Liquid Ecstasy, obwohl nur die Wirkungsweise, nicht aber die Substanz der von Ecstasy ähnelt, also keinerlei chemische Verwandtschaft vorliegt. GBL ist deutlich potenter als GHB und beide Stoffe sind farblose Flüssigkeiten, die einen stechend-sauren Geschmack haben. Auf dem Schwarzmarkt gibt es sie in kleinen Fläschchen. GBL wird als Lösungsmittel in der Industrie eingesetzt, zum Beispiel auch als Reinigungsmittel oder Farbentferner. Der Besitz von GBL ist nicht strafbar. Die starke Säure kann die Schleimhäute verletzen und darf nur stark verdünnt eingenommen werden. Die Wirkungsweise von GBL tritt nach 5 bis 15 Minuten ein.«

Susanne griff sich wieder ins Haar, nickte mit dem Kopf und schaute den FK1-Leiter an.

»Danke, Susanne. Gibt es noch mehr?«, fragte Hansen.

»Ja, der Becher, den Heiko Schreiber mit in die Bahn genommen hatte, war am Boden zerbrochen, als er in Ohnmacht fiel. Auch in diesem Becher war Glühwein mit Amaretto. Und auf der Rückenlehne vor seinem Sitz konnten wir Speichelreste und Erbrochenes sicherstellen. Auch hier zeigte der Schnelltest GBL-Anteile.«

Diese Nachricht saß. Doch was bedeutete sie? Dass Heiko Schreiber ein Junkie war und an einer Überdosis gestorben war? Dass ihm jemand einen bösen Streich gespielt hatte? Oder wurde er wissentlich umgebracht? Anouks Gedanken überschlugen sich. Klar war, dass die Staatsanwaltschaft die Obduktion angeordnet hatte. Sie waren auch gut in der Zeit, denn GBL oder GHB blieb nur sechs bis acht Stunden im Blut nachweisbar, im Urin etwas länger. Falls Heiko Schreiber regelmäßig Drogen konsumierte, würden sie Spuren in den Kopfhaaren des Opfers finden. Haare waren ein Drogengedächtnis, doch mitunter konnten die Ergebnisse Wochen auf sich warten lassen.

»Vielen Dank, Susanne! Also vermuten wir, dass Heiko Schreiber neben Alkohol auch Drogen konsumierte. Was allerdings die genaue Todesursache war, muss noch geklärt werden«, fasste Hansen die Erkenntnisse zusammen.

»Ach, vielleicht noch etwas«, unterbrach Susanne den FK1-Leiter. »Der Alkoholgehalt von Glühwein liegt gesetzlich vorgeschrieben bei sieben Prozent. Im Durchschnitt liegt er aber zwischen acht und zehn Prozent, weshalb es regelmäßig Glühwein-Kontrollen auf Weihnachtsmärkten gibt. Enthält der Glühwein einen weiteren Alkoholzusatz, liegt der Prozentsatz entsprechend höher. Bei unseren Alkoholresten konnten wir einen vierzehn- und zehnprozentigen Alkoholgehalt feststellen.«

»Danke, Susanne.«

Hansen berichtete weiter, dass sie Lino Kirchhoff aufgrund der Erkenntnisse noch einmal befragt hatten. Er war verdächtig, denn er hatte die Getränke für die Runde besorgt, erklärte aber, dass er immer wieder begleitet worden war. Die Männergruppe war seiner Aussage nach während des gesamten Abends zusammengeblieben und hatte Glühwein getrunken, bis Schreiber und Kirchhoff zur Bimmelbahn gegangen waren. Die Namen der weiteren Männer waren in der Zwischenzeit bekannt. Ein Unternehmer aus Braunschweig, ein Regionalpolitiker aus Bad Harzburg und ein Tierarzt aus Goslar.

Kollegen aus Braunschweig und Bad Harzburg führten vor Ort die Befragungen durch, nachdem beide Männer an den gemeldeten Adressen angefunden wurden. Einer von ihnen bestätigte, dass er Lino Kirchhoff regelmäßig zum Glühweinstand begleitet hatte und es ihm aufgefallen wäre, wenn dieser eine Flüssigkeit in einen Becher gegossen hätte. Mit Schreibers Aufbruch wurde nach Aussagen beider Männer der Abend beendet.

Nur der Tierarzt konnte nicht lokalisiert werden. War das bereits ein Hinweis?

Hansen ergriff wieder das Wort: »Wir haben Dr. Keller hinzugeschaltet, um die ersten Erkenntnisse der Obduktion zu erhalten«, sagte er in den Raum und drehte sich zum Bildschirm.

»Was haben wir für Neuigkeiten, Helmut?«, fragte Hansen.

Der Rechtsmediziner rieb sich unruhig seinen Bauch, der unter einer Obduktionsschürze und einem blauen Kittel versteckt war. Kellers Blicke wanderten zwischen Videokamera und Cordes hin und her.

»Also, Kollegen, wir sind in Hannover.«

Cordes rieb sich den Hals, hielt den Kopf schief und vermied es, auf die Leiche zu gucken, als Dr. Keller den Leichnam vom Tuch befreite. Der Rechtsmediziner schaute zur Kamera:

»Bei der äußeren Leichenschau habe ich, bis auf einige Speichelspuren am Kaschmirmantel, keine besonderen Auffälligkeiten an Heiko Schreiber feststellen können. Eine Speichelprobe liegt im Labor. Die systematische Besichtigung der entkleideten Leiche zeigte einen leicht übergewichtigen Mann Mitte fünfzig. Keine Tätowierungen oder besonderen Merkmale. Der Tote trug allerdings einen Ring um Penis und Hoden.«

Interessant, dachte Anouk, der sofort klar war, dass mit der Fahrt in der Bimmelbahn der Abend für Heiko Schreiber nicht zu Ende gewesen sein sollte. Die Frage war nur, mit wem oder bei wem er den Abend ausklingen lassen wollte. Plante er einen Überraschungsbesuch bei seiner Frau? Hatte er eine Geliebte?

»Bei der Kopfuntersuchung gab es bis auf die Mydriasis der Pupillen und sehr trockene Mundschleimhäute keine besonderen Auffälligkeiten. Auf dem gesamten Körper gab es weder Würgemale noch Druckstellen. Es gab auch keine Einstiche, die auf regelmäßigen Drogenkonsum hinweisen könnten. Der genaue Todeszeitpunkt liegt in der fünfunddreißigminütigen Fahrt mit der Bimmelbahn.«

Keller machte eine Pause.

»Ich würde dann mit der inneren Obduktion beginnen«, sagte er zu Cordes gerichtet, der stumm nickte. Kerstin Nuss hielt sich im Hintergrund der Kamera auf.

»Vielen Dank, Helmut. Wir werden uns hier weiter besprechen und warten auf deinen Bericht.«

Dr. Keller nickte. Cordes schritt umständlich zur Kamera und schaltete sie aus.

Schweigen im Raum. Hansen sammelte sich und blickte auf die Mannschaft.

»Nach den Aussagen von Heiko Schreibers Begleitern konnten sie sich bisher alle ein gegenseitiges Alibi geben. Zumindest für die Zeit auf dem Weihnachtsmarkt. Schreiber hat das GBL in seinem Glühwein mit Rum zu sich genommen. Entweder hat Heiko Schreiber selber, Lino Kirchhoff, der doch unbemerkt Zugriff zum Glühwein hatte, oder jemand Unbekanntes die Droge in den Becher geschüttet. « Anouk wurde klar, dass der oder die Unbekannte wieder ins Spiel kam, weil sich Heiko Schreiber, nach übereinstimmenden Aussagen aller Anwesenden, von der Gruppe für fünf bis zehn Minuten entfernt hatte, um ein Telefonat zu führen.

Hansen holte tief Luft und schaute in die Gruppe.

»Wir werden Lino Kirchhoff hierbehalten, ihn weiter befragen, und wir müssen diesen Tierarzt ...«, er hielt inne und schaute auf einen Zettel, »... Dr. Johann Thiede finden und befragen.«

Hansen stöhnte fast geräuschlos und strich sich durch das volle, graue Haar.

»Gibt es weitere Vorschläge?«, fragte der Leiter in die Runde.

»Wenn er nicht freiwillig GBL konsumiert hat, müssen wir von Mord ausgehen. Neben den Alibis müssen wir alle Räumlichkeiten von Heiko Schreiber durchsuchen, private und geschäftliche«, forderte Anouk.

»Frau Bernstein, ja, das machen wir. Sie können noch heute Nacht in die Räumlichkeiten, den Durchsuchungsbeschluss bekommen Sie«, sagte der Staatsanwalt, doch Hansen grätschte dazwischen.

»Bisher wissen wir nicht, ob es sich um einen Unfalltod oder Mord handelt. Wir müssen alle Möglichkeiten im Hinterkopf behalten.«

Hansens Augen, zu Schlitzen geformt, blickten gedankenverloren in die Gesichter der Kollegen vom FK1 und FK5. Er überlegte ganz offensichtlich.

»Okay, wir wissen, wo sich Frau Schreiber aufhält. Dann gehen wir heute Abend noch in die Wohnung.«

Die Stimmung im Raum war gemischt. Falls es Mord war, würden sie in den nächsten Tagen wenig Schlaf bekommen. Allen war klar, dass Heiko Schreiber eine wichtige Persönlichkeit der Region war. Hansen verteilte in der Soko »Glühwein« die verschiedenen Aufgaben an die Kollegen. Die Befragungen von Kirchhoff und Thiede sowie die Sichtung der privaten Räumlichkeiten des Todesopfers standen ganz oben auf der Agenda.

—◇◇—

Ein zweites Mal an diesem Abend standen Anouk und Toni vor der Gartenpforte in der Kaisertorstraße. Gudrun Schreiber hatte zögerlich auf den Durchsuchungsbefehl reagiert. Aufgrund des Schneetreibens traute sie sich keine Nachtfahrt nach Goslar zu und nannte den Namen der Putzfrau, die einen Schlüssel zum Haus besaß.

Durch die Gartenpforte führte ein schlecht beleuchteter Weg zum Eingang des Hauses. Der Hauseingang war prunkvoll und weihnachtlich geschmückt. Die Eingangshalle des Hauses war groß und geräumig. Eine ausladende Wendeltreppe führte von dort in die zweite Etage. Rechts von der Eingangshalle befanden sich ein geräumiges Esszimmer, die Küche und eine Vorratskammer. Auf der linken Seite des Eingangsbereichs folgten das Wohnzimmer, ein Musikzimmer und die Bibliothek. Bräunlich-beige Farben im Rokokostil sowie Messingbeschläge und Kronleuchter dominierten das Haus. Bei Anouk erzeugte der Anblick reine Atemnot. Sie liebte schlichtes, minimalistisches Design.

Die Kommissare wussten mittlerweile, dass auf die Familie Schreiber ein BMW Cabriolet, ein Mercedes E-Klasse Kombi und ein Porsche SUV Cayenne E-Hybrid angemeldet waren. Sie gingen in die Garage und fanden alle Fahrzeuge bis auf den Porsche vor, mit dem Gudrun Schreiber wahrscheinlich in Torfhaus war.

Zurück im Flur gingen Anouk und Toni die Stufen nach oben in die zweite Etage des Hauses, als ein Kollege rief: »Frau Bernstein, kommen Sie hoch. Wir haben etwas.«

Vom Flur in der zweiten Etage gingen verschiedene Türen ab. Aus der dritten Tür schaute der Kollege der Spurensicherung heraus. Als Anouk das Büro betrat, war ihr sofort klar, dass eingebrochen worden war.

Der große Schreibtisch war zerwühlt, Ordner lagen auf dem beigefarbenen Teppichboden und ein dekorativer Blumentopf befand sich auf dem Boden. Überall war Erde verstreut.

»Klarer Einbruch, oder?«, fragte Toni den Kollegen von der Spurensicherung.

Da kam Susanne Schönfeld in den Raum.

»Ja, dann geht mal gleich wieder raus, damit wir ohne Kontamination Spuren sichern können!«, lächelte der Pagenkopf mit den feuerrot geschminkten Lippen.

Anouk nickte, packte Toni am Ärmel und beide verließen das Büro.

Eine Stunde später konnte bestätigt werden, dass eingebrochen worden war. Im Büro fehlten ganz offensichtlich Unterlagen und ein Laptop, denn die zurückgebliebenen Kabel, eine Maus und eine Laptoptasche wiesen darauf hin. Am Fenster in der Vorratskammer gab es Einbruchsspuren.

»Gudrun Schreiber fällt jetzt ganz offensichtlich raus, denn wieso hätte sie bei sich einbrechen und das Büro durchwühlen sollen? Das macht keinen Sinn«, fasste Toni die Lage zusammen.

Anouk nickte zögerlich.

»Wir müssen auch seine Geschäftsräume unter die Lupe nehmen. Und wir müssen alles von Heiko Schreiber in Erfahrung bringen. Seinen Lebenslauf, seine Vorlieben, seine Interessen und seinen Lebenswandel«, sagte sie zu Toni, der nickte.

»Genau, seine Vorlieben. Ich denke da gerade an den Penisring!«, erwiderte ihr Kollege.

»Er wird heute Abend noch etwas vorgehabt haben und vielleicht nicht mit seiner Frau. Also müssen wir rausfinden, ob er eine Geliebte hatte, zu Prostituierten ging oder sonstige sexuelle Vorlieben hatte.«

Toni senkte den Kopf und schaute auf sein Smartphone. »Morgen früh hab ich bestimmt schon ein paar neue Infos.«

Die Kommissare verabschiedeten sich von den Kollegen der Spurensicherung. Kurze Zeit später saß Toni nicht am Steuer seines Porsches, sondern des Elektro-Golfs aus dem Präsidium. Anouk hatte ihn überzeugt, dass sie zu einer offiziellen Untersuchung nicht mit einem Porsche anrücken konnten. Seine Laune rutschte in der Regel auf Tiefstände, wenn der blonde Lockenkopf ihn nötigte, dieses Un-Auto zu fahren. An der Bismarckstraße ließ er Anouk raus und fuhr den Polizeiwagen in die Heinrich-Pieper-Straße, in der er sehnsüchtig in sein Auto stieg.

-9-

Geräuschlos glitt der Golf über die Schneedecke der Fahrbahn davon. Es würde nicht mehr lange dauern, bis der Winterdienst die Straßen räumte. Zarte Schneeflocken fielen auf Anouks Mütze. Ihre Winterstiefel knirschten im Schnee auf dem kurzen Weg zu ihrer Haustür. Als sie die Schlüssel aus ihrer Tasche fischte, vibrierte ihr Smartphone. Eine Mischung aus Neugierde und Anspannung stieg in ihr hoch. Gab es etwas Neues zum Fall?

Sie hatte eine WhatsApp von Jonas Moreno erhalten.

Schon wieder ein Mord? Goslar will, dass du tust, was du am besten kannst. Jonas

Ein Ziehen durchzog ihre Magengegend und ein Lächeln huschte über ihr Gesicht. Dieser Mann war so selbstsicher, fast arrogant und gleichzeitig so klar, ehrlich und einfühlsam. Ferngesteuert wanderten ihre Gedanken zurück in den Spätsommer. Jonas wollte sie wiedersehen und versuchte es erst mit Kaffee-, Mittagoder Abendesseneinladungen. Als das nicht wirkte, hatte er eine Radtour oder joggen vorgeschlagen. Sie provozierte ihn damit, dass sie nur mit ihm liefe, wenn sie zusammen ploggen würden.

---◇·◇---

Der Sommer schien nicht in den Herbst wechseln zu wollen. Warme Temperaturen brachten herrliche Altweibersommertage. Anouk hatte Jonas am Telefon.

»Was willst du mit mir?«, fragte er.

»Ploggen!«

»Was ist das?«

»Wir sammeln Müll auf, während wir joggen!«

»Okay!«, ertönte eine neugierige Stimme.

»Kennst du die Aktion nicht?«, fragte Anouk.

»Nein.«

»Ursprünglich kommt die Aktion aus Schweden und das Wort Plogging setzt sich aus plocka für aufheben und Jogging zusammen.«

Jonas lachte in der Leitung. »Wie groß muss denn die Tüte sein?«

»Was immer du meinst.«

»Okay, dann also morgen früh!«

»Ja.«

Am nächsten Morgen, einem Samstag, stand Jonas um sieben Uhr vor ihrer Haustür. Da sie noch nicht komplett fertig war, kam er in ihre Wohnung und trug eine Plastiktüte in der Hand.

»Schön, dass du an die Tüte gedacht hast«, begrüßte sie ihn.

»Ja, jetzt retten wir die Welt«, witzelte er, lächelte aber.

»Ich bin noch nicht ganz fertig.«

Jonas nickte.

Von der Haustür aus kam man direkt in den Wohnbereich der Zwei-Zimmer-Penthouse-Wohnung mit Südterrasse eines Mehrfamilienhauses.

»Man sieht, dass du keine Kinder hast.«

»Wieso?«

»Weil alles an seinem Platz ist.«

Anouk lachte.

»Darf ich mir etwas Wasser nehmen?«, fragte Jonas.

»Klar«, sagte die Kommissarin, ließ ihn stehen und verschwand im Badezimmer.

Jonas ging zum Kühlschrank, öffnete ihn und blickte auf offenes, unverpacktes Obst und Gemüse. In der Tür entdeckte er Glaswasserflaschen ohne Etikett. Er öffnete die Schranktüren auf der Suche nach einem Glas und blickte in gähnende Leere. Als Anouk zurückkam, drehte er sich um und sagte. »Du bist wohl noch nicht ganz eingezogen?«

»Wieso?«

»Weil deine Küchenschränke leer sind.«

»Ich habe einfach nicht so viel.«

»Und deine Lebensmittel?«, fragte er erstaunt.

Sie öffnete eine andere Schranktür, in der er offenen Tee, Mehl, Zucker, Nüsse, Reis, Körner und Trockenfrüchte in verschiedenen Gläsern entdeckte.

»Der Rest ist im Kühlschrank. Ansonsten brauche ich nicht viel.«

»Wie viel ist denn nicht viel bei dir?«

»Na ja, ich habe einen Mixer, Stahlbehälter, Trinkflaschen, Backformen, Töpfe, Pfannen, ein Holzbrett, Besteck, Messer und mein Tafelservice für sechs Personen. Alles andere mache ich selber«, lachte sie erfrischend und strahlend weiße Zähne kamen zum Vorschein. Jonas blieb der Mund offen stehen. Konnte man so leben? Mit so wenig Besitz?

»Wasser?«, fragte sie, er nickte und sie schenkte ihm ein Glas Leitungswasser ein.

»Wahnsinn! Meine Wohnung ist gegen deine vollgestopft«, sagte er verlegen und nahm einen Schluck.

Sie lächelte zurück.

»Jeder lebt eben so, wie er es braucht«, erklärte sie ihm.

»Darf ich noch mal auf deine Toilette?«, fragte er statt einer Antwort.

»Klar.«

Von der Neugierde gepackt, untersuchte er ihr Badezimmer und fand für einen Frauenhaushalt erstaunlich wenig. Im Duschbereich entdeckte er Seifen, Duftöle, eine Glasflasche mit Essig und einen Rasierer aus Metall. Am Waschbecken auf einem Regal stand eine

Bambuszahnbürste, kleine Zahnpastatabletten, Kokos- nussöl, Aromafläschchen und ein Glas mit einem Gel, das nach Aloe vera roch.

Als er die Wimperntusche, den Lipgloss und eine Parfumflasche entdeckte, musste er schmunzeln, denn auch Anouk war offensichtlich eitel.

Der blonde Lockenkopf nahm zum Laufen zwei gro- ße Jutebeutel mit. Sie liefen vom Georgenberg Rich- tung Jürgenohl und Kramerswinkel. Sie kamen mit vollen Tragetaschen zurück und Jonas konnte nicht fassen, wie viel Müll auf der Straße gelegen hatte.

Während des Laufens sprachen sie über seinen La- den, den Triathlon und über ihre Arbeit. Es fühlte sich für ihn unkompliziert und natürlich an, trotzdem be- hielt sie Distanz. Lag es daran, dass er in ihrer Woh- nung gewesen war?

Anouk hatte nicht angenommen, dass sich Jonas auf das Ploggen einlassen würde. Auch war ihr nicht klar, ob er sie belächelte oder ihre Lebensweise bewunderte. Sie hatte es satt, sich rechtfertigen zu müssen oder zu erklären, warum sie so lebte, wie sie es eben tat. Für sie war es wichtig und richtig. In den sozialen Medien gab es unendlich viele Gruppen Veganer, Vegetarier, Minimalisten oder Umweltschützer. In der realen Welt kannte sie nur wenige, die in voller Konsequenz ihren Kohlendioxidausstoß verringerten.

———◇·◇———

Ihr wurde langsam kalt. Nachdem Anouk seine Text- nachricht gelesen und sich in Gedanken verloren hatte, stand sie immer noch vor der Eingangstür im Schnee und starrte nach wie vor auf den Bildschirm ihres Smartphones.

Unkontrolliert huschten plötzlich ihre Finger über die Tastatur.

Sieht wohl ganz danach aus. Anouk.

Sofort kam die Antwort.

Ich würde dich gerne wiedersehen.

Hitze stieg in ihr auf. Sie nahm das Telefon und beförderte es zurück in ihre Tasche. Dann schloss sie die Tür auf und stieg die Stufen nach oben.

Vor ihrer Wohnungstür stockte ihr der Atem.

Im Dunkeln saß Olaf.

Ihr Grund, warum sie Frankfurt verlassen hatte, um ein neues Leben zu beginnen.

»Hey Babe«, flüsterte eine raue Stimme.

»Was machst du denn hier?«, fragte sie und Wut stieg in ihr auf.

»Auf dich warten?«

»Woher weißt du, wo ich wohne?«

Olaf ignorierte die Frage.

»Ich musste dich wiedersehen!«

Anouk stieg die letzte Stufe nach oben und Olaf richtete sich auf. Sein Haar war grauer und er sah deutlich älter aus als bei ihrer letzten Begegnung. Sein fünfzigster Geburtstag stand vor der Tür.

»Was willst du hier?«, wiederholte sie ihre Frage.

»Mit dir reden?«

»Es gibt nichts zu bereden.«

»Doch.«

»Was?«, fragte sie mittlerweile genervt.

»Du und ich!«

»Du hast dich gegen mich und für ein Kind mit einer anderen Frau entschieden.«

»Ich weiß«, flüsterte er und schaute auf den Holzboden des Treppenhauses vor sich.

»Ich brauche dich«, hauchte er.

Ihr Körper wurde steif.

»Anouk, ich vermisse dich. Ich kann mit dieser Frau nicht leben. Sie ist anders als wir«, flehte er verzweifelt. Olaf war in Frankfurt Tierarzt und wie Anouk

Veganer und Minimalist. Ihr gemeinsames Leben, ihre Liebe basierte auf den Pfeilern ihrer Überzeugung, bis er Kinder wollte und sie gemeinsam keine bekamen.

»Olaf, du redest Quatsch. Hast du Probleme? Wie alt ist dein Kind jetzt?«, fragte sie.

»Anouk, ich will dich zurück«, bettelte er.

»Olaf, es ist mitten in der Nacht. Ich hatte einen anstrengenden Tag und ich will ins Bett.«

»Zumindest einen Tee«, bettelte er weiter.

Resigniert nickte sie und öffnete ihre Wohnungstür.

-10-

Direkt vor der alten Fabrikhalle stand ein luxuriöses Auto. Indirekte Beleuchtung ließ die abgewetzten, roten Ziegelsteine ansprechend aussehen. Die Fensterscheiben der Halle waren schwarz lackiert und dunkle Metalltüren ließen nicht erahnen, was sich hinter ihnen verbarg. Auf dem Parkplatz, seitlich der Halle, bildeten verschiedene Luxuswagen ein Spalier. Heute allerdings weniger als sonst. Bäume und Büsche versteckten gekonnt vor den Betrachtern von der Straße aus die meisten der parkenden Autos.

In der angrenzenden Straße Im Schleeke herrschte deutlich weniger Verkehr als noch vor ein paar Stunden. Der Schneefall legte eine Pause ein und die Straßenräumdienste hatten bisher grandiose Arbeit geleistet.

Hinter der Metalltür, die von einem gorillaähnlichen Hünen geöffnet wurde, kam der Eingangsbereich des »Liberty-Club« zum Vorschein. Der Vorraum war in Schwarz und schlicht gehalten. Drei Bodyguards umlagerten die Kassiererin und kontrollierten potentielle Gäste.

Nach einem Eintritt von einhundertzwanzig Euro pro Paar betraten die Besucher die modern und hell gehaltene Schleuse zur Freiheit.

Der Diskobereich war dunkel und mit Parkett ausgelegt. An den Wänden hingen Flatscreens und zeigten vorwiegend weibliche Haut in Großaufnahmen. In einer Ecke des Raumes dominierte eine stylische Cocktailbar mit künstlerisch arrangierter Hintergrundbeleuchtung. Hochprozentige Alkoholflaschen leuchteten in unterschiedlichen Farben durch die aufwendig installierte Beleuchtung.

Über der Tanzfläche hingen Diskokugeln und Scheinwerfer. Seitlich davon standen kleine runde Tische mit Sitzgelegenheiten aus Leder.

Erotisch rhythmische Musik erfüllte die Halle mit Leben. Männer und Frauen tanzten körperbetont und checkten sich dabei gierig ab. Es roch nach Schweiß, Rauch und einer Mischung aus Vanille und Lavendel. Nackte Haut dominierte nicht nur die Bildschirme, sondern auch den Raum. Trotzdem waren es an diesem Abend weniger Besucher als normalerweise.

Der grandiose Überblick von der Cocktailbar über die Szenerie ließ viele Männer am Tresen sitzen. Vom Diskobereich aus kam man in unterschiedliche Vergnügungsräume mit aufreizenden Namen. Group Joy, Night Flirt, Glory Hole, Relax Pleasure und Private Time stand jeweils über den Eingängen und sollte die Fantasie ankurbeln.

Cordes saß auf einem Barhocker an der Cocktailbar. Schweißtropfen liefen ihm von der Stirn. Er hatte definitiv zu viel an, mittlerweile die dritte Zigarette geraucht und zupfte sich an der Unterlippe. Wieso musste man ihn anrufen und mit reinziehen? In diesem Moment nervte es ihn, dass er Polizist war.

Die Ereignisse des Tages waren beunruhigend genug. Beim Anblick von Heiko Schreiber wusste er, dass dieser umgebracht worden war. Der Geschäftsmann nahm keine Drogen, niemals. Er hatte immer alles unter Kontrolle. Er war vorausschauend, ein Stratege, ein Visionär und ein Investor. Und er hatte geschäftsmäßig einen verdammt guten Riecher, wie mit dieser Butze. Doch was würde jetzt passieren? Würde sein Tod den Klub negativ beeinflussen? Würden weniger Leute kommen als bisher? Cordes musste so einiges klären heute Abend.

Es hatte sich wie ein Lauffeuer herumgesprochen, dass Heiko Schreiber tot aus der Bimmelbahn gefallen war. Das Internet war nach einigen Stunden voller Bilder. Er wusste, dass die Fotos im Netz morgen früh von Hansen kommentiert werden würden.

Cordes dachte an seine Frau und daran, dass sie glaubte, er arbeite jetzt immer noch am neuen Fall. Sie waren mittlerweile zu viele Jahre verheiratet, hatten keine Kinder bekommen und sich auseinandergelebt.

Schnell verscheuchte er seine Gedanken an sie und sah sich lieber nackte Haut an. Die Regung in seiner Hose konnte er kaum unterdrücken. Es war immer das Gleiche, wenn er hierherkam. Zu Hause brauchte er Pillen, hier nur Sekunden.

»Dieter«, kam eine Stimme aus dem Hintergrund. Cordes drehte sich um und schaute in dunkle Augen mit buschigen Augenbrauen.

»Ich will aussteigen!«, schnauzte der Kommissar übertrieben abfällig.

»Komm mit ins Büro, wir müssen reden«, kam der Befehl. Cordes sah sich um und folgte dem Mann in die hinteren Räume des Klubs.

Das Büro war in Weiß gehalten. Verschließbare Büroschränke durchzogen den Raum an der einen Wand, gegenüber thronte ein großer Schreibtisch. Seitlich davon zeigten fünf Bildschirme verschiedene Winkel aus dem Klub und seine Zusatzräume.

Cordes schaute automatisch auf die Bildschirme und griff sich in den Schritt.

»Du geiler Bock! Pack dich nicht an den Schwanz, wenn ich das sehe. Du kannst dich gleich noch ins Getümmel stürzen«, lachte abfällig die andere Stimme.

»Ich will aussteigen«, wiederholte Cordes.

»Du wirst gar nichts. Erst mal musst du sicherstellen, dass die Polizei nicht auf den Klub stößt. Kapierst du das?«

»Kannst du mir mal erklären, wie ich das machen soll?«

»Das ist mir scheißegal. Du machst das einfach, sonst ist dein Geld weg. Ich weiß nicht, ob deine Frau begeistert ist, zu erfahren, dass ihre Kohle weg ist«, flüsterte die Gestalt bedrohlich.

Cordes' zerfurchtes Gesicht grübelte. Dabei zupfte er sich an der Unterlippe, während seine Augen von den Szenen auf den Bildschirmen angezogen wurden.

»Auch deine kostenlose Mitgliedschaft entfällt, wenn du nichts unternimmst«, erinnerte ihn die drohende Stimme an mögliche Konsequenzen.

»Mir fällt schon was ein!«, beteuerte der Polizist. »Du kannst dich auf mich verlassen!«

Cordes' Blick riss sich von den Bildschirmen.

»Gut. Ich will auf dem aktuellsten Stand bleiben. Hörst du?«, bellte die Stimme.

»Ja, ist gut.«

Cordes wusste, dass er ein Problem bekommen würde, besonders mit Anouk. Sie erfasste schnell Zusammenhänge und wirkte unbestechlich. Zumindest im Moment. Vielleicht würde er noch etwas finden.

»Ja, dann genieß mal den Trubel, solange du noch kannst, du alter Sack«, grinste die Gestalt.

Cordes verließ das Büro des »Liberty-Club« und eilte in die Schleuse, um sich endlich seiner Kleider zu entledigen.

-11-

Amani schaute aus dem Fenster und sah über die Dächer von Goslar. Ihre Mädchen schliefen. Jede Nacht schlich sie sich in das kleine Kinderzimmer, um beiden beim Schlafen zuzusehen. Sie musste sich vergewissern, dass sie noch atmeten.

Die Nacht war heller als sonst, denn es schneite. Dächer und Straßen waren weiß und friedlich. Ein überwältigendes Gefühl.

Ihre Gedanken verloren sich. Sie dachte an Damaskus. Sie roch die Gewürzmärkte, sah die Cafés, hörte das Geschrei und Lachen der Kinder. Die Stimmung war liberal, Frauen liefen ohne Kopftücher und überall erklang Musik in den Straßen. Der Traum von 1001 Nacht.

Sie liebte ihre Arbeit als Frauenärztin. Sie hatte viele Kinder auf die Welt gebracht und sich dann entschieden, im Bereich der künstlichen Befruchtung zu forschen. Die Familie und ihre Arbeit füllte sie und ihr Leben aus, bis sich 2011 alles änderte. Was brauchte es, um seine Heimat zu verlassen? Es war so viel und gleichzeitig so wenig.

Amani wusste von ihrer Cousine, dass das Leben mittlerweile besser war. Es gab mehrere Stunden Strom und Wasser am Tag. Die Bevölkerung sehnte sich nach Stabilität.

Mehr als fünfzig Prozent aller Syrer lebten irgendwo in dieser Welt als Flüchtlinge. Sie waren zu gesellschaftlichem Ballast oder Abschaum geworden. Und in Syrien betrachtete man sie als Feiglinge, die ihr Land verraten hatten.

Egal für was du dich entscheidest, du hast dich mit der Seite des Teufels eingelassen, hörte sie die Stimme ihrer Mutter. Dabei sollte der Arabische Frühling das Land verbessern und die Armut bekämpfen. Wie hatte alles nur so aus dem Ruder laufen können?

Innerlich wusste sie, dass es zu viele Glaubensgemeinschaften und Gruppen mit unterschiedlichen Lebenszielen gab. War es da nicht klar, dass die Bombe irgendwann platzen würde?

Eine halbe Million Menschen stürzten in den Tod und Kinder kannten vorwiegend Gewalt, Hunger und Leid. Das war die Bilanz nach Jahren des Krieges.

Doch sie wusste, dass auch Deutschland nicht das Paradies war. In Syrien hatte sie ihren Mann verloren und in Deutschland ihren Sohn. Sie spürte diesen ziehenden Schmerz jeden Tag und jede Nacht.

Donnerstag, 6. Dezember

-12-

Anouk fuhr in der Dunkelheit ins Präsidium. Nach vier Stunden Schlaf brauchte sie einen grünen Saft, der ihre Lebensgeister wieder weckte. So wie jeden Morgen mischte sie zusammen, was sie im Kühlschrank und in der Tiefkühltruhe vorfand. Heute waren es Spinat, Grünkohl, Broccoli, Gurke, Petersilie, Schnittlauch, Mango, Kiwi, Apfelsine und Chia-Samen.

Vor der Haustür stellte sie fest, dass es aufgehört hatte zu schneien. An ihrem Fahrrad hingen ein Schokoladen-Nikolaus mit dem Aufkleber »vegan« und eine Nachricht von Jonas: *Du hast vergessen, die Schuhe rauszustellen.*

Sie schmunzelte. Heute war Nikolaustag.

Die Straßen waren freigeräumt und befahrbar. Auf dem Hof der Polizeiinspektion schloss sie ihr Fahrrad an den dafür vorgesehenen Ständer, nahm ihre Freitag-Tasche und ging in das weiße Gebäude mit den blauen Fensterrahmen.

Auf dem Weg ins Büro nahm sie den Fahrradhelm ab und öffnete die Jacke.

In ihrem Büro, das sie mit Toni teilte, entdeckte sie auf dem Tisch einen zweiten Schoko-Nikolaus mit dem Aufkleber »vegan«. Sie vermutete, dass es Hansens Idee gewesen war, und freute sich.

Toni saß vertieft in eine Tageszeitung am Schreibtisch. Als er sie entdeckte, blickte er auf.

»Hast du das schon gesehen?«, fragte der Junior und zeigte auf die Tageszeitung.

»Was denn?«

»Irgendjemand hat von der Aussichtsplattform der Marktkirche Nahaufnahmen gemacht.«

»Wirklich! Und?«

»Trotz Abdeckung sieht man zu viel. Im Artikel wird alles kritisiert. Das Vorgehen unserer Beamten, die große Absperrung, die fehlende Information und so weiter. Ich frage mich, wie jemand genau da oben stehen konnte, wenn Heiko Schreiber aus der Bahn fällt. Das stinkt doch zum Himmel. Übrigens ist der Rentnerklub auf einem der Bilder.«

Anouk lehnte sich über Tonis Schreibtisch und blätterte zur Titelseite der Tageszeitung. Sechs Bilder über die ganze Seite verteilt, zeigten die Ereignisse bis zum Abtransport von Heiko Schreibers Leichnam in absoluter Schärfe.

»Das gibt es doch nicht!«, ärgerte sie sich »Die Zeitung muss doch sagen, von wem sie die Bilder hat.«

»Laut Chefredakteur wurden sie ihm anonym zugespielt«, murmelte Toni.

»Interessant! An der Himmelsleiter muss man doch Eintritt bezahlen, vielleicht kann sich da jemand erinnern. Ich glaube immer weniger an einen Unfall.«

Im Nordturm der Goslarer Marktkirche thronte auf 60 Meter Höhe eine Aussichtsplattform mit atemberaubendem Rundumblick über die Altstadt. Die sogenannte Himmelsleiter war besonders zur Weihnachtszeit bei den Touristen beliebt, weil man von hier die aufwendige Weihnachtsbeleuchtung der Stadt bildlich einfangen konnte.

»Das glaube ich auch. Ich habe übrigens versucht, dich gestern Abend noch einmal anzurufen, leider konnte ich dich nicht erreichen. Die Sache mit Schreiber hat mir keine Ruhe gelassen. Also bin ich zu meinem Vater und habe ihn verhört.«

»Was hast du?«, runzelte Anouk die Stirn.

»Meinen Vater verhört. Ich habe das machen müssen, sonst nimmt der mich nicht ernst. Er findet eh, dass ich eine Lachnummer bei der Polizei bin. Nachdem ich im Sommer dem Typen hinterher ins Fangnetz gesprungen war, hat er Wochen nicht mehr mit mir gesprochen.«

Im Sommer hatten Toni und Anouk ihren ersten gemeinsamen Fall gelöst, wobei er sich am Ende an der Okertalsperre in eine gefährliche Situation gebracht hatte. Trotzdem ignorierte sie seine Anspielung und kam auf ihren aktuellen Fall zurück.

»Und, was hast du herausgefunden?«

»Ob mein Vater Heiko Schreiber gut kannte, kann ich nicht hundertprozentig sagen, allerdings glaubt er nicht, dass Schreiber Drogen nahm. Er muss ein Kontrolltyp gewesen sein. Wenn, dann hätte Schreiber anderen Drogen verabreicht, um die Kontrolle nicht zu verlieren.«

»Okay, also geht er von einer Gewalttat aus, oder?«

»Ganz genau!«, strahlte er Anouk an. »Doch was hast du gestern Abend noch gemacht?«, insistierte er weiter. Anouk winkte ab und legte ihre Sachen über den Schreibtischstuhl. Auch hier lagen auf ihrem und Tonis Tisch ein Schoko-Nikolaus.

»War das Hansens Idee?«, fragte sie stattdessen und hielt ihren hoch.

»Ja, der gute Hansen. Und für dich hat er extra einen veganen ausfindig gemacht. Es fehlen nur noch Kerzen und Weihnachtsplätzchen«, grinste Toni.

»Ich mag das sehr, auch wenn ich es nicht essen werde.«

»Quatsch, warum denn nicht?«

»Weil es nicht bio ist.«

»Du spinnst doch! Dann schmeiß rüber, ich kann etwas auf die Rippen vertragen. Mal sehen, ob mir das vegane Zeug schmeckt!«

Anouk warf ihrem hageren und großen Kollegen die Süßigkeit zu und verschwand auf die Damen-Toilette, um sich die Hände zu waschen.

Am Waschbecken kam ihr Olaf wieder in den Sinn. Er hatte sich ein Zimmer im Hotel Villa Saxer, einer Nobel-Unterkunft in Goslar, genommen, um sie zu sehen. Sie hatten über vieles gesprochen, doch eigentlich immer nur über ihn. Über seine damalige Torschlusspanik, nicht mehr Vater zu werden, über die Tierarztpraxis und sein Leben mit einer Fleischesserin.

Er wirkte alt und vor allem unglücklich. Komischerweise spürte Anouk nicht mehr diese Nähe zu ihm, die sie über so viele Jahre gehabt hatte, sondern fühlte sich von ihm befreit. Gleichzeitig war sie erleichtert und die Tatsache, dass nicht nur sie wie ein Hund gelitten hatte, sondern auch er, gab ihr Genugtuung. Mit dem Unterschied, dass sie ihren Gefühlsblues hinter sich hatte und er jetzt erst mittendrin steckte. Diese Erkenntnis überraschte sie. Ihr ehemals großes Vorbild, ihr Umweltschützer und Tierliebhaber. Sie sah ihn an und wollte ihn nicht mehr. So einfach war das. Nein, er war ihr sogar fremd geworden. Lag es daran, dass er erbärmlich um sie bettelte? Oder war es schlichtweg zu spät?

Sie verließ die Toiletten und war auf dem Gang Richtung Kaffeeküche, um sich einen Tee zu kochen. Wieder wanderten ihre Gedanken zurück zum gestrigen Abend.

Nachdem er gegangen war, konnte sie lange nicht einschlafen. Sie dachte über sich, ihn und ihr Leben nach. In Frankfurt hatte sie sich nie vorstellen können, dass sie ihn nicht mehr wollte. Ganz im Gegenteil. Aber jetzt auf einmal fiel ihr auf, was ihr immer unangenehm gewesen war. Er hatte nie verstanden, warum sie in der Mordkommission arbeitete. Was ihr die Arbeit gab. Wie wichtig es ihr war, in einem freien Land

Gerechtigkeit umzusetzen. Ihn interessierte nur sein idealer Traum von gesunder Ernährung, Tierschutz, Umweltschutz und einer Familie mit vielen Kindern. Er wollte nicht verstehen, warum sie auch mit Nachwuchs zurück ins Präsidium gegangen wäre.

Erst jetzt erkannte sie seinen Egoismus und seine Manipulationsversuche. War sie deshalb nicht schwanger geworden? Wusste ihre Physis mehr als ihr Geist? Denn körperlich waren beide vollkommen gesund gewesen.

»Anouk, wir treffen uns jetzt im Besprechungsraum«, riss sie Hansen aus ihren Gedanken.

Sebastian Herz rannte in diesem Moment hektisch an der Küche vorbei. Sein Schlips flog seitlich am Körper und die leichte Aktentasche wirbelte hin und her beim Laufen.

Im Besprechungsraum schien es, als ob die Zeit seit gestern Abend stehen geblieben wäre. Die Rechtsmedizin war wieder zugeschaltet und die Kollegen aus dem FK1 und FK5 waren im Raum versammelt. Anouk hatte per Zufall den gleichen Stuhl wie gestern Abend ergattert, nur übernahm in diesem Moment Sebastian Herz, der Staatsanwalt, das Reden. Er stand neben dem Bildschirm und schaute in die Runde, ohne etwas zu sagen.

Im Raum wurde es mucksmäuschenstill.

»Guten Morgen, meine Herrschaften! Die Oberstaatsanwältin hat mich noch mal darauf hingewiesen, dass wir der Soko ›Glühwein‹ höchste Priorität einräumen müssen. Heute Abend wird es eine Pressekonferenz geben. Bis dahin werden wir so viel wie möglich zusammentragen. Vielen Dank!« Er schaute in die Runde und erfasste jedes Gesicht. Anspannung breitete sich aus.

»Ja, vielen Dank, Sebastian«, unterbrach ihn Hansen und gesellte sich zu ihm. Die Stirn des Staatsanwaltes runzelte sich, aber er verstand. Er setzte sich neben Anouk.

»Susanne, bitte, ich gebe dir das Wort«, leitete Hansen an die Chefin der Spurensicherung weiter.

Susanne Schönfeld erörterte die Details der gestrigen Untersuchung in Heiko Schreibers Haus. Besondere Neuigkeiten gab es nicht; außerdem musste Gudrun Schreiber beurteilen, was fehlte. Das stand noch aus. Die Witwe wurde heute in ihrem Haus zurückerwartet. Zusätzlich sollten die Geschäftsräume untersucht werden.

Prof. Dr. Keller war wieder zugeschaltet und berichtete von seiner inneren Leichenschau. Die äußeren, sturzbedingten Blessuren waren nicht unterblutet gewesen und erwiesen sich als postmortale Verletzungen. Bei der inneren Obduktion wurde zudem Erbrochenes in den Luftwegen festgestellt, das mitursächlich für ein Ersticken zu werten war. Nach der Untersuchung des Herzens konnte ein Herzinfarkt ausgeschlossen werden. Eine aufgeblähte Lunge sowie flüssiges Leichenblut untermauerten die Feststellungen. Die Proben für die toxikologische Untersuchung waren eingereicht, allerdings wies Keller darauf hin, dass es mitunter Wochen dauern konnte, bis sie Ergebnisse sehen würden, da sich die Arbeit stapelte. Außerdem stellte er fest, dass die postmortale Konzentrationsbestimmung der nachgewiesenen Substanzen wie bei GBL beziehungsweise GHB äußerst problematisch sein würden. Dafür gab es die Probe aus den Glühweinbechern, bei der eine extrem hohe Konzentration ermittelt wurde. Dieser Wert machte Eigenkonsum unwahrscheinlicher. Die eingereichte Haaranalyse würde Rückschlüsse aufzeigen, ob das Opfer regelmäßig die Party-Droge konsumiert hatte, doch auch dieses Ergebnis würde Wochen dauern. Aufgrund der hohen Dosis gingen Hansen und auch Sebastian Herz, der Staatsanwalt, nun von Mord aus.

Cordes wirkte während der gesamten Sitzung abwesend und desinteressiert, was Anouk hellhörig werden ließ. Seit der gestrigen Überreaktion auf dem Weihnachtsmarkt witterte sie etwas, wusste allerdings nicht, was es war.

Nach der Sitzung wurde der Vormittag in der Polizeiinspektion damit verbracht, Zeugenaussagen aufzunehmen. Im Flur erkannte Anouk die Gesichter der Café-Plüsch-Runde.

»Guten Morgen, Frau Kommissarin«, jubelte Willi, als er Anouk entdeckte.

»Herr Heine, guten Morgen. Mein Kollege und ich werden parallel die Protokolle aufnehmen.«

Da kam Toni um die Ecke und bat Willi Heine, mit ihm mitzukommen. Anouk schnappte sich seine Frau Martha. Nach zwei Stunden hatte sie drei Protokolle aufgenommen und fühlte ein inneres Kribbeln, denn sie wusste, dass diese Zeugenaufnahmen nichts brachten. Sie wollte in die Geschäftsräume des Opfers und an ihren Schreibtisch, um nach Informationen zu recherchieren. Also bat sie einen jüngeren Kollegen, an ihrer Stelle weiterzumachen und verschwand in ihr Büro.

Durch verschiedene Quellen erfuhr sie, dass Heiko Schreiber Großunternehmer in der Region war. Er hatte sich in den letzten Jahren mit seinem Unternehmen auf den Bau von Supermärkten spezialisiert. Umso erstaunlicher war es, dass er mit dem Steinberg-Projekt, das er im Spätsommer beworben hatte, in die Hotelbranche einsteigen wollte. Sie las verschiedene Artikel und stellte rasch fest, dass es sich bei dem Steinberg-Hotel um ein Prestige-Projekt der Stadt Goslar handelte, da es vor einigen Jahrzehnten bereits ein Steinberg-Hotel auf dem gleichnamigen Berg gegeben hatte. Seither gab es immer wieder unterschiedliche Vorhaben, um dem ehemaligen Ausflugsziel erneut Leben einzuhauchen. Von einem einstigen Großprojekt wurde vor Jahren nur die Alm in der Nähe eines Spielplatzes umgesetzt. Sie stellte auch fest, dass es für das Bebauungskonzept verschiedene Gegner gab. Ihre Neugierde war geweckt. Sie schnappte sich ihre Winterjacke, ihre Tasche und suchte Toni. Sie wollte in Schreibers Geschäftsräumen Unterlagen sichten.

-13-

Die Geschäftsräume von Heiko Schreiber waren im Stadtteil Baßgeige untergebracht, dem Gewerbegebiet von Goslar. Die Fahrt im Elektro-Golf dauerte nur wenige Minuten.

»Gab es bei den Zeugenaussagen etwas Neues?«, fragte Anouk, die den Wagen steuerte.

»Nein, nicht wirklich. Ich habe mir immer wieder die gleiche Leier anhören müssen«, sagte Toni, der sich in den Beifahrersitz drückte, als ob er darin verschwinden wollte.

»Hast du dich immer noch nicht daran gewöhnt, dass wir lautlos fahren?«

»Nein. Und um ehrlich zu sein, komme ich mir vor wie im Film ›Demolition Man‹. Du bist Sandra Bullock und ich Silvester Stallone. Ich kriege die Krise bei diesem Auto und will endlich richtig Auto fahren.«

Anouk musste herzlich lachen.

»Du kennst so alte Filme?«

»Schlimm?«, schielte Toni.

»Nein, überhaupt nicht!«, lachte Anouk immer noch.

»Es gibt so einige Filme aus den Neunzigern, die ich so richtig gut und lustig finde«, scherzte ihr Kollege.

»Spielt der Film nicht in 2032? Bis dahin haben wir noch etwas Zeit«, schmunzelte die Kommissarin.

»So was weißt du?«, staunte Toni.

Sie riss mit einem Lächeln die Augen auf.

»Übrigens wurde heute Vormittag Johann Thiede befragt, der Dritte im Bunde aus der Männerrunde. Cordes hatte ihn, soweit ich weiß. Alle drei beziehungsweise mit Lino Kirchhoff alle vier, geben sich gegenseitig Alibis.«

»Weißt du noch mehr?« Anouk wurde hellhörig.

»Über Thiede?«

»Genau.«

»Die Runde hatte sich aufgelöst, nachdem Schreiber und Kirchhoff zur Bahn unterwegs waren. Er selber sei dann über die Münzstraße zu seinem Auto in die Bäckerstraße gegangen. Das konnte bestätigt werden, denn er hat einen Strafzettel für Falschparken bekommen.«

»Ach!«

»Ja, er stand wohl vor einer Ausfahrt. Er kann froh sein, dass er nicht abgeschleppt wurde.«

»Er wollte alkoholisiert noch fahren?«

»Angeblich hatte er an seinen verschiedenen Glühweinportionen nur genippt und war fahrtüchtig.«

Anouk hielt vor dem Geschäftsgelände von Schreiber. Es war winterlich kalt. Das graue Gebäude wirkte unscheinbar in der Winterlandschaft. Die Polizisten sahen ihre Atemluft auf dem Weg zum Haupteingang. Die Eingangshalle allerdings war dekorativ eingerichtet und zeigte verschiedene Modelle vergangener Bauprojekte.

Sie wurden von zwei Kollegen empfangen, die ihnen die Richtung wiesen. Die Mitarbeiter der Schreiber Constructa GmbH waren an diesem Tag nach Hause geschickt worden. Sie durften weder Laptops noch Mobiltelefone mitnehmen. Alles sollte untersucht werden. Neben Lino Kirchhoff hatte Schreiber noch eine weitere Assistentin, eine sechzig Jahre alte Frau, die einen Einbruch bei der Polizei gemeldet hatte, nachdem sie an diesem Morgen gegen neun Uhr das Gebäude und die Geschäftsräume von Heiko Schreiber betreten hatte.

Nach gemeinsamer Sichtung der Chefetage konnte die Assistentin nicht sagen, ob Unterlagen fehlten. Lose Papiere und offene Ordner lagen auf dem grauen Teppichboden verteilt und Schranktüren standen sperrangelweit offen.

Die Spurensicherung war vor Ort und hatte herausgefunden, dass der Einbruch über ein Toilettenfenster erfolgt war. Als Susanne Schönfeld das Büro freigab, inspizierten Anouk und Toni verschiedene Unterlagen. Sie wollten sich auf das Steinberg-Projekt konzentrieren, in der Hoffnung einen Hinweis zu finden.

Die Durchsicht der Unterlagen bestätigte, dass die Schreiber Constructa GmbH sich in den letzten zehn Jahren auf den Bau von Supermarktketten spezialisiert hatte. Allein in Goslar hatten sie drei Projekte begleitet, doch ihr Einzugsgebiet war erstaunlich groß. Anouk fand Aufträge aus Hannover, Göttingen und sogar Oldenburg. Außerdem gab es verschiedene Sub-Unternehmen, die zum Mutterbetrieb gehörten und sich mit anderen Bauthemen beschäftigten, allerdings waren keine Hotels darunter. Sie entdeckten auch eine Constructa International GmbH, die jedoch kein entsprechendes Geschäftsgebaren im Ausland vorwies. Das Unternehmen wirkte mehr wie ein Mantelunternehmen, das noch gefüllt werden sollte. Neben den verschiedenen Gesellschaften fiel Anouk die Constructa Constanta GmbH ins Auge. Diese schien ein reines Management- oder Consulting-Unternehmen zu sein. Außerdem war die Unternehmensgruppe sehr patriarchisch geführt worden. Offensichtlich gab es keinen engen Vertrauten von Heiko Schreiber, sondern lediglich Bereichs- und Projektleiter, die sich mit den unterschiedlichen Themen innerhalb des Unternehmens befassten.

Von Toni erfuhr Anouk, dass Hansen und Cordes parallel zu ihnen in den Privaträumen von Heiko Schreiber nach Informationen suchten. Hansen hatte Toni telefonisch davon in Kenntnis gesetzt.

Hunger breitete sich in Anouks Magen aus.

»Wollen wir eine Pause machen?«, fragte sie ihren Kollegen.

»Gute Idee, ich könnte auch etwas essen«, erwiderte er.

Sie spazierten zum Auto. Anouk setzte sich auf den Beifahrersitz und kramte Baumwollbeutel und Metalldosen, die mit verschiedenen Leckereien gefüllt waren, aus ihrer Tasche. Toni saß am Steuer und fuhr kommentarlos zum Marktkauf, der in der Nähe lag. Zwanzig Minuten später genossen beide ihre Mahlzeiten.

»Und? Hast du dich langsam eingelebt?«, fragte Toni.

Anouk schaute ihn erstaunt an: »Hast du nicht das Gefühl?«

»So meinte ich das nicht. Goslar ist doch Provinz im Vergleich zu Frankfurt«, erklärte er.

Anouk war viele Jahre erfolgreiche und anerkannte Ermittlerin in der Mainmetropole gewesen und hatte in einer kleinen Zwei-Zimmer-Wohnung im Westend, einer gehobenen Wohngegend in der Stadtmitte, gewohnt.

»Seit gestern glaube ich, dass ich wirklich angekommen bin«, lachte sie ihren Kollegen an.

»Ach, ja?«, staunte der Polizist.

»Ja, ich habe meinen alten Ballast endgültig abgeworfen.«

»Das klingt doch gut!«, freut sich Toni.

»Ja, das finde ich auch«, lachte Anouk befreit.

Toni hatte nicht die leiseste Ahnung, wovon seine Kollegin sprach, doch er gönnte ihr diese Unbeschwertheit. Am Anfang hatte Anouk alle männlichen Blicke der Polizeiinspektion auf sich gezogen. Sie strahlte eine anziehende Aura aus, doch er wusste, dass sie nordisch kühl und unnahbar war. Sie war eine Ermittlerin mit natürlicher Intuition und er wollte von ihr lernen. Er hatte beim ersten Fall den Fehler gemacht, sich von ihr abzuwenden. Er hatte stattdessen Cordes vertraut und wurde eines Besseren belehrt. Sie war nicht nur erfahren, sondern hatte eine ausgeprägte Menschenkenntnis.

»Wir müssen noch mal mit deinem Vater sprechen.«

Toni hob eine Augenbraue.

»Das Steinberg-Projekt war gigantisch und hatte so einige Gegner. Wir müssen wissen, warum Schreiber ins Hotel-Metier wollte.«

»Das können Prestige-Gründe sein«, antwortete er.

»Wie meinst du das?«

»Supermarkthallen bauen ist keine architektonische Meisterleistung. Da gibt es andere Gebäude, die Jahrzehnte oder sogar Jahrhunderte später im Glanz hervorstechen. Ein besonderes Fünf-Sterne-Hotel gehört für mich dazu.«

»Meinst du etwa, dass sich reiche Männer gerne mit Trophäen schmücken?«

»So ungefähr«, lachte er über ihre neue Erkenntnis.

»Wie ist das bei dir?«, piesackte Anouk ihren Junior. Toni lachte herzlich, biss in ein fettiges Brötchen mit Leberkäse, kaute, schmunzelte und wischte sich den Mund mit dem Handrücken ab.

»Den Porsche habe ich nach dem Grundstudium bekommen. Hätte mein Vater gewusst, dass ich abbreche, hätte er mir den Wagen bestimmt nicht geschenkt!«

»Was denn für ein Studium?« Die Polizistin wurde neugierig.

»Tourismus in Wernigerode.«

»Ach!«

»Und dann kam die Polizeihochschule und der Geldhahn versiegte«, führte Toni weiter aus und lachte dabei.

»Tatsächlich?«

»Ja und nein. Wenn es nach meinem Vater ginge, ja, doch meine Mutter erträgt mein Elend nicht«, fuhr er fort und biss erneut in sein Brötchen.

»Wo wohnst du eigentlich?«, wechselte Anouk das Thema.

Toni riss überrascht die Augen auf und grinste erhaben.

»Schön, dass du dich dafür interessierst.«

»Wie meinst du das?«

Das Grinsen verschwand. Er stemmte die Brötchenhand in die Seite des Körpers und schaute seiner Kollegin direkt ins Gesicht.

»Anouk, du interessierst dich sonst nur für die Arbeit. Du fragst nie ...«, er hielt kurz inne, »... oder nur selten nach Privatem.«

Sie reagierte wie ein scheues Reh, schaute aus dem Fenster und knabberte an der Zahnfleischinnenseite des Mundes. Dann drehte sie sich wieder zu ihm um und lächelte.

»Und?«

Er erwiderte ihr Lächeln.

»In Immenrode.«

»Wo ist das?«, fragte Anouk, die sich immer noch nicht mit den umliegenden Dörfern von Goslar auskannte.

»Zehn Minuten Richtung Norden.«

Anouk nickte und schaute ihn erwartungsvoll an.

»Ich wohne bestimmt im kleinsten Haus von Immenrode.«

»Bestimmt«, wiederholte die Kommissarin und machte eine ausladende Handbewegung.

»Nein, wirklich!«, lachte Toni und schmatzte weiter.

Zurück in den Geschäftsräumen von Heiko Schreiber trafen Anouk und Toni auf Hansen und Cordes. Als der FK1-Leiter sie entdeckte, kam er direkt auf sie zu, um von den neuen Erkenntnissen zu berichten.

»Anouk, Toni! Lasst uns ein kurzes Update machen!«

Sie und Cordes hoben gleichzeitig die Augenbrauen. Hansen hatte ihr nicht nur einen veganen Schoko-Nikolaus geschenkt, sondern sie gerade geduzt! Die Kommissarin schmunzelte erfreut, doch Cordes' Blick verfinsterte sich.

»Wir müssen unsere Untersuchungen weiter ausbreiten. Neben dem Haus in der Kaisertorstraße hat Schreiber jeweils eine Wohnung in Bad Harzburg und in Heidelberg, außerdem ein Haus auf Sylt. Im Heidelberger Apartment ist seine Tochter gemeldet. Gudrun Schreiber war kurz zurück in der Kaisertorstraße. Ihre Tochter ist mittlerweile in Goslar angekommen und beide haben sich ins Hotel Villa Saxer eingemietet«, fuhr Hansen fort.

Die Kommissarin nickte.

»Anouk, ich möchte, dass du mit Dieter ins Hotel Villa Saxer fährst, um die Witwe und ihre Tochter noch einmal zu befragen.«

Anouks Augen weiteten sich und ihr Blick wanderte zu Cordes.

»Jürgen, was soll der Scheiß? Wir beide sind ein Team, verstehste? Die Frau und der Junior sind ein anderes Team, kapiert? Wir müssen nichts wechseln«, bellte Cordes unvermittelt.

Hansens Kopf wurde rot, seine Augen quollen hervor, bevor er das Wort ergriff: »Dieter, jetzt reiß dich mal zusammen. Ich habe von deinen Kinderallüren die Schnauze voll. Ich bin immer noch der Leiter des FK1, und wenn ich sage, dass du mit Anouk die Schreibers befragen sollst, dann machst du das auch gefälligst. Verstanden?«

Hansen atmete tief aus und schaute bewusst Toni an. Dieser schreckte zurück. Es war offensichtlich, dass er Hansen noch nicht aus der Haut hatte fahren sehen.

»Toni, wir untersuchen die Wohnung in Bad Harzburg.« Damit griff der Leiter den Jungspund am Ärmel und zog ihn hinter sich her. Tonis Blick blieb auf Anouk haften, die ihm zunickte und damit zu verstehen gab, dass sie mit Cordes schon fertig werden würde.

»Also, dann werden wir mal ins Hotel Villa Saxer fahren. Mich interessiert im Moment das Steinberg-Projekt.

Vielleicht weiß seine Frau etwas«, gab Anouk Cordes zu verstehen und ging in Richtung des Autos. Nach ein paar Metern drehte sie sich um: »Ach, übrigens, wir fahren E-Golf.« Sie lächelte süffisant, schaute wieder nach vorne und wartete nicht, bis ihr Kollege hinter ihr herkam.

—◦·◦—

Cordes kochte vor Wut, trotzdem latschte er dieser affektierten Großstadt-Tussi hinterher. Ihre selbstgefällige Art kotzte ihn maßlos an. Ihm war bis heute schleierhaft, wieso diese neue Stelle für sie kreiert worden war. Erst nahm ihm Hansen seinen Laufburschen weg und dann war sie trotz ihres Alters bereits auf seiner Besoldungsstufe. Er hasste es, wenn Frauenquoten das Sagen hatten. Hektisch fummelte er sich eine Zigarette aus der Schachtel und steckte sich eine an. Gierige Züge halfen ihm, runterzukommen. Vor der Beifahrertür schmiss er die Kippe auf den Asphalt, trat sie aus und setzte sich ins Auto.

Anouk öffnete die Tür. Vom Beifahrersitz aus beobachtete er, wie die Neue zunächst ums Auto herumging und den Zigarettenstummel mit einer Plastiktüte aufhob. Er schüttelte den Kopf und griff sich in seine Igelfrisur. Er wusste, dass sie ein ausgeprägter Öko war, doch dass sie so dämlich war, wusste er nicht. Als sie hinterm Lenkrad des Autos saß, kommentierte sie ihre Tat damit, dass sie es hasste, wenn Müll auf der Straße lag.

Er konnte ihr vor Wut nicht ins Gesicht gucken und seine Halsschlagader schwoll bedrohlich an. Wie konnte eine Frau nur so beschränkt sein. Doch er verkniff sich einen bissigen Kommentar und beschloss, diese gesamte Situation zu ignorieren. Als er eine weitere Kippe aus der Schachtel fummeln wollte, wies sie ihn darauf hin, dass der E-Golf ein Nichtraucherfahrzeug sei. Am liebsten hätte er ihr eine Kippe direkt in die Fresse gedrückt. Umständlich stopfte er die Zigarette wieder zurück und schaute aus dem Fenster, um sich zu beruhigen.

Sekunden später drehte er den Kopf in ihre Richtung und betrachtete ihr Gesicht. Ihre rosa Haut war makellos. Ihre Stupsnase hatte leichte Sommersprossen und die vollen Lippen glänzten vom Lipgloss. Unkontrolliert schossen fantasievolle Gedanken in seinen Schritt. Vielleicht musste sie nur einfach mal richtig durchgevögelt werden, damit sie sich entspannte, amüsierte ihn der Gedanke. Er konnte sich ein Grinsen nicht verkneifen, schaute deshalb wieder aus dem Fenster, sah Häuser vorbeiziehen und versuchte sein Kopfkino auszuschalten, um seine Erektion in den Griff zu bekommen.

Das Elektroauto fuhr geräuschlos aus dem Gewerbegebiet Baßgeige über die Bornhardtstraße, Richtung Hildesheimer- und Bismarckstraße, weiter zum Köppelsbleek bis in die Mauerstraße, in der das Hotel Villa Saxer residierte.

Cordes ärgerte es, dass die Bernstein nicht die Hotelauffahrt nutzte, sondern das Auto in der Mauerstraße parkte. Dann stieg sie kommentarlos aus und ging, ohne auf ihn zu warten, zur Rezeption des Hotels.

Er fühlte sich überrumpelt von der arroganten Schnepfe und fischte nach einer weiteren Zigarette. Sollte sie doch auf ihn warten. Genüsslich inhalierte er den ersten Rauch ein, wurde aber von dem Gedanken gepackt, dass sie ohne ihn mit der Befragung beginnen würde, und hastete ihr hinterher zur Rezeption.

Parkettboden und dunkelgraue Steinklinkerwände empfingen die Gäste des neuen und modernen Hotels. Links der Rezeption standen Ohrensessel, die zum Verweilen einluden, und rechts des Empfangs entdeckte er die Bar und seine Kollegin.

Sie sprach mit einem groß gewachsenen Mann, der grau meliertes Haar hatte. Die beiden kannten sich ganz offensichtlich. Neugierde stieg in ihm auf. Besonders als er diese unsichere Regung bei der Neuen spürte. Was war da los? Der Mann saß mit einer jungen Frau an der Bar. Da lief etwas zwischen den beiden. Er kannte geile Männer, die nur darauf warteten, an den Start zu gehen. Sie tranken am frühen Nachmittag Cocktails. Es war so offensichtlich. Jetzt wurde es interessant.

Plötzlich erkannte er die junge Frau an der Theke. Es war Anna Schreiber, die feuchtfröhlich einen Cocktail mit einem Mann schlürfte, den Anouk kannte. Er hatte sie in der Kaisertorstraße mit Hansen das erste Mal getroffen. Doch wer war der Mann? Neben der unscheinbaren Anna Schreiber wirkte der Mann wie George Clooney in seinen besten Jahren. Cordes musste es irgendwie herausfinden. Er bemerkte ein Zucken in den Augen der Bernstein. Als er näherkam, stieg Freude in ihm auf, denn ihm entging nicht, dass sich die Blicke des Mannes an der Bar und der Bernstein trafen.

—◦·◦—

Anna Schreiber erkannte Dieter Cordes, griff sich in ihre dunkelbraunen, glatten Fizzelhaare und grinste verlegen. Hektisch griff sie zu einer der Kreolen in ihren Ohren, um zu überprüfen, ob der Verschluss noch geschlossen war. Dann stand sie auf und ging auf Dieter Cordes zu. Sie erklärte ihm, dass sie in das Haus ihrer Eltern wollte, um noch einige private Dinge zu holen. Gönnerhaft deutete Cordes ihr an, dass sie sowieso dorthin fahren würden, um ein paar offene Fragen zu klären. Anna Schreiber verabschiedete sich von dem Herrn an der Bar mit Wangenkuss und folgte dem Polizisten nach draußen.

Cordes blickte auf dem Weg nach draußen über seine linke Schulter und sah, dass die Bernstein bei dem Mann an der Theke stehenblieb. Überschwänglich erzählte Anna Schreiber mit roten Wangen, dass der Mann ein Tierarzt aus Frankfurt sei und sie ihn gerade an der Bar kennengelernt habe. Er wusste sofort, dass der Typ an der Bar gute Chancen hatte, die Schreiber flachzulegen. Frauen wie sie kamen selten zum Schuss. Sie waren zu unscheinbar, redeten und bewegten sich unerotisch und wurden von den Männern übersehen. Bei dem Wort Frankfurt klingelte es bei ihm. Wurde die Neue von ihrer Vergangenheit eingeholt? Würde er über Meyer-Burghardt mehr erfahren? Er wusste vom Junior, dass die Bernstein Single war. Doch eine Frau mit ihrer Ausstrahlung musste Männer haben.

Anna Schreiber grinste ihn dümmlich an und ihm wurde klar, dass die junge Frau nicht gerade um ihren toten Vater trauerte. Oder wollte sie die Trauer mit einer Affäre abschütteln?

Abschätzige Gedanken schossen in seinen Kopf. Die Weiber waren alle gleich. Geldgeil und leicht zu haben, wenn man es wirklich wollte.

-14-

Es hatte nur Sekunden gedauert, bis Anouk erkannte, dass Olaf mit Anna Schreiber an der Hotelbar saß und Cocktails schlürfte. Die junge Frau war ihrer Mutter wie aus dem Gesicht geschnitten, allerdings unscheinbarer. Als sie näherkam, konnte sie Olaf hören, wie er zu Anna Schreiber sagte, dass man gemeinsam den Kummer runterspülen könne.

Die Situation war nicht nur seltsam, sondern abstrus. Grub ihr Ex gerade die Tochter ihres Mordopfers an? Hatte er nicht eine Frau und ein Kind zu Hause sitzen?

Sie spürte kein Stechen in der Magengegend, nur die klare Erkenntnis, dass ein Leben mit ihm zur Vergangenheit gehörte. Trotzdem war ihr klar, dass Cordes gemerkt haben musste, dass sie Olaf kannte. Sie hatte gehört, wie Anna Schreiber ihrem Kollegen von dem Mann an der Bar erzählte. Bei dem Wort Frankfurt würde er kombinieren, dass sie sich kennen müssten.

Ihr Ego war angekratzt, gleichzeitig schüttelte sie innerlich ihren Kopf und lachte darüber, wie sehr sich ihr Leben in den letzten sechs Monaten verändert hatte.

Von Anna Schreiber erfuhren sie, dass deren Mutter im Haus war. Cordes war bei dieser jungen Frau wie ausgewechselt. Der ruppige Polizist wurde zu einem Frauenversteher. Als Anouk hinter beiden herging, beobachtete sie, wie er ihr die Autotür zur Rückbank öffnete, sich auf den Beifahrersitz setzte und sich warm und freundlich mit Anna Schreiber unterhielt. Die Tochter des Opfers wechselte selber von redselig auf kurzsilbig, ließ Cordes prahlen und schaute während der Fahrt aus dem Fenster. An der Kaisertorstraße verließ Anna Schreiber ohne Ankündigung den Wagen und lief ins Haus. Anouk und Cordes blieben im Auto zurück.

»Du kanntest den Typen an der Bar, oder?«

Anouk stellte den Wagen aus, griff nach ihrer Tasche und verließ kommentarlos das Fahrzeug. Der Kollege folgte ihr Richtung Garage, durch das Gartentor über den Weg zum Haupteingang des Hauses.

»Bernstein, was ist los?«

»Also duzen wir uns doch?«, ignorierte Anouk seine Fragen. Er blieb für Sekunden stumm und dachte offensichtlich über die nächsten Schritte nach.

»Jetzt bist du ja fast ein halbes Jahr hier, also können wir uns doch duzen, oder? Ich brauche Zeit, um mich an neue Gesichter zu gewöhnen«, erklärte Cordes sein Verhalten.

War das die Wahrheit oder zog er gerade eine Cordes-Show ab?, fragte sich die Polizistin.

»Okay«, reagierte sie.

»Du kanntest den Typen, oder?«

»Manchmal ist die Welt schon klein. Auch Frankfurter kommen in die Kaiserstadt«, versuchte sie, bedeckt zu bleiben.

Die Polizisten betraten die prunkvolle Eingangshalle des Wohnhauses. Anna Schreiber hatte die Tür offengelassen. Cordes rannte die Treppe nach oben, um mit den Kollegen des FK5 zu sprechen. Als er oben angekommen war, schaute er runter und sagte: »Ich weiß, dass es etwas Persönliches ist, zwischen dir und diesem Typen. Ich habe ein Gespür dafür, Kollegin!«, grinste er.

Anouk schaute Cordes in die Augen. Lange und regungslos, dann verschwand sie in den Wohnbereich des Hauses auf der Suche nach Beweisen für das private Leben von Heiko Schreiber.

Sie entdeckte verschiedene Familienfotos. Die meisten Aufnahmen erinnerten sie an Porträts, in denen der Ort und das Lächeln von Fotografen professionell arrangiert wurden. Es waren Bilder zum Vorzeigen, nicht wirklich private Aufnahmen. Sie konnte im Erdgeschoss nicht finden, wonach sie suchte, und beschloss, die Treppe nach oben in die erste Etage zu gehen. Ihr Ziel war das Schlafzimmer der Eheleute. Sie traf im Schlafbereich des Ehepaars die Kollegen des FK5, die ihr zu verstehen gaben, dass sie gleich durch seien. Sie wartete geduldig. Minuten später schlug ein Kollege von außen die Tür zu und sie war allein im Raum.

Es roch nach blumigem Frauenparfum und frischer Bettwäsche. Anouk schloss die Augen, atmete tief in den Bauch und ließ das Zimmer auf sich wirken. Sie suchte in Kommoden und Schubladen nach Privatem. Doch erfolglos. Das Bild des Penisrings schoss ihr durch den Kopf und sie wiederholte die Suche. Weder im begehbaren Kleiderschrank noch sonst wo konnte sie Sexspielzeug, Kondome oder Ähnliches finden. Irgendwie fühlte sich das Detail auf einmal wichtig an. Hatte dieses Element etwa mit dem Ego von Männern ab fünfzig zu tun? Sie musste wissen, was in den anderen Wohnungen des Toten gefunden wurde. Heiko Schreiber hatte an seinem Todestag mehr vor als nur den Besuch auf dem Weihnachtsmarkt, davon war Anouk überzeugt.

Zurück im Flur hörte sie an Heiko Schreibers Arbeitszimmertür Stimmen. Als sie eintrat, entdeckte sie Gudrun Schreiber, die Tochter der Eheleute, und Cordes.

»Anouk, komm rein«, empfang sie der Polizist überschwänglich freundlich.

Unbeeindruckt gesellte sie sich dazu.

»Es ist immer gut, wenn bei offenen Fragen zwei Kollegen anwesend sind«, hauchte Cordes Gudrun Schreiber zu, die leicht nickte.

»Ich möchte die Befragung getrennt durchführen«, grätschte Anouk dazwischen.

Gudrun Schreibers Blick wurde ängstlich.

»Nein, meine Tochter soll dabeibleiben.«

Cordes lächelte triumphierend.

»Wie war Ihr Verhältnis zueinander? Als Eheleute?«, begann er die Befragung.

»Normal, würde ich sagen«, antwortete sie und schaute ihre Tochter fragend an, die ihre Schultern hob, die Mundwinkel kaum merklich nach unten zog und nickte.

»Wie weit waren Sie in die Projekte Ihres Mannes involviert?«, fragte er weiter.

»Von seinen geschäftlichen Projekten wusste ich nichts, nur die sozial engagierten Vorhaben besprachen wir miteinander«, erwiderte sie.

»Welche waren das?«

»Oh, mein Gott. Unendlich viele. Zumindest fühlt es sich so an«, sagte Gudrun Schreiber überschwänglich und machte dabei ausladende Handbewegungen.

»Vor Jahren hatte er festgelegt, dass die Constructa zehn Prozent ihrer Gewinne für soziale Projekte ausgeben sollte«, beendete sie ihre Aussage.

»Wer waren die Nutznießer?«, wurde Cordes konkreter.

»Das Tierheim der Stadt bekam Unterstützung, Kindereinrichtungen und Spielplätze lagen ihm am Herzen. Er engagierte sich für sozial Schwache und seit 2015 auch für Flüchtlinge«, erklärte Gudrun Schreiber.

Anouk beobachtete, wie Dieter Cordes konzentriert zuhörte, doch eine Augenbraue hob, als die Witwe das Wort Flüchtlinge aussprach. War er über das soziale Engagement überrascht oder war es ein Zeichen seiner Ablehnung Asylanten gegenüber?

»Frau Schreiber, hatte Ihr Mann eine Affäre?«, übernahm sie die Befragung.

»Wie kommen Sie darauf?«, reagierte die Frau empört, drehte ihren Kopf und blickte Anouk tief in die Augen. Ihre Tochter stand regungslos daneben.

»Wollte Sie Ihr Mann nach dem Weihnachtsmarkt im Hotel sexuell überraschen?«

»Was soll das?«, reagierte Gudrun Schreiber grimmig.

»Das sind reine Routinefragen«, versuchte Cordes, die Frau zu beruhigen, warf Anouk aber Blitze mit seinen Augen zu.

»Übten Sie gemeinsam mit Ihrem Mann besondere Sexpraktiken aus?«, legte Anouk nach.

Anna Schreiber hielt beide Hände vor den Mund, grinste verlegen und schaute ihre Mutter unsicher an. Die Witwe nahm ihre Tochter reflexartig in die Arme.

»Anna, hör nicht hin!«, flüsterte sie ihrem Kind zu und drehte sich zu Anouk.

»Sie haben aber auch gar keinen Anstand. Wie können Sie so etwas vor den Ohren meiner Tochter fragen?«, reagierte die Frau aufgebracht.

»Entschuldigen Sie, aber Ihre Tochter ist eine erwachsene Frau und es ist ein wichtiges Detail, denn bei der äußeren Leichenschau zeigte sich, dass Ihr Mann einen Penisring trug.«

Die Witwe riss blitzartig die Augen auf und verschloss sie darauf zu Schlitzen. Anna Schreiber reagierte mit kindlichem Gelächter.

»Mama, ich hole meine Sachen«, informierte Anna Schreiber ihre Mutter im perfekten Hochdeutsch. Gudrun Schreiber schloss die Augen, nickte und nahm ihre Tochter kurz in die Arme, bevor Anna Schreiber verschwand.

»Frau Schreiber, unsere Arbeit ist unangenehm. Wir müssen jeden Stein umdrehen«, versuchte Cordes die Situation zu retten.

»Ich verstehe, dass Sie das Geschehene erst mal verdauen müssen, doch wir wollen die Person finden, die Ihrem Mann und Ihnen das angetan hat«, setzte Anouk erneut an.

»Ach, ich weiß es doch!«, schnaubte die Witwe und setzte sich auf den Stuhl vor dem großen Arbeitstisch ihres Mannes.

»Frau Schreiber, ich werde noch mal mit Ihrer Tochter sprechen. Vielleicht hat sie ja eine Idee, nach wem wir suchen müssen«, sagte Cordes, lächelte Anouk siegessicher zu und verließ den Raum.

»Bitte, Frau Schreiber, erzählen Sie mir von Ihrem Mann«, startete Anouk das Gespräch erneut. Sie war froh, dass Cordes nicht mehr dabei war.

»Was soll ich sagen?«, sagte die Frau mürrisch.

»Wie haben Sie sich kennengelernt?«, kam Anouk erneut auf die Frage zurück. Sie hoffte, die beginnende Spannung damit lockern zu können.

»Ach du meine Güte. Wie soll ich das sagen? Auf einmal stand er vor mir!«

Anouk runzelte die Stirn.

»Na ja, meine Eltern hatten in Heidelberg ein gutbürgerliches Restaurant, der Rote Hirsch, und auf einmal war er Gast und kam jeden Abend in unser Haus.«

»Wie lange ist das her?«

»Ach, ich war Anfang dreißig. Er sprach so schönes Hochdeutsch und war so elegant«, schwärmte die Witwe weiter.

»Er war mein Märchenprinz, brachte mich nach Goslar, und auf einmal musste ich keine Gläser mehr putzen. Es war wunderbar.«

Anouk hörte interessiert zu.

»Und Anna? Wie war die Beziehung zu ihrem Vater?«, hinterfragte Anouk.

»Ach, Sie müssen wissen, dass mein Mann selten zu Hause war. Die Arbeit bedeutete ihm alles. Bis Anna eingeschult wurde, verbrachten wir viel Zeit in Heidelberg.«

»Sie sprechen perfektes Hochdeutsch!«

Gudrun Schreiber lächelte.

»Oh, ja, das war mir sehr wichtig. Auch Anna spricht es perfekt. Sie müssen wissen, ich wollte nicht unangenehm auffallen«, erklärte sie sich.

»Und dann?«

»Nach der Einschulung übernahm ich mehr und mehr soziale Projekte, wollte mich gesellschaftlich integrieren und suchte eine neue Aufgabe.«

Anouk nickte.

»Haben Sie Kinder?«, fragte Gudrun Schreiber.

»Nein.«

»Ach, Sie müssen wissen, als Mutter braucht man neben den Kindern eine Aufgabe, etwas Sinnvolles«, erklärte sie.

»Für mich gab es hier so viele Möglichkeiten. Sie müssen wissen, dass zum Beispiel die Frauen des Goslarer Zonta-Klubs fantastisch sind. Goslar ist klein und man kennt sich.«

»Und welche Projekte liegen oder lagen Ihnen besonders am Herzen?«, fragte Anouk.

»Das Geben habe ich von meinem Mann, müssen Sie wissen«, reagierte sie großzügig und untermauerte ihre Aussage mit einer ausladenden Handbewegung.

»Und?«, fragte Anouk geduldig.

»Ach, ja. Die Flüchtlingshilfe ist so herzerwärmend. Die Menschen nehmen die Hilfe so dankbar an. Es ist eine wundervolle Arbeit«, schwärmte die Witwe.

»Lassen Sie uns noch einmal über den Penisring sprechen«, holte die Polizistin dieses Detail in Erinnerung.

»Männer!«, erwiderte die Schreiber mit einer Spur Abschätzigkeit.

»Vor allem, wenn sie älter werden!«, lachte sie.

»Wie meinen Sie das?«

»Definieren sich Männer nicht immer über Sex? Vielleicht brauchte er das Gefühl, doch ich weiß es nicht. Unser Sexualleben war normal, ohne besondere Vorlieben oder Vorkommnisse«, holte sie weiter aus und stand vom Stuhl auf.

»Seien Sie mir nicht böse, doch ich will ins Hotel Villa Saxer.«

Anouk nickte.

»Trotzdem, eine letzte Frage. Sie haben verschiedene Immobilien. Wo fühlen Sie sich am wohlsten? Welcher Ort bietet wirklich Privatsphäre für Sie?«

Gudrun Schreiber schaute Anouk irritiert an.

»Na ja, hier, wo denn sonst?«, lachte die Witwe, verabschiedete sich und verließ das Arbeitszimmer ihres Mannes.

Anouk stand am Schreibtisch und ihre Augen überflogen die Unterlagen darauf. Plötzlich kam ihr die Steinberg-Residenz in den Kopf. Verdammt, sie wollte Gudrun Schreiber danach fragen. Sie sprintete der Witwe hinterher und erwischte sie im Schlafzimmer.

»Entschuldigen Sie, Frau Schreiber, dass ich hier so reinplatze, doch ich wollte Sie noch zur Steinberg-Residenz befragen. Warum wollte Ihr Mann plötzlich ins Hotelgewerbe, obwohl er mit den Supermarkt-Projekten so erfolgreich war?«

Gudrun Schreiber drehte sich um, sah die Polizistin und schenkte ihr einen gutmütigen Blick.

»Ich weiß auch nicht, das mit dem ehemaligen Hotel auf dem Steinberg ist so etwas Emotionales für Goslarer. Auf einmal wollte er das machen und steckte sein komplettes Herzblut hinein. Männer sind manchmal so!«, lachte sie und gab Anouk zu verstehen, dass sie jetzt alleine sein wollte.

»Eine Sache noch. Können Sie sagen, was gestohlen wurde?«

»Herzchen, mein Mann wüsste genau, was aus dem Arbeitszimmer fehlt. Ich habe keine Ahnung. Ansonsten ist mir im Rest des Hauses nichts aufgefallen.«

»Vielen Dank, Frau Schreiber, Sie waren mir eine große Hilfe«, bedankte sich Anouk und verabschiedete sich von der Frau.

Die Polizistin wollte im restlichen Teil des Hauses weiter nach Hinweisen auf das Privatleben von Heiko Schreiber suchen. Sie ging in den Flur zurück. Als Toni und Hansen durch den Haupteingang ins Haus kamen, stand sie an der Balustrade der Treppe im ersten Stock.

-15-

»Anouk, ist Dieter im Haus?«, fragte Hansen und schaute nach oben zum Geländer der Galerie. Es fühlte sich ungewohnt für die Kommissarin an, dass ihr Chef sie seit Neuestem grundlos duzte.

»Er ist im Gespräch mit Anna Schreiber.«

Hansen nickte und nahm die Treppe nach oben.

Toni blieb unten im Eingangsbereich stehen und verlagerte sein Gewicht von einer zur anderen Seite.

»Oscar hat Neuigkeiten!«, sprudelte es aus ihm heraus, während er begeistert Anouk anschaute.

Oscar Müller war IT-Spezialist im FK5, dem Team von Susanne Schönfeld. Er hatte eine ähnliche Statur wie Toni und trug seine langen, blonden Haare zu einem Pferdeschwanz. Toni und er kannten sich von der Polizeihochschule, gingen oft zusammen essen und teilten die Leidenschaft von Computerspielen.

Anouk war interessiert und stieg die Stufen nach unten. Toni kam ihr auf halbem Weg entgegen.

»Oscar ist einfach ein Computer-Genie«, lobte er seinen Kollegen.

»Was gibt es denn für Neuigkeiten?«, fragte Anouk, die jetzt auf Augenhöhe zu ihrem Kollegen stand.

»Geldüberweisungen in großen Summen.«

»Ach!«

»In unregelmäßigen Abständen wurden große Überweisungen an Johann Thiede, die nicht weiter spezifiziert werden konnten, ausgeführt. Du weißt noch, Thiede war mit Schreiber auf dem Weihnachtsmarkt.«

Anouk nickte und hörte weiter aufmerksam zu.

»Dann ist beziehungsweise war Johann Thiede aber auch der größte Landbesitzer der Steinbergwiesen. Mir war gar nicht klar, wie viel Land er oder besser gesagt seine Familie im Landkreis Goslar besitzt.«

»Und?«, fragte die Kommissarin.

»Trotz der vielen Gegner aus dem Umweltschutz hat er einige Hektar der Steinbergwiesen an Schreiber verkauft. Laut Plänen wollte er vom Spielplatz »Unter den Linden« aus eine elektrische Bahn zwischen der Steinberg-Residenz und dem dortigen Parkplatz fahren lassen, damit die Gäste unkompliziert anreisen könnten«, führte Toni voller Begeisterung aus.

»Interessant. Und die Überweisungen haben mit den Verkäufen der Wiesen zu tun?«

»Nein, eben nicht. Keine Ahnung, wofür die sind, doch Oscar kriegt das raus, da bin ich mir sicher«, sagte er überzeugt.

»Wir könnten auch Johann Thiede fragen.«

»Ja, das stimmt zwar, doch der erfindet bestimmt etwas.«

»Wie kommst du darauf?«

»Er ist Tierarzt in Goslar und bekannt wie ein bunter Hund.«

»Und weshalb?«

»Seine Frau ist vor Jahren in einen schweren Autounfall verwickelt gewesen. Sie wurde so schlimm verletzt, dass sie Jahre im Koma lag und später starb. In dieser Zeit wurde klar, dass seine Mutter, also Johanna Thiede, das Sagen in der Familie hatte. Und man munkelt, dass sie nach wie vor ihren Sohn finanziert und ihm nichts gehört. Die Frau muss bereits um die neunzig sein, doch Oscar ist an den Details dran.«

»Und woher weißt du das alles?«

Tonis Blick wanderte auf seine Schuhe. Er kratzte sich erst am Kopf, dann an der Nase und schmunzelte.

»Du wirst es nicht glauben, doch die Mitglieder des Rentnerstammtisches wissen alles Mögliche über die Goslarer.«

Anouk lächelte. Sie konnte sich bildhaft vorstellen, wie Willi Heine ausschmückend über Johann Thiede berichtete.

»Okay, und weißt du etwas über die Naturschutzorganisationen?«, wollte Anouk dann wissen.

»Also, eine der größten Organisationen ist ›Grüner Harz‹. Die stehen als Erstes auf dem Plan, wenn die Natur weichen soll und Tiere ihren Wohnraum verlieren.«

Tonis Stimme verhallte in Anouks Ohren, als ihr wieder einfiel, dass sie unbedingt Privates über die Schreibers finden wollte. Sie sah den Junior reden und unterbrach ihn einfach.

»Sag mal, was ganz anderes. Was habt ihr in Bad Harzburg gefunden?«

Toni guckte irritiert.

»Bad Harzburg?«

»Ja, genau. Tut mir leid, dass ich dich unterbreche. Johann Thiede schauen wir uns genauer an, doch ich finde nichts Persönliches von Heiko Schreiber«, erklärte die Polizistin ihr Verhalten.

Tonis Lächeln wurde immer breiter.

»Ich habe alles auf dem Handy.«

Er kramte sein Smartphone aus der Wellensteyn-Jacke, wischte über das Display und reichte seiner Kollegin das Telefon. Toni hatte nicht nur Fotos gemacht, sondern auch Videoaufnahmen.

Die Wohnung war modern eingerichtet und stilistisch das genaue Gegenteil vom Haus in der Kaisertorstraße. Schwarz, grau, blau und weiß waren die dominierenden Farben. Die Wohnung war ein Sammelsurium von Auszeichnungen, Fotos und Beweisen seiner Öffentlichkeitsarbeit. Bilder zeigten Heiko Schreiber neben Tieren, Kindern, Ausländern, Politikern und

Wirtschaftspartnern. Es schien, als ob der Bauunternehmer von jedem Richtfest ein Foto eingerahmt aufgehängt hatte und es liebte, als Wohltäter aufzutreten.

»Habt ihr Sexspielzeug gefunden?«, fragte Anouk.

»Nein, die Wohnung wirkte eher wie eine Ferienwohnung. Perfekt vorbereitet für Gäste, allerdings ohne Persönliches, abgesehen von den Fotos an den Wänden.«

»Und ist dir bei den Fotos etwas aufgefallen?«

»Er liebte vor allem Kinder, Tiere und Ausländer.«

»Mmhh, gibt es Wiederholungen bei den Bildern?«

»Wie meinst du das?«

»Na ja, kommen Kinder oder Erwachsene häufiger auf unterschiedlichen Bildern vor?«

»Oh, keine Ahnung. Darauf habe ich gar nicht geachtet. Doch das können wir überprüfen, ich habe von allem Fotos gemacht.«

»Super.«

Die Kommissare gingen gemeinsam die Treppenstufen nach unten. Anouk setzte sich auf die zweitunterste Stufe, nahm Tonis Telefon in die Hand und durchsuchte die Bilder.

»Hier, bei den Ausländern gibt es Wiederholungen«, jubelte Anouk.

»Zeig mal her«, forderte der Junior sie auf. Sie reichte ihrem Kollegen das Telefon und gemeinsam stellten sie fest, dass es drei Bilder von denselben Personen gab. Anouk vermutete eine Familie. Sie sahen ein bildhübsches Gesicht einer Frau mit schwarzem Kopftuch, einen älteren Teenager mit kurzen, dunklen Haaren und zwei Mädchen im Grundschulalter. Die Augen der Frau strahlten Kraft und Schönheit aus. Auf zwei der drei Bilder stand Heiko Schreiber zwischen dieser Frau mit den Mädchen und dem Teenager. Auf dem dritten Bild fehlte der Jugendliche und die Mädchen sahen deutlich älter aus.

»Wo der Sohn wohl beim dritten Foto war?«, fragte Toni.

»Viel wichtiger finde ich, warum er von dieser Familie mehr Bilder als von den anderen aufgehängt hat.«

»Ja, das stimmt.«

»Bitte schicke mir diese Bilder«, forderte Anouk ihren Kollegen auf.

In diesem Moment kamen Cordes und Hansen in die Eingangshalle. Gudrun Schreiber ging hinter beiden her.

Mit Tonis Telefon in der Hand sprang die Polizistin die Treppenstufen nach oben und visierte die Witwe an.

»Frau Schreiber, darf ich Ihnen etwas zeigen?«, fragte sie und stellte sich vor die Frau.

»Ja, klar. Was wollen Sie denn wissen?«

»Uns ist aufgefallen, dass in der Bad Harzburger Wohnung viele Bilder der wohltätigen Arbeit Ihres Mannes hängen.«

»Ja, das stimmt. Ach, eigentlich ist die Wohnung ja mehr eine Art Ferienwohnung. Eine fantastische Idee meines Mannes, dass ich mehr unter die Leute komme und mein eigenes Einkommen erwirtschafte.«

Gudrun Schreiber griff sich ins Haar.

»Also, haben Sie die Bilder ausgewählt?«

»Nein, nein, das war seine Idee. Er hat die Fotos ausgesucht und ich durfte sie dann aufhängen«, lachte die Frau verlegen.

Anouk hob das Telefon und zeigte die Bilder der Familie, die wiederholt auftauchten.

»Können Sie mir mehr zu diesen Personen sagen?«

Gudrun Schreiber nahm das Smartphone in die Hand und starrte auf den Bildschirm. Erneut griff sie in ihre Haare.

»Ach, das ist diese Syrerin. Sie kam mit der großen Flüchtlingswelle nach Goslar und er hat so eine Patenschaft für sie und ihre Familie übernommen.«

»Was heißt das genau?«

»Er musste ihnen eine Wohnung suchen, sich um Deutschkurse und die Schule für die Kinder kümmern.«

»Müssen?«, fragte Anouk.

»Ja, irgendwie war er da eine Verpflichtung eingegangen. Fragen Sie mich nicht!«, sagte sie mit einer Handbewegung, die ihr fehlendes Detailwissen untermauern sollte.

»Also lag ihm diese Familie besonders am Herzen?«

»Ja, wahrscheinlich schon, aber vielleicht auch nicht im Speziellen. Er liebte es, als Wohltäter im Mittelpunkt zu stehen«, erklärte Gudrun Schreiber und griff sich zum dritten Mal in die Haare.

»Aber was soll das? Glauben Sie, dass die bei uns eingebrochen haben?«

»Nein, das glaube ich nicht, oder ich weiß es nicht. Ich versuche lediglich, das Leben Ihres Mannes besser zu verstehen.«

»Ach so!«, sagte sie und schien erleichtert.

Gudrun Schreiber konnte nicht mehr zu den Bildern beitragen. Also verabschiedeten sich die Kommissare von der Witwe und verließen das Haus in der Kaisertorstraße.

Auf der Straße vor den Autos blieb Hansen stehen.

»Dieter, ich will, dass du mit Anouk Johann Thiede und Gregor Schmuck befragst.«

Anouk schaute Toni überrascht an.

»Wer ist Gregor Schmuck?«, fragte sie ihren Junior.

»Ach, so weit sind wir eben nicht gekommen. Gregor Schmuck leitet die Naturschutzorganisation«, erklärte er seiner Kollegin.

Anouk nickte.

»Können wir nicht langsam mal mit dem Partnertausch aufhören, Jürgen? Und vor allem, was macht ihr?«, schien Cordes immer noch nicht die Idee zu gefallen, mit Anouk zusammenzuarbeiten.

»Das ist gut für den Team-Spirit, Dieter. Glaub mir, mein Junge«, strahlte Hansen und klopfte seinem Vertreter gönnerhaft auf die Schulter.

»Wir fahren noch mal in die Geschäftsräume der Schreiber Constructa GmbH. Oscar ist vor Ort«, erklärte Toni für seinen Chef.

Cordes schüttelte den Kopf und ging zum Elektrofahrzeug. Hansen erklärte daraufhin, dass sie sich später in der Polizeiinspektion treffen würden, um alle Informationen mit den Kollegen zusammenzutragen.

Toni griff Anouk am Ärmel, als sie Anstalten machte zu gehen, und gab ihr einen Zettel, auf dem die Adressen der beiden Männer verzeichnet waren.

»Ich schicke dir noch eine WhatsApp, dann bist du safe und ich melde mich, falls wir herausbekommen, warum er die hohen Geldsummen bekommen hat«, sagte Toni zu seiner Partnerin und zwinkerte ihr zu.

Anouk lächelte, schlug Toni freundschaftlich auf die Schulter und ging zum Golf. Cordes verzog sein Gesicht, als er Anouk auf das Elektrofahrzeug zulaufen sah. Sie ignorierte es und informierte ihn stattdessen, dass sie zuerst zu Johann Thiede fahren würden. Der Tierarzt hatte seine Praxis zwischen dem Gewerbegebiet Baßgeige und der B6.

»Dieter, du fährst«, bestimmte Anouk.

»Oh, nein. Warum das denn?«

»Ich will noch telefonieren.«

Widerwillig setzte sich der Mittfünfziger in das Fahrzeug und stellte das Auto an.

Die Fahrt ging an der Frankenberger Kirche vorbei über die Von-Garßen-Straße in die Hildesheimer Straße.

Im Auto verfasste Anouk eine WhatsApp an Toni, um sich die Kontaktdaten von Gudrun Schreibers Freundin aus der Wellnessoase des Bergkristalls in Torfhaus geben zu lassen.

Kurze Zeit später hatte sie die gewünschten Daten und rief Schreibers Freundin an. Es stellte sich heraus, dass sie die meisten Angaben von Gudrun Schreiber bestätigen konnte. Sie versuchte, von der Frau zu erfahren, wie das Verhältnis der Eheleute war, allerdings ohne neue Erkenntnisse.

Von der Hildesheimer Straße fuhr der E-Golf in die Bornhardtstraße und weiter in die Wachtelpforte. Johann Thiede hatte seine Tierarztpraxis neben seinem prachtvollen Wohnhaus. Auf dem Parkplatz vor der Praxis standen fünf Autos. Cordes parkte das Auto und stieg kommentarlos aus.

Anouk nahm im Wohnhaus eine leichte Bewegung hinter der Gardine eines Fensters im Erdgeschoss wahr und erhaschte graue Haare, die schnell verschwanden. Sie blieb kurz stehen, doch die Gestalt kam nicht mehr zurück ans Fenster.

Sie ging Cordes hinterher und trat in eine offene und modern eingerichtete Tierarztpraxis in hellen Farben. Am Empfang zeigten Cordes und Anouk ihre Dienstausweise und wurden gebeten, einen Moment zu warten. Seitlich vom Empfang befand sich ein geräumiges Wartezimmer. Eine Katze miaute hinter Käfiggittern und ein schwarzer Labrador zog an der Leine, um dem Käfig instinktiv näherzukommen. Beide Besitzer versuchten händeringend, ihre Haustiere abzulenken, und bemerkten die Polizisten nicht.

Nach einiger Zeit kam eine ältere Dame mit einem weißen Spitz aus dem Behandlungszimmer, lächelte erleichtert und steuerte den Empfang an.

Im Türrahmen stand Johann Thiede und winkte die Polizisten zu sich ins Behandlungszimmer.

Die Räumlichkeiten waren modern in Weiß gehalten, und es roch nach Desinfektionsmittel. Der Boden hatte weiße, quadratische Fliesen und in der Mitte thronte ein höhenverstellbarer Behandlungstisch aus Metall. Die Ablageflächen waren aufgeräumt und in einer Ecke des Zimmers stand der Schreibtisch mit dem Computer des Arztes.

»Wie darf ich Ihnen helfen?«, begann Thiede das Gespräch und schaute zwischen Anouk und Cordes hin und her. Er lehnte an seinem Schreibtisch und nahm eine entspannte Haltung ein.

Cordes blickte Anouk an, um ihr zu verstehen zu geben, dass er das Gespräch führen wollte, und sie nickte fast unmerklich.

»Herr Thiede, entschuldigen Sie die Störung. Im Rahmen unserer Untersuchungen sind weitere Fragen aufgetaucht.«

»Gut, und die wären?«

»War Ihr Kontakt zu Heiko Schreiber rein privater oder auch geschäftlicher Natur?«, fragte Cordes gönnerhaft.

»Beides. Vor allem durch das Steinberg-Projekt kamen wir geschäftlich zusammen. Er war voller Enthusiasmus und Überzeugung, dass sein Hotelvorhaben ein großer Erfolg für die Investoren und für alle Goslarer werden würde.«

»Ihre geschäftliche Verbindung basierte auf dem Verkauf der Steinbergwiesen, ist das richtig?«

»Ja, aber nicht nur. Heiko Schreiber war ein großer Tierliebhaber und besonders von Pferden fasziniert. Er liebte die Bad Harzburger Pferderennen, vor allem neue Pferde und Jockeys und kaufte sich meine Tierarztleistung ein.«

»Uns ist aufgefallen, dass er Ihnen in unregelmäßigen Abständen relativ hohe Summen überwiesen hat. Wie kam es dazu?«

»Ich weiß nicht, wovon Sie reden. Aber vielleicht meinen Sie die Tatsache, dass ich nicht Einzelleistungen mit ihm abrechnete, sondern mehrere Leistungen nach einigen Monaten. Sie müssen verstehen, das ist sonst so viel Papierkram, vor allem, wenn man regelmäßig zusammenarbeitet.«

Cordes nickte verständnisvoll.

»Tja, dann wäre das wohl geklärt. Entschuldigen Sie noch mal die Störung.«

»Keine Ursache«, flötete Thiede und zeigte auf den Ausgang.

»Entschuldigen Sie, aber ich hätte da noch eine Frage«, sagte Anouk und Thiede schaute für eine Millisekunde zu Cordes.

»Ja, bitte.«

»Haben Sie Kinder?«

Erleichtert lachte Thiede auf.

»Nein, Sie müssen wissen, dass meine Frau und ich ...«, er zögerte für einige Sekunden. »Meine Frau und ich haben keine Kinder. Sie lag lange im Koma und ist nun verstorben.«

»Das tut mir leid, mein Beileid und vielen Dank für Ihre Zeit«, sagte Anouk, schüttelte Thiede zum Abschied die Hand und verließ den Raum. Als sie an der Empfangstheke stand, hörte sie Thiedes Räuspern.

»Ähm, Herr Cordes, ich hätte da mal eine ganz unbedeutende Frage bezüglich einer anderen polizeilichen Angelegenheit. Vielleicht würden Sie noch mal reinkommen?«

Cordes schaute Anouk an und sie nickte ihm zu, denn sie musste auf die Toilette. Sie entdeckte den Raum neben dem Behandlungszimmer.

Die Zusammenhänge um Heiko Schreibers Ermordung waren immer noch im dichten Nebel verschleiert. Bisher gab es zu wenig Anhaltspunkte, um ein Motiv zu finden. Als sie spülen wollte, hörte sie Thiede lauter werden. Hatte sie sich gerade verhört? Hatte Thiede Cordes beim Vornamen genannt? Kannten sie sich etwa? Neugierig hielt sie das Ohr an die Wand.

»Glaub bloß nicht, dass du schlauer bist als ich, verstanden? Heute Abend will ich ein Update, ist das klar?«, versuchte Thiede ihren Kollegen Dieter Cordes einzuschüchtern.

In Anouks Kopf schrillten die Alarmglocken, denn Cordes und Thiede kannten sich ganz offensichtlich und ihr Kollege hatte den Tierarzt im Präsidium verhört.

Sie hielt ihre Hände unter den Wasserstrahl und rannte ohne Worte an der Empfangsdame vorbei nach draußen. Sie brauchte dringend frische Luft. Ihre Gedanken wirbelten durch den Kopf und Erinnerungsfetzen aus Frankfurt glühten auf. Vor Jahren hatte sie einen ihrer besten Kollegen verloren, weil der sich wegen seines drogenabhängigen Sohnes Freunde in der Szene gemacht hatte und im Sumpf von Korruption untergegangen war. Kinder waren eine Gefahr für ihren Beruf, das wusste sie, doch wieso musste es korrupte Polizisten geben? Sie hasste das.

Auf dem Parkplatz stellte sie sich neben den Golf, legte ihre Hände auf das Dach, ließ den Kopf zwischen ihre Arme nach unten fallen und konzentrierte sich auf ihren Atem.

»Mein Mädchen, am Anfang der Schwangerschaft ist es schlimm, aber es wird mit den Wochen besser«, hörte sie eine krächzende Stimme hinter sich. Ruckartig drehte sich Anouk herum und blickte in das faltig-graue Gesicht einer Frau.

»Entschuldigen Sie?«, fragte sie irritiert.

»Der Dieter ist ein Guter. Es freut mich, dass er so eine Hübsche gefunden hat und dann gleich Nachwuchs«, jubelte die Alte und verstaute fettige, graue Haarsträhnen unter einer Wollmütze.

»Nein, das muss ein Missverständnis sein«, versuchte Anouk, die Situation zu erklären, doch die Frau ließ sich nicht abbringen.

»Ist schon gut, nicht schlimm, wenn ihr nicht verheiratet seid. Mein Johann hat kein Kind zustande gebracht. Der hurt einfach nur gerne rum, das ist alles!«, schüttelte die Alte den Kopf.

Anouk wurde hellhörig und lächelte, um der Frau zu signalisieren, dass sie froh war, von ihr verstanden zu werden.

»Du musst wissen, mein Johann ist zu weich, der kämpft wie ein Mädchen, doch der Dieter ist ein Guter. Der hätte eine gute Figur in der SS gemacht.« Jetzt lachte die Alte.

Hatte sich Anouk gerade verhört?

»Frau Thiede?«, fragte sie und stellte fest, dass die Frau für die winterlichen Temperaturen deutlich zu wenig anhatte.

»Darf ich Sie zurück ins Haus begleiten? Es ist viel zu kalt draußen und Sie haben keine Jacke an.«

Die Alte nickte und die Kommissarin schob sie durch die Haustür, zurück in das Nachbarhaus der Praxis. Die Haustür stand offen. Sie kamen in einen Hausflur, in dem eine Treppe in die erste Etage führte und eine weitere Tür im Erdgeschoss offen stand. Die alte Frau gab ihr zu verstehen, dass sie im Parterre wohnte. Im Wohnzimmer blieben Anouks Augen an Schwarz-Weiß-Fotos aus den Vierzigerjahren hängen. Sie erkannte Hakenkreuze, musste schlucken und entdeckte ein Hochzeitsbild.

»Sind Sie das, Frau Thiede?«

Die Alte lächelte.

»Ja, das sind mein Erwin und ich. Ich war ja noch ein Kind, als wir geheiratet haben. Wir haben uns im schönen Berlin kennengelernt; er kam ja nicht von hier.«

»Ach, dann gehören die Ländereien Ihnen und nicht Ihrem Mann?«, wechselte Anouk das Thema, und die Alte reagierte sofort.

»Kindchen, das ist alles Koch-Familie und nicht Thiede. Die hatten ja nichts, außer einem schönen Mann«, lachte die Frau, riss die Hand vor den Mund und nahm das Hochzeitsfoto in die Hand. Abrupt hörte sie auf und schaute Anouk mit ernster Miene an.

»Bis ich keinen Nachwuchs bekomme, erbt Johann gar nichts!«, brüllte sie fast, stellte das Bild zurück und hielt sich an Anouk fest.

»Frau Thiede, alles gut? Setzen Sie sich bitte hier hin; außerdem muss ich weiter. Sie wissen schon!«, lächelte Anouk verschmitzt und zeigte auf ihren Bauch.

———◇·◇———

Cordes stand vor dem Auto, als Anouk aus dem Haus kam.

»Sag mal, wo kommst du denn her? Und wieso gehst du nicht an dein Telefon?«

Reflexartig griff sie in ihre Lederjacke, ein Erbstück ihrer Mutter, und konnte das Smartphone nicht finden. Mit der Fernbedienung entriegelte sie den E-Golf, öffnete die Beifahrertür und griff in die Ablage, wo sie ihr Handy fand.

»Tut mir leid. Das Telefon war im Wagen und Frau Thiede kam ohne Winterkleidung auf den Hof«, erklärte sie sich und ging rüber zur Fahrerseite. Cordes setzte sich mürrisch in den Wagen.

»Sag mal, weißt du, ob die Thiede betreut wird? Sie schien mir leicht verwirrt«, fragte sie ihren Kollegen.

»Woher soll ich das wissen«, schnauzte Cordes, der wohl länger in der Kälte gestanden hatte.

Anouk spürte einen Stich in der Magengegend und Gänsehaut überzog ihren Körper. Sie musste rauskriegen, was Cordes für ein Spiel spielte. Auf einmal wurde ihr einiges klar. War das der Grund, weshalb Cordes sie von Anfang an ablehnte? War er einfach ein korrupter Bulle, der Angst hatte, dass die Neue das aufdecken könnte?

Die Fahrt zu Gregor Schmuck verlief so gut wie kommentarlos. Bevor sie losgefahren waren, hatte Anouk ihre Nachrichten kontrolliert, den Leiter der Naturschutzorganisation »Grüner Harz« telefonisch erreicht und die Adresse ins Navigationssystem ihres

Smartphones eingegeben. Er war Mathematiklehrer am Christian-von-Dohm-Gymnasium und bereits zu Hause. Sein Haus stand in Ohlhof. Über die Bornhardt- und die Hildesheimer Straße fuhr sie den Wagen auf die Tangente B6 Richtung Bad Harzburg und bog kurze Zeit später auf die B82, die nach Ohlhof führte.

Das Haus von Gregor Schmuck war mit roten Ziegeln verklinkert, hatte eine Solaranlage auf dem Dach und einen Carport mit Elektroanschluss.

Die Tür wurde von ihm persönlich geöffnet. Der Mann war Mitte vierzig, trug ein verwaschenes, ehemals dunkelblaues Sweatshirt und Jeanshosen. Geheimratsecken arbeiteten sich durch das blonde, glatte Haar des Mannes und seine Glubschaugen begrüßten die Kommissare freundlich.

Sie zeigten ihre Ausweise, wurden hineingelassen und setzten sich an einen Esstisch im Wohnzimmer. Die Befragung war kurz und Gregor Schmuck sehr auskunftsbereit. Sie erfuhren, dass mit dem Versterben von Heiko Schreiber die Steinberg-Residenz als Gesamtprojekt mit der noch fehlenden letzten Abstimmung im Rat abgeschmettert werden könnte. Schreiber war ein großer Befürworter dieses Prestige-Projektes und an Umweltschutz desinteressiert.

Beim Gehen wurden die Kommissare zum Auto begleitet. »Sagen Sie, Herr Schmuck, wenn das Projekt wirklich abgelehnt wird, was passiert dann mit dem Geld?«, fragte Cordes interessiert.

»Vielleicht bekommen wir dann unseren Streichelzoo«, lachte Schmuck.

»Goslar ist eine Touristenstadt, doch unser Angebot für Familien mit Kindern ist einfach zu klein. Wir brauchen Gäste, die nachhaltig und langfristig denken, und oftmals sind das Eltern, weil sie nur das Beste für ihre Kinder wollen. Doch hier in Goslar ziehen wir vor allem Touristen ohne Nachwuchs und eher im Renten-alter an. Das muss sich meiner Meinung nach ändern.«

»Und deshalb ein Streichelzoo?«, hinterfragte Anouk.

»Genau. Zwischen der Steinberg-Alm und dem Park-platz gibt es einen wunderschönen Spielplatz und die Wiesen dahinter bieten die besten Voraussetzungen für einen Streichelzoo. Arbeitsplätze würden geschaffen werden und Projekte für Kindergärten und Schulen wären eine wunderbare Bereicherung«, erklärte der Lehrer.

»Sagen Sie mal, was haben Sie gestern Abend ge-macht?«, fragte Cordes.

»Ich war zu Hause«, antwortete Schmuck, ohne zu überlegen.

»Kann das jemand bezeugen?«

»Nein! Brauche ich denn ein Alibi?«, fragte Gregor Schmuck und blickte Cordes giftig an.

-16-

»Das stinkt doch bis zum Himmel«, fauchte Cordes im Auto. »Anouk, der Mann ist Chemielehrer, hat für die Tatzeit kein Alibi und dann hat er auch noch ein Motiv. Er will sein Projekt realisieren und nicht das von Schreiber. Die Sache ist für mich ziemlich klar.«

Anouk saß wieder hinterm Steuer des geräuschlosen Golfs und fuhr auf den Parkplatz der Polizeiinspektion.

»Er hat mit seiner Schwester telefoniert und wurde beim Schneeschaufeln gesehen«, räusperte sich die Kommissarin und erinnerte ihren Kollegen an die Auskunft.

»Ach Quatsch. Das hätte doch jeder sein können. Mit Winterjacke, Schal und Mütze erkennt man doch die Leute nicht mehr. Das hätte Gott weiß wer sein können«, fauchte Cordes und stieg aus dem Auto.

»Also ein Komplize«, stellte Anouk mit einem Lächeln im leeren Auto fest.

Zurück im Büro traf Anouk auf Toni, der sein Gesicht hinter den Monitor vergrub. Als er sie entdeckte, grinste er siegessicher.

»Was gibt es für Neuigkeiten?«, fragte sie und sah, wie sich der Körper des Kollegen aufrichtete.

»Erst mal hallo!«, grinste er weiter.

Sie reagierte nicht und zögerte das Spannungsmoment hinaus, um Toni zu ärgern.

»Und?«, lachte sie und der Körper des Juniors sackte zusammen.

»Also, bei den Überweisungen an Thiede sind wir nicht viel weitergekommen, doch interessanterweise hat Thiede auch an Heiko Schreiber größere Summen überwiesen. Ist das nicht völliger Schwachsinn?«, offenbarte er die Neuigkeiten.

»Vielleicht Schwarzgeld?«, mutmaßte sie und erzählte ihm von Thiedes Erklärungen für die hohen Beträge und Schreibers Interesse an Rennpferden.

»Ja, okay, doch wieso überweist Schreiber Geld an Thiede und dann noch von seinem Constructa-Constanta-GmbH-Account?«

»Das war der Beratungsteil der Constructa, oder?«, vergewisserte sich Anouk.

»Genau!«

»Vielleicht wollte Thiede etwas bauen und hat um Beratung gebeten«, fiel Anouk ein.

»Dafür sind die Summen aber zu groß«, erwiderte Toni.

»Okay, dann soll Oscar ran und sich alles genau anschauen. Besonders die Beratungsfirma«, schlug sie vor und Toni nickte.

»Der Junge wird sich freuen!«, strahlte er.

»Mich würde interessieren, ob das Vermögen und die Ländereien auf Johann Thiede oder auf seine Mutter eingetragen sind, die mir übrigens begegnet ist«, wechselte die Kommissarin das Thema.

»Und wieso?«

»Sie schien mir sehr verwirrt und lebt anscheinend immer noch in der Nazi-Zeit«, fasste Anouk ihre Eindrücke zusammen.

»Wie alt ist die denn?«

»Tja, ist schwierig zu sagen, doch sie muss mindestens 95 Jahre alt sein«, überlegte Anouk.

Toni verformte die Lippen und kaute offensichtlich auf den Innenseiten seines Mundes.

»Laut Willi Heine war die Frau schon immer etwas seltsam und dazu noch hinterhältig«, fiel ihm ein und öffnete eine Suchmaschine im Internet.

»Hab hier mal Goslar und Nationalsozialismus eingegeben. Die Stadt hatte von 1936 bis 1945 den Ehrentitel Reichsbauernstadt, und Jerstedt war sogar Reichsmusterdorf!«, stellte er überrascht fest. Der Kommissar runzelte die Stirn; offensichtlich war sein Interesse geweckt.

»Okay, in Goslar fanden vier Reichsbauerntage statt, an denen Blut- und Bodenschwüre geleistet wurden. Es waren auch zahlreiche neue Gebäude geplant, damit Berlins Mitarbeiter in der Mitte Deutschlands die Bauernschaft verwalten konnten. Gebaut wurde die Reichsbauernhalle an der Wachtelpforte. Der Kattenberg sollte als Parkanlage und Aufmarschgelände dienen. Nach Kriegsende diente die Halle als Durchgangslager für Vertriebene und Kriegsheimkehrer und brannte schließlich 1948 ab.«

Anouk hob die Augenbrauen. »Wollte man die Beweise des Nationalsozialismus vernichten?«, fragte sie ihren Partner und dieser hob die Schultern.

»Zum Thema Blut- und Bodenschwüre steht hier noch, dass es vor der Kaiserpfalz eine Art Andacht gab, an der Tausende einen Treueschwur auf den Führer Adolf Hitler leisteten.«

Anouk kam näher und schaute mit auf den Bildschirm.

»Es wird immer interessanter. Habe hier noch gefunden, dass Reichsbauernführer Walther Darré die letzten Jahre in Bad Harzburg verbrachte und in Goslar beerdigt ist. Er war mal Ehrenbürger der Stadt.« Toni hielt inne und las weiter: »Ach, Adolf Hitler war auch Ehrenbürger und beiden wurde diese Ehre 2013 von der Stadt Goslar rein symbolisch wieder aberkannt, obwohl sie faktisch bereits mit dem Tode erloschen war.«

Anouk las mit ihm auf dem Bildschirm mit.

»Wow, in der Nähe des ehemaligen Fliegerhorstes befand sich von 1940 bis 1942 ein Außenlager des Konzentrationslagers Buchenwald und in Hahndorf gab es eines für das KZ Neuengamme.«

»Dann hat es ganz offensichtlich in dieser Stadt auch Nazis gegeben«, war Anouks neutraler Kommentar.

»Hier lese ich auch, dass es entsprechend viele Gedenkstätten in Goslar und der Umgebung gibt«, sagte Toni und strich sich das Kinn.

»Also, Johanna Thiede ist irgendwie immer noch Nazi und ihrem Sohn will sie nichts vererben, weil er ihr keine Nachkommen geschenkt hat«, fasste Toni weiter zusammen.

»Doch ist das relevant für unseren Fall?«, fragte Anouk und erinnerte sich, dass Cordes möglicherweise ein falsches Spiel mit ihr spielte.

»Wohl eher nicht«, resignierte Toni.

»Und Gregor Schmuck?«, fiel dem Junior ein.

»Ein Öko, wie er im Buche steht«, lachte die Polizistin.

»Energieeffizientes Haus, Elektroauto, begrüntes Dach – na ja zumindest glaube ich das, da ich Halme unter dem Schnee gesehen habe – Anti-Atom- und Anti-Tieresser-Aufkleber«, zählte Anouk auf.

»Also voll deine Wellenlänge, oder?«, grinste Toni. Anouk ignorierte den Kommentar und ging derweil zurück zu ihrem Schreibtisch.

»Und was sagt Cordes zu dem?«, schmunzelte Toni.

»Er ist sein Hauptverdächtiger.«

Toni sprang vom Stuhl auf.

»Und? Ist da was dran?«

»Nun ja, er hat ein Alibi. Er hat mit seiner Schwester telefoniert und zu Hause Schnee geschippt und wurde dabei gesehen. Allerdings hätte er vielleicht ein Motiv und er ist Chemielehrer.«

Toni nickte abwesend den Kopf, kaute wieder auf seiner Lippeninnenseite und überlegte ganz offensichtlich.

»Du bist aber nicht davon überzeugt, oder?«

»Nein, nicht wirklich. Doch check mal die Telefonliste von Schreiber, ob die beiden Kontakt hatten«, überlegte Anouk.

Kurze Zeit später trafen sich die Staatsanwaltschaft, das FK5 und das FK1 zur Lagebesprechung im Meeting-Raum. Sebastian Herz und seine Chefin, Oberstaatsanwältin Kerstin Nuss, waren bereits im Raum, als Toni und Anouk hineinkamen. Der Gerichtsmediziner war wieder dazugeschaltet und saß dieses Mal direkt an seinem Schreibtisch. Das Mondkuchengesicht schielte zu einer Schüssel mit Keksen, griff regelmäßig zu den Plätzchen und stopfte sie sich verstohlen in den Mund.

Susanne Schönfeld kam mit ihrem Team im Schlepptau in den Raum und suchte sich einen Platz direkt am Besprechungstisch. Oscar schmiss Toni einen CIA-mäßigen Checker-Blick zu. Der IT-Spezialist aus dem FK5 grinste darauf und nickte Anouk zu. Die Kommissarin setzte sich wie gewohnt auf einen Stuhl an der Wand.

Als Letztes kamen Cordes und Hansen herein, die heftig diskutierten. »Wir müssen den genau unter die Lupe nehmen. Alle Anzeichen verdichten sich bei Schmuck. Das ist doch kein Zufall«, argumentierte Cordes im gereizten Tonfall. »Gut jetzt!«, gab ihm Hansen mit einer Handbewegung deutlich zu verstehen, sich hinzusetzen. Mürrisch stoppte der Kollege die Diskussion und setzte sich.

Hansen stellte sich vor den Konferenztisch und wollte die Sitzung eröffnen, als Jörg Altberg, der Oberbürgermeister der Stadt, in den Raum trat.

Er nickte Hansen stumm zu, fortzufahren, und setzte sich neben Anouk auf einen Stuhl an der Wand.

»Kollegen, wir haben Neuigkeiten aus Hannover, und ich gebe das Wort gleich an Prof. Dr. Keller.«

Keller stopfte sich das letzte Stück Keks in den Mund und hatte wohl nicht erwartet, dass er als Erster sprechen würde, denn er wischte sich hektisch mit der Handfläche den Mund ab und nahm einen Schluck Wasser.

»Vielen Dank für die Aufmerksamkeit, liebe Kollegen aus Goslar«, startete er unbeholfen die Sitzung.

»Also, wir haben unerwartet früh die Ergebnisse der toxikologischen Untersuchung«, sagte Keller und Anouk erinnerte sich, dass der Rechtsmediziner von Wochen sprach, und auf einmal wurde ihr klar, warum die Oberstaatsanwältin und der Oberbürgermeister mit im Raum saßen.

»Die Beurteilung der postmortalen Werte von GHB hinsichtlich der Einschätzung der Dosis zu Lebzeiten ist problematisch, trotzdem liegt der Verdacht sehr nahe, dass Heiko Schreiber an einer Überdosis GBL, kombiniert mit Alkohol, und infolgedessen an einem Erstickungstod verstarb.«

Dr. Keller schaute oberlehrerhaft in die Runde.

»Der Monokonsum von GBL kann vor allem bei höheren Dosen zu Atemlähmung führen. Der Mischkonsum mit Alkohol zum Erstickungstod. Der Alkoholgehalt des Toten lag bei 1,2 Promille und hätte ohne weiteren Drogenkonsum unwahrscheinlich zum Tod geführt. Die Haarprobe zeigte, dass er vorher keine Drogen konsumiert hatte.«

War jetzt das bestätigt worden, wovon Anouk bereits ausgegangen war? Handelte es sich um Mord? Die Nachweisbarkeit von Liquid Ecstasy war schwierig; sie hatten den Befund aus dem Glühweinbecher, doch der Zusammenhang war mysteriös.

Dr. Keller gab noch weitere Details der Untersuchung bekannt und wiederholte einige Informationen, wahrscheinlich auch wegen des Oberbürgermeisters. Er musste also gewusst haben, dass der Politiker an der Sitzung teilnehmen würde.

Im Anschluss sprach Susanne Schönfeld über die aktuellen Ergebnisse der Spurensicherung. Es wurden Fingerabdrücke an den Glühweinbechern identifiziert, die mit den genommenen verglichen werden sollten. Des Weiteren sprach sie über die Einbrüche in den Geschäfts- und Privaträumen von Heiko Schreiber. Es konnte nicht sicher gesagt werden, dass nur ein Laptop fehlte oder sogar mehr. Gudrun Schreiber hatte zur Klärung wenig beitragen können.

Hansen sprach im Anschluss ihrer Ausführungen und fasste die Inhalte der Zeugenaussagen zusammen. Der Verdacht verhärtete sich, dass Heiko Schreiber nach dem Weihnachtsmarktbesuch noch mehr vorhatte, allerdings blieb nach wie vor unklar, warum er einen Penisring getragen hatte. Weiter informierte Hansen, dass die Hausuntersuchung durch Kollegen auf Sylt keine neuen Erkenntnisse gebracht hatte. Es gab weder einen Einbruch noch Sexspielzeug, Speichermedien oder Computer auf der Nordseeinsel.

Zu guter Letzt ergriff Dieter Cordes das Wort, um die aktuellen Hauptverdächtigen zu charakterisieren. Auf der Liste standen nach wie vor Lino Kirchhoff und zusätzlich Gregor Schmuck. Der Kollege erläuterte insbesondere beim Leiter der Naturschutzorganisation das potentielle Motiv und den Tathergang, wurde aber von Hansen unterbrochen.

»Kollegen, wir stehen immer noch ganz am Anfang und haben so gut wie nichts vorzuweisen. Wir werden die Computerdaten weiter analysieren, um auch das Geschäftsgebaren von Heiko Schreiber besser zu verstehen; vielleicht versteckt sich hier ein Motiv«, fasste Hansen die Sitzung zusammen und ignorierte Cordes' Zornesfalten auf der Stirn.

Jörg Altberg stand von seinem Stuhl auf und schritt nach vorne zu Hansen.

»Liebe Kollegen, vielen Dank, dass ich an der Sitzung teilnehmen konnte. Mir ist es ein großes Anliegen, dass der Tathergang so schnell wie möglich aufgeklärt wird. Die politische Arbeit in Goslar ist wichtig und der Glaube der Bürger an gute Volksvertreter bedeutsam. Bitte behalten Sie das im Hinterkopf, wenn Sie Spuren lesen und kombinieren. Vielen Dank.«

Damit ging er auf Hansen zu, schüttelte ihm die Hand und begrüßte die Oberstaatsanwältin aus Braunschweig.

-17-

Amani schaute gedankenverloren auf die weiß-schwarzen Fliesen am Boden. Vor ihr standen Tiegel und Tuben. Sie rührte eine Gesichtscreme gegen Akne an. Ihr Blick schweifte über die Regale der Apotheke, die nach wie vor im Biedermeierstil des 19. Jahrhunderts beibehalten waren. Zartgrüne Bemalungen auf weißen Oberflächen dominierten nicht nur die Inneneinrichtung, sondern auch den Rezepturtisch. Weiße Standgefäße aus Porzellan mit feiner in Schwarz gehaltener Beschriftung erinnerten an die Anfänge der Apotheke.

Hier fühlte sie sich sicher und geborgen. Sie war dankbar, nach Jahren auf freiwilliger Basis arbeiten zu dürfen, und hoffte, irgendwann einen Ausbildungsvertrag zu bekommen. Für ihre Kinder hatte sie die Heimat verlassen und ihr anfängliches Kopftuchtragen wieder abgelegt. In der muslimischen Gemeinde war sie selten zu Gast. Amani lebte für ihre Kinder, nicht für die Religion, die ihr Leben zerstört hatte. Auch wenn es schwer war, sich mit deutschen Gewohnheiten vertraut zu machen, lernte sie täglich von ihren Töchtern.

Hier im Hintergrund der Apotheke räumte und säuberte sie. Für keine Arbeit fühlte sie sich zu schade; sie wollte Teil der Gemeinschaft werden. Die junge Frau liebte es vor allem, wenn Schwangere in die Apotheke kamen. Sie verstand noch nicht genügend Deutsch, kannte jedoch die Medikamente. Dass sie pharmazeutisch helfen durfte, kam selten vor, doch sie spürte deutlich, wie sehr der Apotheker sie auf die Berufsausbildung vorbereiten wollte.

Ihr Blick wanderte auf das bräunliche Glas mit der Creme. Plötzlich knallte es ohrenbetäubend in der Apotheke. Instinktiv schmiss sie sich auf den Boden und zitterte. Bilder der Zerstörung und Angst überfluteten ihren Körper. Sie dachte an den Hustensaft, den sie ihren Kindern gab, damit sie schlafen konnten, und sah das verzweifelte Gesicht ihrer Schwester, die versuchte, Insulin für ihre Tochter zu besorgen.

Kinder sammelten auf den Straßen Granatsplitter, damit Väter Bomben bauen konnten, und sie hörte die Witze der Kinder über den Krieg, als ob sie live in einem Ballerspiel wären. Die beiden Schwestern waren plötzlich auf sich allein gestellt und vereinbarten, gemeinsam auf ihre Kinder aufzupassen.

»Frau Shakeen, ist alles in Ordnung bei Ihnen?«, stürzte eine pharmazeutisch-technische Assistentin auf sie zu.

»Danke«, erwiderte Amani und rappelte sich vom Boden auf.

»Es ist noch nicht mal Weihnachten und die Kinder schmeißen jetzt schon mit Chinaböllern. Es ist alles gut«, erklärte die hilfreiche Frau.

Kunden der Apotheke starrten neugierig hinter den Tresen. Der Blick aus einem alten und faltigen Gesicht streifte sie. Die Frau kam jede Woche in die Apotheke und kannte Amani.

»Mädchen, das dauert, bis man sich an den Lärm gewöhnt. Alles gut!«, beruhigte sie. Amani nickte verlegen und wischte sich mit dem Handrücken über die Nase.

»Ich gehen Küche, Wasser«, hauchte sie und die Helferin nickte.

-18-

Anouk stand mit Toni zusammen im Türrahmen zu Oscar Müllers IT-Reich. Ein Meer aus Bildschirmen und Laptops flackerte sie an. Der Raum war etwas wärmer als die anderen Räume des Präsidiums und ein leises Surren der Klimaanlage ließ erahnen, dass die Server nicht weit weg standen.

Ein Hinterkopf mit blonden, langen Haaren, die zu einem Zopf zusammengebunden waren, verdeckten einen Teil eines Bildschirms. Die Finger der linken Hand hämmerten währenddessen rhythmisch auf die Tischplatte.

»Oscar!«, rief Toni und ein blonder Vollbart drehte sich zu den Kommissaren um.

»Kommt rein!«, sagte der IT-Spezialist. Blaue Augen scannten Anouks Gestalt und wanderten zurück auf einen der Bildschirme.

»Die Schreiber Constructa GmbH ist ein typisches Schachtelunternehmen. Viele Unternehmen machen das, um Steuern zu optimieren«, erklärte Oscar.

»Wie meinen Sie das?«, fragte Anouk.

Oscar drehte sich hektisch um und starrte die Kommissarin irritiert an.

»Du bist zwar älter als ich, doch bitte, in meinen heiligen Hallen sagen wir Du! Das brauche ich für den Teamspirit«, gab der Endzwanziger klar zu verstehen.

»Gerne!«, lachte Anouk.

»Und wie meinst du das nun?«, wiederholte sie ihre Frage.

»Es gibt Holding-Gesellschaften und verschiedene Konten. Gelder werden hin- und hergeschoben.«

»Okay«, zog sie das Wort in die Länge und wurde aufmerksam.

»Und weiter?«, fragte Toni.

»Mit den vielen Überweisungen kann die Herkunft von Geldern vertuscht werden.«

Oscar lehnte sich zurück in seinem Stuhl, zeigte auf zwei Hocker und die Kommissare setzten sich.

»Zum Beispiel Schmiergelder! Sie können nicht einfach mal so auf ein Konto überwiesen werden. Banken haben sogar die Pflicht, bei großen und auffälligen Transaktionen die Polizei zu informieren. Also werden viele kleine Überweisungen getätigt. Typischerweise sind Beratungsleistungen hervorragend für so etwas geeignet, denn Berater stellen bis zu 3.000 Euro am Tag in Rechnung.«

Oscar beugte sich vor und starrte herausfordernd Anouk und Toni an. Sekunden später fiel er zurück in seinen Bürosessel.

»Herrlich, oder?«, sagte er und trommelte wild auf einen Oberschenkel.

»Gut für Schmiergelder sind auch Scheinfirmen. Am liebsten im Ausland«, lachte Oscar und vergrub seine Finger in seinen blonden Vollbart.

»Smurfing ist auch eine gute Strategie, um Gelder zu waschen«, erklärte Oscar.

»Was ist das?«, fragte Toni.

»Große Beträge werden in viele kleine, also weniger als 10.000 Euro, aufgeteilt und die Bank merkt und meldet nichts. Auch könnte man wertvolle Kunst oder Autos kaufen und im Ausland verkaufen. Eine schöne Art«, führte Oscar weiter aus und trommelte wie ein Rockband-Schlagzeuger mit seinen Zeigefingern auf den Oberschenkeln.

»Wichtig ist, dass der Weg des Geldes nicht mehr nachvollziehbar ist. Also viele komplizierte Transaktionen, über Ländergrenzen, Scheinfirmen und Drittpersonen wie Anwälte und Notare. Sie sind vor allem wegen ihrer Schweigepflicht bei solchen Aktionen beliebt. Als Letztes muss das Geld wieder in den regulären Wirtschaftskreislauf gebracht werden. Hier sind der Immobilienmarkt und auch die Baubranche sehr beliebt«, führte Oscar weiter aus und fasste sich in den blonden Pferdeschwanz.

»Zum Beispiel wird eine Immobilie unter Wert verkauft, weil der Verkäufer anscheinend dringend Geld braucht. Dieser erhält aber in Wirklichkeit den vollen Wert der Immobilie. Dann saniert oder renoviert der neue Eigentümer das Haus oder die Wohnung, bringt sie wieder auf den Markt, erhält einen deutlich höheren Verkaufspreis, verbucht einen attraktiven Überschuss, versteuert diesen Gewinn auch ganz offiziell und hat legales Geld geschaffen!«, klatschte der IT-Spezialist in die Hände.

»Warum erzählst du uns das?«, fragte Anouk.

»Weil die Schreiber Constructa GmbH mir sehr verdächtig vorkommt!«, strahlte er und der Hammer saß. Anouk und Toni sahen sich an.

»Wieso hast du in der Sitzung nichts gesagt?«, fragte die Polizistin.

»Weil ich mir noch nicht ganz sicher bin. Außerdem bin ich noch nicht ganz durch mit allen Daten«, erklärte Oscar.

»Okay, aber was sind deine bisherigen Hinweise dafür?«

»Wir haben die Schreiber Constructa GmbH, die alle bauunternehmerischen Tätigkeiten ausübt und so eine Art Muttergesellschaft oder Holding ist.«

Oscar machte eine schwungvolle Drehbewegung zum Schreibtisch und Toni und Anouk rückten ihre Hocker dichter zu den Bildschirmen.

»Dann gibt es die Constructa International GmbH. Sie hat verschiedene Niederlassungen im Ausland, unter anderem auch auf den Cayman Islands und in der Schweiz. Und zum Schluss gibt es die Constructa Constanta GmbH. Sie ist eine Beratungsfirma und auch international aktiv. Klingelt da was?«, fragte der ITler in die Runde.

»Das könnte aber alles ganz legal sein, oder?«, fragte Toni. Oscar ignorierte den Kommentar.

»Dann habe ich einige Immobilien gefunden, die im Besitz der Constructa International sind, sich allerdings in Deutschland befinden«, führte der IT-Spezialist weiter aus.

»Ach, und welche sind das und wo sind die?«, fragte Anouk.

»Eine alte Fabrikhalle Im Schlecke, auf dem Weg nach Oker, und Wohnhäuser in Astfeld und Immenrode.«

»Ja, aber Oscar, der Typ hatte ein Bauunternehmen. Hat man da nicht auch Immobilien?«, fragte Toni.

»Das stimmt. Die Constructa International hat viele Immobilien, allerdings im Ausland. Zum Beispiel auf Mallorca, in Griechenland und Italien, doch hier im Landkreis Goslar? «, runzelte Oscar die Stirn.

»Diese wären doch viel besser bei der Muttergesellschaft aufgehoben, oder?«, fragte er lehrerhaft.

»Okay, gib uns bitte die Adressen von den Immobilien aus dem Landkreis und auf Mallorca«, bat Anouk. Toni hob die Augenbrauen und schaute seine Kollegin fragend an. Wollten sie etwa einen kleinen Trip auf die Sonneninsel machen?

— ◇·◇ —

»Toni, du fährst!«, schob sie den Junior aus dem Büro des FK5-Kollegen.

»Was?«, reagierte er störrisch.

»Wir fahren da jetzt hin und schauen uns diese Immobilien an. Dann können wir sehen, ob das Papier und die Realität übereinstimmen.«

»Es ist aber schon dunkel. Da sehen wir doch nichts«, beharrte ihr Kollege.

»Toni, versuch jetzt nicht, dich zu drücken«, sagte sie mit zusammengekniffenen Augen und schob Toni am Ärmel weiter. Ihr Kollege fühlte sich wohler am Schreibtisch, doch Anouk wusste, dass gute Kriminalarbeit auf der Straße stattfand.

»Schnapp dir die Jacke, es ist kalt draußen!«

Kaum saßen sie im Auto, griff Anouk nach dem Telefon und rief Jonas an. Die Leitung war besetzt und enttäuscht legte sie ihr Handy auf die Oberschenkel. Ein Gedankenblitz huschte durch ihren Kopf, also langte sie erneut zum Smartphone und suchte im Internet nach dem Fabrikgebäude. Auf ihrem Bildschirm sah sie, dass das Industriegelände leicht nach hinten versetzt an der Hauptstraße zwischen Sudmerberg und Bollrich lag.

Der plötzliche Klingelton und das Bild von Jonas schreckten sie auf.

»Bernstein«, reagierte sie förmlich.

»Du hast versucht, mich anzurufen. Wolltest du dich für den Nikolaus bedanken?«, fragte die froh gelaunte Bassstimme.

Anouk überlegte auf einmal, ob der passionierte Triathlet auch schlechte Laune haben konnte.

»Ja, ich, ähm. Vielen Dank für den veganen Nikolaus«, erinnerte sie sich an die Geste und lächelte in den Hörer. Toni war offensichtlich überrascht, denn er drehte den Kopf zu ihr und formte den Mund zu einem O. Hilflos schaute sie Toni an und blickte kurz darauf hektisch aus dem Fenster.

»Ja, aber ich wollte dich eigentlich um etwas bitten.«

»Ach, ja! Und was?«, fragte Jonas süffisant.

»Ja, dein Vater lebt doch auf Mallorca, oder?«

»Das stimmt zwar, doch im Moment ist er hier, wie du weißt, oder?«

»Ja, aber wäre es möglich, dass er jemanden zu einer Adresse im Nordwesten der Insel schickt und Bilder von einer Immobilie machen lässt und sie uns zuschickt?«

»Interessanter Auftrag! Und was springt für mich dabei heraus?«, provozierte der Halbspanier.

Rote Flecken bildeten sich auf Anouks Hals. Diese fordernde Art machte sie unsicher und löste Fluchtinstinkte in ihr aus.

»Das hängt von der Qualität der Bilder ab«, fiel ihr rechtzeitig ein und hörte ein erfrischendes Lachen in der Leitung.

»Okay, ich sehe, was ich da machen kann, und melde mich wieder bei dir.«

Dann legte er ohne Verabschiedung auf, und für Millisekunden behielt sie das Smartphone am Ohr, schaute aus dem Fenster und spürte ihr Herz rasen.

»Und? Übernimmt er den Auftrag?«, riss Toni sie aus ihren Gedanken.

»Ich glaube schon«, lachte sie.

Der Elektro-Golf war mittlerweile an der Unterführung am Köppelsbleek, fuhr zur Kreuzung und bog Richtung Oker ab. Sie fuhren an Restaurants, Drogerie- und Supermärkten vorbei, die einen winterlichen Mantel trugen. Der Frost hatte die verschneite Stadt voll im Griff und nur die Straßen und Parkplätze waren freigeräumt. Entsprechend fiel es Anouk sofort auf, dass auch die Zufahrt zur Fabrikhalle freigeräumt war.

Das Gebäude mit roten Ziegelsteinen kam ins Bild. Die großen Fabrikfenster waren schwarz und undurchsichtig. Daneben thronte eine gewaltige und dominant wirkende Metalltür. Toni entdeckte hinter ein paar Bäumen und Büschen einen Parkplatz. Auch dieser war geräumt. Geräuschlos parkte er das Auto und war irgendwie froh, dass nur die Räder des Wagens Lärm machten. Dann stellte er das Licht aus und es war ruhig im Auto.

»Die Halle steht auf keinen Fall leer. Hier werden immer wieder Veranstaltungen gemacht«, erklärte Anouk und schaute vom Smartphone auf.

»Da hinten steht ein Auto«, bemerkte Toni und zeigte mit dem ausgestreckten Zeigefinger auf einen Audi Coupé.

»Na, dann ist vielleicht jemand da, der uns Auskunft geben kann«, erwiderte Anouk, steckte das Telefon ein, stieg aus, fummelte eine Mütze hervor, warf sich ihre Tasche über die Schulter und schlug die Beifahrertür zu.

Tonis Spinnenbeine kämpften sich aus dem Auto. Er schloss seine Wellensteyn-Jacke und setzte die Kapuze auf, als er den eisigen Wind spürte.

»Hast du deine Waffe dabei?«, fragte Toni plötzlich.

»Nein.«

»Warum nicht?«, fragte er überrascht.

»Weil ich es nicht für nötig empfunden habe«, erwiderte Anouk, schlug ihrem Kollegen auf die Schulter und ging zur Metalltür.

Überraschenderweise war diese nicht verschlossen. Der Raum dahinter war schwarz und nicht beleuchtet, doch Anouk konnte am Ende ein Licht erkennen und folgte der Quelle. Toni trottete ihr hinterher.

»Hallo! Ist hier jemand?«, rief Anouk ins Dunkel.

Sie gingen durch eine Art Flur und kamen zu einer leicht geöffneten Tür. Der Raum dahinter war beleuchtet und der Grund für die Lichtquelle.

Aus dem Nichts stand ein Hüne vor Anouk.

»Wir haben noch nicht geöffnet. Sie müssen draußen bleiben«, lispelte er.

»Guten Abend, ich bin Anouk Bernstein von der Kriminalpolizei«, reagierte sie und kramte ihren Ausweis hervor.

Der Hüne sah sich in Zeitlupentempo den Ausweis an, schaute zu Toni rüber und verlangte mit einer Handbewegung den Ausweis des Polizisten zu sehen. Dieser griff hektisch in seine Tasche und zeigte das Dokument vor.

»Was machen Sie hier?«, fragte Anouk, während der Riese Tonis Ausweis zurückgab.

»Ich kontrolliere die Einrichtung. Was sollte ich sonst machen?«, stieß seine Zunge regelmäßig an die Schneidezähne.

»Und was für eine Einrichtung ist das?«, fragte sie.

»Hier werden Events veranstaltet. Gestern war eines, die Putzleute waren da, haben saubergemacht und jetzt kontrolliere ich.«

»Sind Sie eine Art Hausmeister?«

»Nein, ich bin Facility Manager bei den Rebierchs.«

»Bei der Familie Rebierch?«, fragte Toni interessiert.

»Nein, bei der Rebierchs GmbH.«

»Entschuldigen Sie, wie ist denn Ihr Name?«, fragte Anouk.

»Ich bin der Matze«, lachte der Koloss und fehlende Backenzähne kamen zum Vorschein.

»Matze, wie?«

»Matze Müller«, grinste er immer noch und legte eine Pranke auf seinen fülligen Bauch.

»Herr Müller, dieses Objekt ist Gegenstand einer Untersuchung und Sie müssen uns herumführen«, blaffte Anouk.

»Oh, ja!«, schaute der Hüne überrascht.

»Vielleicht kommen Sie mal zu uns in Ihrer Freizeit. Das ist bestimmt lustiger«, lachte er und schritt voran.

Es dauerte keine fünf Minuten, bis Anouk klar war, wo sie sich befanden. Der Swinger-Klub machte einen neuen Eindruck. Der Diskobereich war durch eine umfangreiche Cocktailbar geschmückt, die bläulich leuchtete. Auch sonst hatte das Establishment alles zu bieten, was die Gäste suchten. Es gab einen Dark-Room, einen Raum für Gruppensex, Einzelkabinen für Paare, einen Massage- und Whirlpoolbereich und einen Raum, in dem man Sex haben konnte, ohne den Sexpartner zu sehen, weil beide durch eine Wand getrennt waren.

Das grelle Licht in den Räumen zeigte, wie sauber der Klub gehalten wurde, und hob Tonis rote Flecken im Gesicht hervor.

»Haben Sie auch so etwas wie ein Lager und ein Büro?«, fragte Anouk.

»Aber sicher doch! Kommen Sie mir einfach nach!«, befahl eine schwungvolle Handbewegung.

Das Lager war gefüllt mit Putzmitteln, Handtüchern, Bademänteln und sanitären Produkten.

»Was ist das hier?«, fragte Toni und zeigte auf eine Kiste.

»Oh! Das sind Spielsachen«, grinste der Hüne verschwörerisch.

»Bitte öffnen Sie die Kiste einen Moment«, bat die Kommissarin und Sekunden später schauten die Kommissare auf Dildos, Kugeln, Gels und weiteres Sexspielzeug.

»Bei uns kann man das mieten oder direkt kaufen. Manchmal machen wir richtige Verkaufsveranstaltungen und dann kann man die Dinge direkt im Klub ausprobieren. Aber keine Sorge, die Hygienebestimmungen werden von allen eingehalten.«

»Herrlich!«, entschlüpfte es Toni und sein Gesicht leuchtete noch mehr.

Ein schallendes Gelächter folgte direkt darauf und eine Klaue des Riesen landete auf Tonis Schulter und schüttelte ihn durch.

»Herr Müller, gerne das Büro noch!«, erinnerte ihn Anouk.

Gesenkten Kopfes ging Toni hinter der Lachsalve her, bis sie in einem weiß gehaltenen Büro mit einigen Flachbildschirmen standen.

»Toni, lenk den Typen mal ab, damit ich gucken kann«, forderte Anouk im Flüsterton ihren Kollegen auf. Er nickte und entdeckte Ordner, die nach Alphabet sortiert waren.

»Sagen Sie mal, was ist das da? Wird da etwa über die Klubbesucher Buch geführt?«

»Sagen Sie mal, was soll das?«, empörte sich Müller.

»Werden hier etwa keine Datenschutzbestimmungen eingehalten?«, mutmaßte Toni weiter.

»Komm´Se her. Wir können mal reinschauen«, entgegnete der Riese.

Anouk nutzte die Gelegenheit und huschte zum großen Schreibtisch mit fünf Bildschirmen, einem Computer und zwei Laptops. Ein Notebook hatte einen USB-Stick im Schaft, den sie unvermittelt mit Handschuhen herauszog und in ihrer Tasche verschwinden ließ.

Anouk vermutete, dass die Bildschirme zur Überwachung des Klubs dienten und die Computer für die Verwaltung verantwortlich waren.

»Sagen Sie mal, Herr Müller, kennen Sie einen Heiko Schreiber?«, fragte die Kommissarin und drehte sich zu den Männern. Der Hüne hockte vor dem Regal und hatte einen Ordner in der Hand.

»Wen?«

»Heiko Schreiber?«

»Nee, nie gehört. Wer soll das sein? Ein Gast?«, schnaufte der Hausmeister und kam mühevoll aus der Hockstellung.

»Toni, wir sind hier fertig.«

»Das trifft sich gut, ich bin auch mit meiner Runde fertig und will jetzt nach Hause«, sagte Müller und schob den Ordner in gebeugter Haltung zurück an seine Stelle ins Regal.

Matze Müller führte die Kommissare zurück bis zur Metalltür und löschte auf dem Weg dorthin alle Lichter. Als sie zurück in der eisigen Kälte standen, schloss der Facility-Manager die schwarze Metalltür von außen ab. Er verabschiedete sich von den Polizisten und ging mit großen Schritten zu dem Audi Coupé.

Toni schaute ihm hinterher. Anouk fischte ihr Smartphone aus der Tasche und suchte nach den weiteren Adressen der anderen Immobilien.

»Astfeld oder Immenrode? Was ist näher?«

»Von hier Immenrode.«

»Da wohnst du doch, oder?«, erinnerte sich Anouk.

»Dann lass uns erst Astfeld machen, dann kann ich später mit dem eigenen Auto zurückfahren«, erklärte Toni und Anouk hob eine Augenbraue.

-19-

Minuten später waren sie auf der Bundesstraße Richtung Astfeld. Anouk fuhr dieses Mal den Wagen, nachdem Toni keine Lust mehr hatte und sich vehement geweigert hatte, weiterzufahren.

An der ersten Ampel der Umgehungsstraße, die umgeben von Schrebergärten war, vibrierte Anouks Handy, das auf der Ablage des Autos lag. Das Display kündigte Olaf an, der versuchte, sie zu erreichen. Sie beschloss augenblicklich, seine Nummer endlich zu löschen, griff danach, blockte den Anruf und legte es umgehend wieder zurück.

»Was ist?«, wunderte sich Toni.

»Nichts Dienstliches.«

Die Verkehrsampel sprang auf Grün um und Sekunden später reihte sich Anouk bei der anschließenden Ampel auf die Linksabbiegerspur Richtung Astfeld ein.

»Also, wir haben einen Bauunternehmer, der vielleicht korrupt ist und in der Lokalpolitik tätig war«, wechselte sie das Thema.

»Ja«, nickte Toni.

»Geld und Liebe sind die Hauptmotive bei Morden«, erinnerte Anouk an die Statistik.

»Er hatte einen Penisring um, und er war Besitzer eines Swinger-Klubs«, führte Toni weiter aus.

»Nicht ganz, er besaß die Immobilie. Der Besitzer ist die Rebierchs GmbH«, sagte Anouk.

»Stimmt«, erinnerte sich der Junior.

»Bitte ruf Oscar an und frage ihn, ob diese Firma irgendwo in den Unterlagen vorkommt«, bat Anouk ihren Kollegen.

Toni griff zum Smartphone und hatte Sekunden später Oscar am Apparat.

»Ja, genau, Rebierchs GmbH«, wiederholte der Brillenträger.

In der Leitung wurde gesprochen.

»Nein, ich weiß nicht genau, wie das geschrieben wird.«
Es blieb still in der Leitung, dann hörte Anouk Oscars Stimme. Toni verstummte, riss aber augenblicklich die Augen auf.

»Wir Idioten!«, schimpfte er und schaute Anouk an.

»Was ist?«, fragte sie unvermittelt.

»Vielleicht wäre es uns aufgefallen, wenn wir es irgendwo geschrieben gesehen hätten.«

»Was meinst du, Toni?«, fragte die Kommissarin ungeduldig.

»Na ja, Rebierchs heißt Schreiber. Nur spiegelverkehrt, also fast außer dem »ch«. Natürlich gehörte ihm nicht nur die Immobilie, sondern er betrieb auch den Swinger-Klub«, stellte Toni mit dem Telefon in der Hand entrüstet fest und schlug sich mit der anderen aufs Knie.

»Sehr gut«, lächelte Anouk.

»Jetzt kommen wir der Sache vielleicht näher.«

»Wahrscheinlich wollte er nach dem Weihnachtsmarkt in den Klub gehen! Deshalb der Penisring!«, stellte Toni fest.

»Ja, klingt plausibel«, bestätigte Anouk.

»Oscar, wir sind auf dem Weg nach Astfeld zur nächsten Immobilie. Gibt es sonst noch was?«
Oscar hatte keine neuen Erkenntnisse.

In Astfeld standen sie vor einem Wohngebäude mit integrierter Apotheke, die bereits geschlossen war. Im Haus selber lebten, nach Auskunft der Klingelschilder, drei Mietparteien. Zwei der drei waren zu Hause und beantworteten die Fragen der Polizisten. Das

Wohnhaus wurde über eine Hausverwaltung betrieben und der Name Heiko Schreiber war keinem der Mieter ein Begriff. Den Hausbewohnern nach lebte in der Dachgeschosswohnung ein Unternehmensberater, der häufig auf Geschäftsreise war.

Auf dem Rückweg zum Auto klingelte Tonis Handy.

»Ja?«

»Alles klar, danke!«, sagte Toni kurze Zeit später, legte auf und schaute Anouk ernst an.

»Es gab eine Explosion, der Swinger-Klub brennt!«, verkündete er die Neuigkeit.

»Was?«

»Genau, wahrscheinlich mit Toten. Hansen weiß Bescheid und die Feuerwehr ist auf dem Weg dorthin. Susanne und ihr Trupp sind auch unterwegs. Ich würde sagen, aus meinem frühen Feierabend wird nichts.«

»Tote? Wissen wir schon mehr?«, fragte sie und runzelte die Stirn dabei.

»Voraussichtlich Jugendliche.«

»Scheiße! Wir fahren zurück und schauen, wie schlimm der Brand tatsächlich ist. Das war bestimmt Brandstiftung«, mutmaßte Anouk.

»Da hat wohl jemand kalte Füße bekommen«, stellte Toni mit ernster Miene fest.

Als die Kommissare an der Brandstelle eintrafen, konnten sie bereits von Weitem die Blaulichter sehen. Mehrere Feuerwehrautos, zwei Krankenwagen und Streifenwagen standen vor dem Fabrikgebäude verteilt. Zusätzlich regelte die Polizei den Durchgangsverkehr auf der Straße. Die Luft hing voller Ruß und roch nach verbranntem Plastik. An der Absperrung wurden sie durchgelassen und sahen Hansen und Susanne Schönfeld, die neben dem Brandmeister vom Dienst standen.

Der Dachstuhl des Fabrikgebäudes brannte auf der zum Parkplatz gerichteten Seite. Schwarzer Rauch und rot-gelbe Flammen stiegen bedrohlich in den Himmel und wurden von mehreren Wasserstrahlen bekämpft.

Wie ferngesteuert griff Anouk in ihre Tasche und fühlte nach dem USB-Stick.

»Wieso war die Feuerwehr so schnell hier?«, fragte sie.

»Wir wurden direkt nach der Explosion gerufen und haben leider Tote zu beklagen«, erklärte der Brandmeister.

»Dr. Keller ist auf dem Weg«, ergänzte Hansen.

»Sechs Jugendliche waren in das Gebäude eingestiegen. Zwei von ihnen haben Vorräte gesucht und wurden bei einer Explosion tödlich verletzt. Die anderen haben voraussichtlich eine Rauchvergiftung«, führte der Feuerwehrmann weiter aus.

»Und es ist sicher, dass sie nicht selber den Brand gelegt haben?«, fragte die Kommissarin.

»Als wir sie aus dem Gebäude geholt haben, waren die Mädchen kaum bekleidet. Das ist wohl ein Vergnügungsklub. Sie wollten die Einrichtung nutzen, ohne Eintritt zu zahlen«, führte der Feuerwehrmann weiter aus, verabschiedete sich und verließ die kleine Gruppe.

»Das Lager hat eine Tür nach draußen und das Büro große Fenster; vielleicht kommen wir mit Schutzkleidung rein und können PCs retten. Ich warte nur noch auf das Go von der Feuerwehr. Die Geräte müssten dann schockgefroren werden, um Dateien zu retten«, sagte Susanne und schaute Anouk an.

»Schau nicht wie ein Fragezeichen! Oscar hat mir von seiner Vermutung berichtet. Wir haben von Herz die Genehmigung reinzugehen, sobald die Feuerwehr das Gebäude freigibt.«

»Das ist gut. Wo ist Dieter?«, fragte Anouk und schaute Hansen an.

»Hast du ihn geknackt?«, lachte Susanne.

»Wie meinst du das?«

»Na ja, ihr seid beim Du angekommen«, erklärte die Leiterin der Spurensicherung.

»Ach, ja. Er hat mir gesagt, er bräuchte Zeit, um warm zu werden.«

»Dann hat es ja etwas gebracht, dass ihr zusammengearbeitet habt«, sagte Hansen und stellte sich näher zu den Frauen. Anouk lächelte, wollte aber ihre Frage beantwortet haben.

»Und? Wo ist Dieter?«

»Auf dem Weg hierher«, unterrichtete Hansen.

Der leichte Schneefall wurde langsam stärker und die Polizisten stellten sich unter einen Carport in der Nähe der Fabrik.

Anouk war das Warten zu langweilig, also entschied sie sich, zu den beiden Krankenwagen zu gehen.

Zwei Mädchen im Alter von achtzehn Jahren saßen in Decken gehüllt im Fahrzeug und wurden untersucht.

»Entschuldigen Sie, ich bin Anouk Bernstein und würde Ihnen gerne einige Fragen stellen.«

Die Mädchen nickten.

Sie erfuhr von ihnen, dass einer der Verstorbenen auf die Idee gekommen war, in den Swinger-Klub einzubrechen. Die Mädchen erklärten, dass sie über ein hinteres Fenster im Dark-Room in das Gebäude eingedrungen waren, was sich durch die Feuerwehr bestätigen ließ. Da sie Aufmerksamkeit vermeiden wollten, entschieden sie sich, es sich in den hinteren Räumlichkeiten gemütlich zu machen. Während die Jungs in der Bar nach Getränken Ausschau hielten, kamen die zwei Mädchen auf die Idee, nach Essen zu suchen.

Kurze Zeit nach der Explosion bemerkten sie das Feuer, entschieden sich, nach den Jungs zu suchen und halfen dann den beiden Schwerverletzten, die Fabrik über das eingeschlagene Fenster im Dark-Room zu verlassen. Sie verständigten die Feuerwehr und mussten mit zusehen, wie die Jungs noch am Tatort an ihren Verletzungen starben.

Anouk blickte in Mädchenaugen, die über Nacht erwachsen geworden waren. Es würde lange dauern, bis sie die Bilder verarbeitet hätten

Nach einem ersten Eindruck vom Tathergang, suchte sie den Brandmeister auf, um sich die Informationen bestätigen zu lassen.

Zehn Minuten nach Meldung des Feuers konnte mit den Löscharbeiten begonnen werden. Nach erster Einschätzung des Leiters breiteten sich die Flammen vom Büro des Gebäudes aus.

Anspannung stieg in Anouk auf, denn sie war davon überzeugt, dass der oder die Täter Spuren verwischen wollten.

-20-

Jonas schlug das Kinderbuch zu und schaute auf die schlafenden Augen seiner Tochter. Ihr blondes Haar war über dem Kopfkissen verteilt und ihr Gesicht kuschelte an einem Stofftier. Sie war die perfekte Mischung aus ihrer verstorbenen Mutter und ihm. Die hellen Haare und Sommersprossen hatte sie von ihrer Mutter geerbt, die schwarzen Augen und die dunkle Haut von ihm.

In der Küche stand seine Mutter Hanna und räumte die Spülmaschine aus, als er zurückkam. Sein Vater hielt ein Weinglas in der Hand und schaute aus dem Fenster.

»Dios mio! Diesses Jahr ist viel Sssnee auf der Straße!«, säuselte er mit spanischem Akzent.

»Das stimmt, Papa. Wir hatten bereits im November Schnee«, bestätigte Jonas, griff zur Weinflasche und goss seinem Vater nach.

»Man sieht, du trainiersst nicht mehr. Du wiegsst mehr«, sagte Pablo Moreno und betrachtete seinen sportlichen Jungen von oben bis unten.

»Papa, das ist normal, das weißt du doch! Im Sommer 75 und im Winter 80 Kilos!«, lachte Jonas, kniff seinen Vater in die Seite und stellte die Weinflasche zurück. Es war ein komisches, aber wohliges Gefühl, dass Pablo in Goslar war. Seit Anfang Dezember hatte Jonas sein Trainingspensum deutlich zurückgeschraubt. Es war Off-Season und jetzt trainierte er nicht mehr fünfzehn, sondern lediglich fünf Stunden die Woche. Doch er vermisste es, draußen zu fahren. Seine Fahrrad-Rolle für die Wintersaison stand im Wohnzimmer und das reduzierte Fahrradtraining machte sich in seinem Gewicht bemerkbar.

Für ihn bedeutete die Off-Season auch, sich um den Papierkram zu kümmern. Er musste den Jahresabschluss seines Triathlon-Ladens und die Steuererklärung vorbereiten. Für ihn eine langweilige Aufgabe, die er so weit wie möglich nach hinten schob, bis er nicht mehr darum herumkam.

»Pablo, lass den Jungen mal in Ruhe. Er hat eine sensationelle Saison hingelegt«, strahlte Hanna voller Stolz. Jonas veranstaltete nicht nur Trainingslager für Amateur-Sportler, sondern verfolgte ehrgeizig eigene Ziele, die ihn in diesem Jahr zum dritten Mal zur Weltmeisterschaft auf Hawaii gebracht hatten.

»SStimmt, und dann noch Hawaii!«, erinnerte sich Pablo.

»Hawaii war wirklich perfekt dieses Jahr. Die Bedingungen hätten nicht besser sein können, und dass ich es unter zehn Stunden und dreißig Minuten schaffen würde, hätte ich nie gedacht. Sogar die Acht-Stunden-Marke wurde vom Sieger geknackt. Wirklich unglaublich!«, erinnerte sich Jonas.

»Was ist eigentlich aus dem Profi Stefan Kinder geworden?«, fragte Hanna, die den Profi-Triathleten bei der Goslarer Mitteldistanz im vergangenen August hatte gewinnen gesehen.

»Das habe ich dir doch schon erzählt.«

»Ach ja, irgendetwas war da doch!«

»Genau, der arme Kerl musste wegen gesundheitlicher Probleme abbrechen. Irgendetwas mit seinem Rücken, Ischias, Belastung oder so.«

»Jetzt erinnere ich mich«, sagte Hanna.

»Doch mal wieder hat ein Deutscher den Titel geholt! Das fünfte Mal in Folge. Das ist wirklich unglaublich«, berichtete Jonas euphorisch.

»Und Anouk, mein Junge?«, wechselte seine Mutter abrupt das Thema.

»Mama, was soll mit der Polizistin schon sein?«, fragte er und war offensichtlich über den Themenwechsel überrascht. Dann gab er seiner Mutter zu verstehen, dass ihm etwas eingefallen war, und verließ die Küche.

»Dass war nich gut, Hanna. Warum misscht du dich da ein?«, fragte Pablo verständnislos.

»Das Kind braucht einfach eine Mutter. Jeden Tag hole ich sie vom Kindergarten ab und freitags schläft sie immer bei mir. Ich kann nicht Oma und Mutter für Ewigkeiten sein. Ich werde nicht jünger«, rechtfertigte sie ihre Neugierde.

»Mi amor!«, sang Pablo, näherte sich tanzend seiner Ehefrau und umarmte sie.

»Du bissst sso jung!«, flötete er und küsste seine Frau auf die Stirn.

Jonas kam zurück in die Küche.

»Ach Mama, die Idee mit dem Nikolaus kam gut an!«, sagte er und schaute durch den Türrahmen in die Küche.

»Doch Anouk ist eben so, wie sie ist. Sie ist eigen, und dann ist ihre Wohnung so gut wie leer. Die würde mit der Unordnung eines Kindes verrückt werden. Außerdem hat sie kein Interesse an mir«, erklärte er.

»Und das ist auch gut so«, strahlte Hanna.

»Hä? Wieso das denn? Jetzt versteh ich gar nichts mehr.«

»Na, wenn die Frauen gleich von dir begeistert sind, kommen sie dir zu nahe und dann ist die Sache auch wieder zu Ende. Du brauchst eine, die dich nur fürs Herz braucht, sonst nicht. Bei dieser Kommissarin habe ich einfach ein gutes Gefühl. Sie ist eine Powerfrau und unabhängig«, erklärte Hanna und Jonas schüttelte schmunzelnd den Kopf.

Er wusste, dass sich seine Mutter sehnlichst eine Ersatzmutter für Filipa wünschte. Doch in seinem Leben hatte er alles, was er brauchte, und hatte eigentlich keine Zeit für eine Beziehung.

»Dann arbeitet sie in der Mordkommission und macht keinen Schreibtischjob. Wenn sie Kinder gewollt hätte, hätte sie bestimmt schon welche«, argumentierte er weiter und Hanna gab auf.

»Okay, okay! Und der aktuelle Fall? Hast du mit ihr gesprochen?«, wechselte sie nun das Thema.

»Nein, allerdings möchte sie, dass ich eine Immobilienbesichtigung organisiere.«

»Ach, tatsächlich?«

»Ja, die Immobilie steht auf Mallorca.«

Pablo wurde hellhörig.

»Wo ssoll dass ssein?«

»Ich habe eine Adresse bekommen«, sagte Jonas und suchte nach dem Zettel.

»Hier steht's. Es ist in Alcudia.«

»Wirrklisch? Wo?«, fragte Pablo interessiert.

Jonas las die Anschrift vom Zettel.

»Ah, das iss eine gross Gebäude. Ganz neu und fast fertig. Ssie bauen schon ewig.«

»Kennst du jemanden, der Fotos machen könnte und sie mir schickt?«

»Sí claro, hijo. Das is kein Problemm«, sagte Pablo und suchte sein Telefon, um den Auftrag augenblicklich einem Freund zu erteilen.

-21-

Sie saß seit zwanzig Minuten am Tisch und wartete auf ihn. Wieso musste er sich verspäten? Die Leute sahen sie bereits an, oder bildete sie es sich nur ein?

Seit Stunden spürte sie eine Mischung aus Unabhängigkeitsgefühl gepaart mit innerer Unruhe. Sie war froh, dass sie mit Anna ins Hotel gezogen war, denn zu Hause erinnerte sie alles an Heiko.

Allerdings ärgerte es sie, dass ihre Tochter diesen Tierarzt aus Frankfurt kennengelernt hatte und mehr daran interessiert war, mit ihm essen zu gehen, als Zeit mit ihrer Mutter zu verbringen. Anna wurde ihrem Vater immer ähnlicher. Diese Erkenntnis fiel auf sie nieder wie eiskaltes Duschwasser. Erinnerungsfetzen flogen durch ihren Kopf und auf einmal war sie froh, dass er nicht mehr da war.

Da legte sich eine warme Hand auf ihre Schultern. Sie drehte ihren Kopf und sah in vertraute Augen. Sie war froh, dass er so spontan Zeit für sie gehabt hatte. Auf ihn konnte sie sich verlassen. Augenblicklich nahm ihre innere Unruhe ab und wechselte in ein Wohlbehagen und Vorfreude.

Er küsste sie weich und liebevoll auf die Wange, dabei strichen seine Finger unbemerkt und behutsam über eine ihrer Brüste.

»Gudrun, wie geht es dir?«, fragte Johann Thiede mitfühlend und setzte sich zu ihr an den Tisch. Seine Hände griffen nach ihren.

»Ich weiß nicht, wie ich mich fühle. Ich kann es immer noch nicht begreifen, dass er wirklich tot ist«, sagte sie und sackte in sich zusammen.

Vor ihr stand eine Weißweinschorle, die unberührt aussah. Sie hatte ihre braunen Haare hochgesteckt, war in Schwarz gekleidet und hatte Wimperntusche und rosa Lippenstift aufgetragen. Auf dem Glas gab es keine Spuren ihrer Lippen. Trotz Schminke sah sie um Jahre gealtert aus.

»Komm, lass uns etwas zu essen bestellen«, schlug er vor und Gudrun Schreiber nickte stumm.

Der Tierarzt erzählte von seinem Tag, den Patienten und schien in den Tiergeschichten, die er täglich erlebte, aufzugehen. Sie bewunderte das. Für sie war es schwierig, eine tiefe Begeisterung für irgendetwas in ihrem Leben zu finden. Abwesend blätterte sie in der Speisekarte und konnte sich nicht entscheiden.

»Gudrun, ich bestelle uns etwas. Mach dir keine Sorgen, ich suche uns etwas Feines aus«, schlug er vor und sie lächelte erleichtert.

Er war so anders als Heiko. Er konnte in sie hineinschauen und ihre Gedanken lesen. Sie liebte das und über die Jahre, die sie zusammen waren, hatte sich das nicht geändert.

Auf einer wohltätigen Veranstaltung hatten sie sich näher kennengelernt. Er brachte sie zum Lachen und verstand ihre Bedürfnisse. Sie wusste noch ganz genau, wie sie sich gefühlt hatte, als sie sich kennenlernten. Sie war in einer depressiven Phase, fand sich unnütz, wie Abschaum, von ihrem eigenen Mann nicht beachtet. Heiko hatte zwar dafür gesorgt, dass es ihr und vor allem Anna an nichts fehlte, doch ihr Wunsch nach einer ausgefüllten Beziehung blieb unerfüllt. Sie lebte in einem goldenen Käfig und hasste es. Ihr Leben schien sinnlos und ihre Versuche, es zu verbessern, scheiterten kläglich. Freundinnen, Ärzte und Medikamente halfen ihr nicht; sie war am Boden zerstört.

Mit Johann wurde plötzlich alles anders. Ihr Alltag und ihr Liebesleben hatten auf einmal einen Sinn und waren umgeben von einem Hauch Abenteuer. Er verehrte sie, ihre Ideen und Projekte und vor allem ihren Körper und ließ sie wie eine Göttin fühlen. Bei ihm tankte sie Kraft für den langweiligen und ziellosen Alltag.

Sie wusste, dass Johann die Frauen verehrte und schätzte. Anfänglich war ihr klar, dass er sich nicht nur mit ihr, sondern auch mit anderen Frauen traf, doch das war ihr egal. Mit den Jahren gab es immer weniger Treffen, bei denen er nach fremdem Frauenparfum roch, und sie war davon überzeugt, dass sie sich zu seiner Nummer Eins entwickelt hatte.

Zum Essen hatte er einen erlesenen Rotwein ausgesucht und ihr vorgeschwärmt, wie eine gute Mahlzeit ihre Stimmung aufhellen würde. Als das Essen kam, stocherte sie nur darin herum.

»Gudrun, du gefällst mir gar nicht.«

Sie atmete schwer ein und hob die Schultern.

»Wie ist es für dich? Wirst du es schaffen ohne Heiko?«, fragte er mitfühlend und legte eine Hand auf ihren Arm.

»Ich weiß es nicht«, war die geflüsterte Antwort.

»Ich kenne dieses Gefühl. Glaub mir, es wird immer besser mit der Zeit.«

Er war so mitfühlend.

Kurz nach der Hochzeit stellte sich heraus, dass seine Frau an multipler Sklerose erkrankt war. Ihr Leidensweg war lang, bis sie vor einigen Jahren mit Ende vierzig verstorben war. Ihre Ehe war kinderlos geblieben.

»Die Jahre mit Birgit waren lang. Als sie endlich tot war, konnte ich es nicht verstehen und war gleichzeitig erleichtert. Die Krankheit war furchtbar und anstrengend zugleich.«

Seit Jahrzehnten hing ihm seine Mutter in den Ohren, Nachkommen für ihre Ländereien zu zeugen. Diese Ehe sollte ausschließlich seine Mutter zufriedenstellen. Es war keine Liebeshochzeit und er hatte gehofft, dass seine Ehefrau mit den Kindern anstatt mit ihm beschäftigt wäre, doch sein Plan ging nicht auf.

»Wahrscheinlich konnte sie dir wegen ihrer MS-Erkrankung keine Kinder schenken!«, sagte Gudrun Schreiber mitfühlend.

»Wie wirst du ihn in Erinnerung behalten?«, wechselte er das Thema. Sie schüttelte augenblicklich den Kopf und konnte die Tränen nicht unterdrücken. Ungeschickt fischte sie ein Taschentuch aus ihrer kleinen, schwarzen Tasche und betupfte ihre ausgebeulten Tränensäcke.

Jetzt legte er seine Hand fest auf ihre.

»Ich weiß, was du brauchst«, hauchte er in ihr Ohr und lächelte lüstern.

Er ließ den Kellner kommen, veranlasste, dass das Essen auf ein Zimmer gebracht wurde, und half ihr beim Aufstehen.

Vorfreude breitete sich in ihr aus und ihre Stimmung veränderte sich. Er hatte wieder ihr Zimmer reserviert. Seit Jahren trafen sie sich in dieser Suite. Es war ihre Liebeshöhle. Sie war geräumig und elegant eingerichtet, so wie sie es liebte.

Mit ihm erlebte sie eine ganz neue Art von Sexualität. Er scheute nicht vor Sexspielzeug zurück und mochte es abwechslungsreich. Sie durfte dominant oder unterwürfig sein und mit ihm tauchte sie in verschiedene Rollen ein.

Als sie die Suite betraten, stand das Essen bereits auf einem Servicetischchen. Sie würden nicht gestört werden.

Er griff sich eine Stoffserviette, rollte sie zusammen, kam auf sie zu und forderte sie auf, die Augen zu schließen. Sie gehorchte. Sie spürte den Stoff des Tuches auf ihren Augenlidern und Spannung stieg in ihr auf. Daraufhin öffnete er ihre hochgesteckten Haare, zog leicht daran und ließ die Spange auf einen

Tisch fallen. Seit den gemeinsamen Treffen hatte sie gelernt, Kleidung zu tragen, die man nicht über den Kopf ziehen brauchte. Reißverschlüsse oder Knöpfe waren wichtig. Vor allem, wenn es schnell gehen musste.

Er entkleidete sie, entfernte sich und ließ sie minutenlang entblößt im Raum stehen. Als er zurückkam, ertönte ein ihr bekanntes Zischen, das verriet, dass er seinen Gürtel aus der Hose zog. Geschickt band er ihre Hände zusammen, zog am entstandenen Gurt und führte sie zum Fenster. Sie spürte die Wärme des Heizkörpers und Gänsehaut breitete sich über ihren Körper aus. Seine Handfläche klatschte auf ihrem Hintern, dann nahm er sie tonlos. Minuten später war er fertig und ließ von ihr ab, ging ins Badezimmer und duschte sich. Sie stand schwer atmend am Fenster und wusste, dass ihr Teil in wenigen Minuten beginnen würde.

Befriedigt war sie eingeschlafen und wurde jetzt von einem lauten Krachen geweckt. Ruckartig setzte sie sich auf und sah Johann Thiede. Er hob seinen Geldbeutel auf, der ihm auf den Boden gefallen war.

»Was machst du da?«, fragte sie irritiert, weil er vollkommen bekleidet im Raum stand.

»Ich gehe«, war seine kurze Antwort.

»Ach Quatsch, komm zu mir. Wir können doch die ganze Nacht zusammenbleiben«, schlug sie vor.

»Nein.«

»Wieso nicht? Was hast du denn vor?«, fragte sie erstaunt, zog die Bettdecke über die entblößten Brüste und ihre innere Unruhe kam zurück.

»Das war unser letzter Fick.«

Sie riss ihren Mund auf.

»Ich kann keine Frau gebrauchen, die frei ist.«

Er drehte sich um und verließ den Raum.

Als die schwere Hotelzimmertür ins Schloss fiel, sah sie auf den Radiowecker, der noch nicht mal Mitternacht anzeigte. Sie ließ sich nach hinten fallen und spürte, wie die Dämonen der Nacht ihren Geist eroberten.

-22-

Anouk saß im Büro und drehte den USB-Stick in ihren Fingern. Ihre Gedanken wanderten zum toten Heiko Schreiber. Wie passte dieser Klub ins Bild?

Schnell hatte die Feuerwehr den Brand unter Kontrolle bekommen. Die Feuerwehrleute stiegen auf Susannes Drängen in das Büro des Fabrikgebäudes, um Bildschirme, Computer, externe Festplatten und Weiteres zu sichern. Wie von der Feuerwehr bereits vermutet, hatte ein Molotowcocktail das Büro in Flammen gesetzt und großen Schaden angerichtet. Eine einfach zu bauende Bombe, die eine Glasflasche, eine Mischung aus Benzin und Öl und einen Lappen zum Verschließen brauchte. Mit dem Aufprall explodierte das Gemisch und die einzigen Augenzeugen der Tat erlagen ihren Verletzungen bereits am Tatort. Diese Waffe hätte jeder bauen können. Anouk war davon überzeugt, dass hier Beweise vernichtet werden sollten.

Sie wusste, dass der USB-Stick in ihren Händen bisher als Beweismittel nichts taugen würde, denn sie hatte ihn im Klub mitgehen lassen. Trotzdem war ihre Neugierde riesig. Welche Daten waren wohl auf diesem Medium gespeichert? Sie überlegte, wie sie weiter vorgehen sollte.

Die Tür wurde geöffnet und Toni kam ins Büro. Sein Blick fiel auf das Speichermedium in ihren Händen.

»Hey, Anouk! Es gibt wieder Neuigkeiten!«

»Wirklich?«

»Die Bildschirme und Computer sehen unbrauchbar aus, das muss die genauere Untersuchung klären, doch es gab einen Safe im Büro, der durch die Explosion von der Wand befreit wurde. Und stell dir vor!«

»Ja?«

»Er ist unversehrt!«

»Das sind ja großartige Neuigkeiten! Habt ihr ihn aufbekommen?«

»Jup! Wir haben gute Leute in Goslar!«

Anouk schmunzelte.

»Was habt ihr gefunden?«

»CDs, USB-Sticks und weitere Speichermedien. Sie werden gerade gesichtet.«

»Sehr gut, und?«

»Alles muss wohl sehr ordentlich beschriftet und sortiert gewesen sein.«

»Perfekt! Und wer schaut sich die Daten an?«

»Einige Kollegen und na, wer wohl? Oscar!«

»Wollen wir gleich mal rübergehen und schauen, ob er was hat?«, überlegte Anouk.

»Gute Idee, wollte ich auch gerade vorschlagen«, grinste Toni.

Sie griff zum UBS-Stick und verwischte mit ihrem Ärmel ihre Fingerabdrücke. Der Brandstifter hatte ihrer Meinung nach ganz offensichtlich nichts vom Safe gewusst.

Oscar saß vertieft vor seinen Bildschirmen und Toni schlug ihm heftig auf die Schulter, dass der IT-Spezialist geräuschvoll erschrak.

»Ach! Toni, Mensch, was soll das?«

Anouk nutzte die Gelegenheit und ließ augenblicklich den USB-Stick auf einen Stapel von verschiedenen Medien fallen.

»Sorry, Kollege! Erzähl uns lieber, ob du schon etwas Neues hast!«

»Hey, Anouk!«, ignorierte Oscar die Frage und begrüßte die Polizistin.

»Wir sind beide neugierig!«, lächelte die Kommissarin ihr schönstes Lächeln.

»Okay, dann mal los!« Oscar drehte sich zu einem Stapel Speichermedien und hielt kurz inne.

»Dieser blaue USB-Stick war doch gerade eben noch nicht hier! Habt ihr den mitgebracht?«, fragte Oscar überrascht.

Anouk und Toni schüttelten unschuldig die Köpfe.

Oscar hob eine Augenbraue und verformte seine Lippen zu einem Kreis.

»Oh, ja! Na, dann fange ich mal mit dem Blauen an und wir können sehen, was drauf ist«, sagte er wohlwollend, verzog seinen Mund zu einem Schlitz und verband den Stick mit dem Computer. Umgehend öffnete sich ein Menü.

»Mmh, hier sind einige Dateien drauf. Lass mal sehen«, redete er mit dem Bildschirm.

Anouk und Toni reckten währenddessen ihre Köpfe näher zum Monitor.

»Eine Datei heißt ›Fantasie‹, die darunter ›Steinberg‹, ›Strand‹ und ›Syrien‹ sehe ich noch.«

Anouk lächelte zufrieden.

»Dann lass uns mal mit ›Fantasie‹ anfangen«, schlug sie vor und Oscar öffnete die Datei kommentarlos. Fünf Unterordner wurden sichtbar. Vier von denen waren mit männlichen Namen gekennzeichnet, einer hieß »Sonstiges«.

Toni riss die Augen auf. »Holy shit!«

»Was ist?«, fragte Anouk.

»Das sind Goslarer Persönlichkeiten.«

»Sehr gut«, sagte sie und riss unangekündigt den USB-Stick aus dem Schlitz.

»Oscar, bitte schau dir die anderen Medien an. Diesen nehmen wir uns vor!«, bestimmte die Kommissarin.

»Okay, aber du solltest besser mit diesem Stück umgehen. So ein Ding kann einfach so mal kaputtgehen!«, spottete Oscar. Dann öffnete er leicht den Mund, drückte mit einem Daumen gegen einen seiner Schneidezähne und schaute Anouk erwartungsvoll an.

»Wie viele Medien hast du denn insgesamt?«, fragte die Kommissarin.

»Da ist doch der Zettel, da steht alles drauf!«

Sie entdeckte ihn hinter einem Stapel von Medien, griff danach und sah, dass fünf USB-Sticks verzeichnet waren. Sie schnappte sich einen Stift und formte aus der Fünf eine Sechs.

»Hab noch mal nachgezählt. Es sind doch fünf plus eins, also sechs USB-Sticks, nicht wahr? Ordnung muss sein! Stell bitte sicher, dass die richtige Anzahl auch computertechnisch erfasst wird«, lächelte sie fordernd, tippte Toni auf die Schulter und verließ mit ihm den Raum.

Zurück im Büro besprachen die Kommissare, wie sie weiter vorgehen würden.

»Du kennst die Goslarer besser als ich. Ich schicke dir die Dateien und schaue mir ›Sonstiges‹ und ›Steinberg‹ und die anderen erstmal an«, schlug Anouk vor und Toni stimmte zu.

»Danach überlegen wir weiter, wie wir vorgehen.«

»Gut, aber findest du nicht, dass die Begriffe ›Syrien‹ und ›Strand‹ ziemlich merkwürdig sind? Mit ›Fantasie‹ ist bestimmt der Swinger-Klub gemeint, doch die anderen Begriffe?«

»Ja, das stimmt, doch fangen wir mal mit den Goslarern und dem Steinberg an. Mal sehen, was das ergibt!«

Sekunden später hatte Toni die Dateien auf seinem Rechner, setzte Kopfhörer auf und vertiefte sich in den Bildschirm.

Anouk öffnete den Ordner »Sonstiges« und stellte überrascht fest, dass dieser ein Sammelsurium von unterschiedlichen Unterlagen war. Es gab Word-, Excel- und PowerPoint-Dateien, einige Bilder und Videos. Sie öffnete eines der Fotos und sah die Aufnahme einer Frau. Kannte sie nicht diese weibliche Gestalt? Sie vergrößerte die Ansicht auf die Fotos und ließ alle im Großformat auf dem Bildschirm erscheinen.

Einige Bilder später war klar, dass sie sich nicht getäuscht hatte. Es waren Aufnahmen von Gudrun Schreiber, die älter sein mussten, denn die Witwe sah um einiges jünger aus. Auch waren ihre Haare auf den Fotos deutlich kürzer. War das der USB-Stick von Heiko Schreiber oder gab es noch weitere Hintermänner im Swinger-Klub? So eine Art Vertreter oder Nachfolger musste es doch geben. Hatte dieser mögliche Beweise vernichten wollen? Doch woher wusste er, dass die Polizei auf den Swinger-Klub gekommen war? Hatte der Hausmeister mit jemandem telefoniert? Das musste Toni überprüfen. Oder war es reiner Zufall und es sollte wie ein unprofessioneller Brandanschlag aussehen?

Sie öffnete den Ordner »Steinberg« und erblickte erneut unterschiedliche Dateiformate. Auch hier gab es Bilder; die Gesichter darauf sagten ihr allerdings nichts. Also klickte sie auf den Ordner »Syrien«, der nur eine Foto- und eine Word-Datei besaß. Sie öffnete das Foto und glaubte die Gesichter der syrischen Familie aus der Ferienwohnung von Heiko Schreiber in Bad Harzburg zu erkennen. Anouk suchte ihr Smartphone, öffnete WhatsApp und verglich die Bilder mit denen, die ihr Toni geschickt hatte. Sie hatte recht.

Ihre Finger suchten schnell die Datei »Strand«. Diese hatte nur ein Excelsheet abgespeichert. Als sie das File öffnete, sprangen ihr programmierte Makros entgegen. Diese Datei würde sie Oscar zur Kontrolle überlassen.

»Und was hast du?«, fragte sie Toni und sah ihren Kollegen mit glühenden Wangen.

»Oh, mein Gott, Anouk. Diese Bilder sind megakrass, voll der Porno. Es gibt auch Videos, wie die Typen sexuell aktiv werden, doch die Perspektive ist komisch. Ich glaube nicht, dass die Leute davon wussten!«

»Das habe ich mir schon gedacht. Wäre gutes Erpressungsmaterial, oder?«

»Ja, gut möglich. Die Frage ist nur, wer erpresst hat?«

»Wie meinst du das?«

»Na ja, Schreiber oder ein anderer?«

»Könnte sein, doch ich tippe auf Heiko Schreiber, denn mit seinem Tod muss jemandem klar gewesen sein, dass die Polizei schnüffelt. Wer sind denn diese Goslarer?«

»Also, wir haben den Leiter einer kostenlosen Zeitung, einen Bürgermeister aus dem Landkreis Salzgitter, einen weiteren Lokalpolitiker und einen Filialleiter einer Bank.«

»Perfekte Kontakte für Bauvorhaben, wenn du mich fragst!«, überlegte Anouk.

»Oh Mann, ja. Doch dann kann das jeder gewesen sein. Alle, die erpresst wurden, hätten ein Motiv für den Anschlag gehabt«, stellte Toni fest.

»Das stimmt, wir wissen allerdings bisher nicht, ob jemand erpresst wurde, sondern nur, dass es Material für eine Erpressung gibt.«

Toni schnaufte enttäuscht laut aus.

»Und jetzt?«

»Also, wir sollten mit den Goslar-Promis sprechen, und mit Gudrun Schreiber. Ich kann mir nicht vorstellen, dass sie nichts vom Klub wusste.«

»Gute Idee.«

»Aber komm mal rüber. Unter dem Steinberg-Ordner sind nur Fotos von Leuten, die ich nicht kenne, vielleicht kommt dir jemand bekannt vor.«

Toni kam um den Tisch herum und vertiefte sich in Anouks Bildschirm, während sie die Datei öffnete.

Auch hier fanden sie lokale und überregionale Prominenz, sogar Politiker aus Hannover, die für das Steinberg-Projekt nützlich hätten sein können. Oder es bereits waren. Die Gruppe der Verdächtigen stieg weiter.

Anouk berichtete, dass sie unter »Syrien« ein Bild der Familie gefunden hatte, die Heiko Schreiber unterstützte. Sie öffnete das dazugehörige Word-Dokument und fand eine Ansammlung von Daten, Orten und Namen, die vorwiegend aus den Jahren 2015 und 2016 stammten. Plötzlich klingelte das Telefon. Anouk griff zum Hörer.

»Anouk Bernstein.«

»Ich bin es, Oscar!«

»Ich stelle auf Lautsprecher, okay?«

»Gut, ich glaube, ich habe einen Stick, der genau eurem entspricht. Zumindest hat er die gleichen Dateinamen, also ›Fantasie, Steinberg, Strand und Syrien‹. Für mich sind das Sicherungskopien.«

»Okay, und?«, erwiderte Anouk, die wusste, dass ihr Stick noch die Datei »Sonstiges« enthielt. Der Eigentümer dieses USB-Sticks hatte sich wahrscheinlich eine Kopie gezogen und diese um weitere, für ihn wichtige Daten erweitert.

»Den Ordner ›Syrien‹ fand ich besonders spannend. Immer nackte Körper werden irgendwann langweilig. Also, in der Word-Datei sind ja einige Namen. Habe sie mal durch unser System gejagt, und stellt euch vor, unter ihnen gibt es den Chef einer bekannten Schlepperbande!«

»Holy shit!«, entfuhr es Toni.

»Es wird ja immer spannender«, sagte Anouk.

»Also, viele Orte sind auf der Landkarte in der Nähe von europäischen Grenzübergängen. Die meisten Daten stammen aus 2015, als der Flüchtlingsstrom am größten war. Aber ich habe auch jüngere Eintragungen entdeckt, die bis heute gehen.«

»An diesen Dateien wird das LKA Hannover sehr interessiert sein«, sagte Anouk.

»Und wieder mehr Verdächtige mit potentiellem Motiv. Doch was ich nicht verstehe, ist, warum Heiko Schreiber seine Finger in der Schlepper-Szene hatte. Das ergibt doch keinen Sinn«, fragte sich Toni.

»Darauf habe ich auch eine Antwort«, sagte Oscar.

»Tatsächlich?«, staunte Anouk.

»Ich habe diese coole Gesichts-Such-Software und ich habe unter dem Klub Bilder und Videos von Bekannten aus der Schlepper-Szene gefunden.«

»Wieder Erpressung! Doch wofür? Für humanitäre Projekte wohl nicht!«, sagte Toni.

»Oscar, vielen Dank! Bitte ruf sofort an, wenn du Weiteres findest.«

Sie beendeten das Telefonat.

Anouk musste mit Gudrun Schreiber sprechen und diese syrische Familie auf dem Foto finden.

Sie schaute auf die Uhr und beschloss, dass es noch nicht zu spät für einen Besuch im Hotel war. Toni sollte mitkommen, auch wenn er am liebsten Feierabend gemacht hätte. Er gab ihr aber zu verstehen, dass er vorher noch auf die Toilette gehen musste.

Also öffnete Anouk in der Zwischenzeit noch mal den Ordner »Sonstiges« und entdeckte eine Word-Datei, die »Nützlich« hieß. Sie klickte sie an.

Die Textdatei war eine Zusammenstellung verschiedener Informationen. Es gab Bild- und Textkopien sowie eine Tabelle mit Namen und Geldbeträgen. Auf der dritten Seite der Datei war eine Art To-do-Liste und der Satz »finde sein Notizbuch« sprang ihr entgegen.

Wer hatte diese Datei angelegt? Der USB-Stick war offensichtlich eine Zweitanfertigung der bestehenden Kopie aus dem Safe. Doch wer hatte das abgespeichert? Der Mörder oder ein Nutznießer?

Sie scrollte weiter nach unten und entdeckte auf der fünften Seite wieder eine Tabelle. Darauf gab es Namen, eine Mitgliedsnummer und eine Art Berufsbezeichnung. Ihr Atem stockte, als sie »Didi Sedroc – 0025 – PL GS« entdeckte. Stand Didi für Dieter und Sedroc für Cordes? Und bedeutete PL GS nicht Polizei Goslar? Handelte es sich tatsächlich um ihren Kollegen? War Dieter Cordes im Sumpf aus Erpressung beteiligt? Erklärte das sein Verhalten? Johann Thiede kam ihr in den Sinn.

-23-

Gudrun Schreiber sah entsetzlich aus. Der Tod ihres Mannes stand ihr ins Gesicht geschrieben. Sie hatte darauf bestanden, sich außerhalb des Hotels zu treffen.

Der E-Golf stand auf der Mauerstraße, unweit vom Weberturm, einem Teil der ehemaligen Stadtbefestigung. Toni saß auf dem Rücksitz, als Gudrun Schreiber auf der Beifahrerseite einstieg. Sie trug unter ihrem offenen Wintermantel ein langes, schwarzes Kleid und im Nacken eine Schlummerrolle für Flugreisen. Sie war ungeschminkt, hatte dunkle Augenringe und ihre Falten bildeten tiefe Schatten im Gesicht.

»Was wollen Sie?«, fragte sie kaltschnäuzig und blickte stur durch die Frontscheibe.

»Geht es Ihnen nicht gut?«, fragte Toni von hinten.

»Wieso?«, schnauzte sie und blickte umständlich auf die Rückbank.

»Na ja, die Nackenrolle?«

»Ich habe es im Rücken, müssen Sie wissen«, lächelte sie Toni charmant an und war wie verwandelt.

»Frau Schreiber, der Klub Im Schleeke stand heute Abend in Flammen!«, wechselte Anouk das Thema.

»Und? Kenne ich nicht.«

»Der Swinger-Klub Im Schleeke«, korrigierte sie.

Die Witwe fing hysterisch an zu lachen, schlug sich aufs Knie und beugte sich vor zur Kommissarin: »Wollen Sie mit mir dorthin?«

Anouk schloss für Sekunden die Augen und fasste sich an die Stirn. Was war bloß mit dieser Frau los?

»Der Klub brannte, er gehörte Ihrem Mann!«, erklärte Toni mit rauer Stimme von hinten.

Trotz Nackenrolle drehte sich der Kopf der Witwe schlagartig nach hinten und ein höhnischer Aufschrei erschallte im Wageninneren.

»Ha! Das ist doch Schwachsinn!«, sagte sie im böswilligen Ton.

»Wie kommen Sie darauf?«, fragte Anouk.

»Sex war nicht sein Business. Mit ihm wäre ich da unten zugewachsen!«, brüllte sie.

Wie redete denn die Frau? Hörte Anouk die Worte einer frustrierten oder verrückten Frau? Unvermittelt kroch Mitleid in ihr hoch.

»Wir gehen davon aus, dass er diesen Swinger-Klub sehr wohl geschäftsmäßig einsetzte. Allerdings im Rahmen von Erpressungen«, sagte Toni.

Gudrun Schreiber brach in schallendes Gelächter aus und bedeckte nach Sekunden ihren Mund, um sich zu beruhigen.

»Das sieht meinem Mann ähnlich. Geschäfte, Geschäfte, Geschäfte! Alles musste so sein, wie er es wollte. Ich durfte nichts sagen«, schlug der Ton der Frau schlagartig um. Sie verstummte und starrte durch die Frontscheibe.

Vor ihnen leuchtete der weihnachtlich geschmückte Weberturm in unterschiedlichen Farben. Der Anblick passte nicht zur Stimmung im Auto.

»Sind Sie sicher, dass Ihr Mann kein Tagebuch oder ein privates Notizbuch führte?«, fragte nun Anouk.

»Suchen Sie doch selber! Warum muss ich Ihnen alles sagen? Sie sind doch die Polizei!«, erwiderte sie und legte die Stirn auf das Handschuhfach des Autos.

»Geht es Ihnen gut?«, fragte Anouk.

»Ich bin auf einmal so müde. Ich schlafe nur zwischen zwei und fünf Stunden«, flüsterte sie.

Anouk entschied sich, das Verhalten der Witwe erst mal zu ignorieren.

»Falls Ihnen noch etwas einfällt, sollten Sie sich bei mir melden!«, erinnerte die Kommissarin.

»Ich frage meine Tochter, ob sie etwas weiß«, sagte Gudrun Schreiber und hielt kurz inne. »Die lenkt sich gerade mit einem Tierarzt aus Frankfurt ab«, dabei hob sie den Kopf und schaute Anouk tief in die Augen. »Ich will mich auch ablenken. Hatten Sie heute schon Sex?«

Anouk riss die Augen auf und Schamesröte stieg in ihr auf. Mit dieser Äußerung hatte sie nun wirklich nicht gerechnet. Sie entschied sich sofort, darauf nicht einzugehen. Diese Frau wurde immer seltsamer.

»Eine andere wichtige Sache ist die Flüchtlingsfamilie. Meinen Sie, Ihr Mann wäre kriminell geworden, um sich als Wohltäter darzustellen?«, entschied sich Anouk für diese Fragestellung.

»Wie meinen Sie das?«, entgegnete Gudrun Schreiber, schaute auf die Rückbank zu Toni und blinzelte ihm lüstern zu.

»Würde er als Schlepper den Flüchtlingen Geld abnehmen, um es ihnen später als Wohltäter wieder zurückzugeben?«

»Puh, was Sie fragen. Ich habe keine Ahnung.« Sie drehte den Kopf zurück.

»Ich engagiere mich selber. Die meisten hatten nicht nur einen, sondern viele Schlepper während der Reise aus ihrer Heimat nach Deutschland.«

»Warum war Ihr Mann ein Wohltäter?«, fragte Anouk.

Gudrun Schreiber atmete tief durch und wartete einen kurzen Moment, bis sie antwortete.

»Weil er von seinem Reichtum abgeben wollte, weil ...«, brach sie ab und schluchzte unerwartet heftig in ihre Hände.

»Frau Schreiber, es ist wichtig. Wir wollen dieses Verbrechen aufklären«, erinnerte die Kommissarin und legte ihre Hand auf die linke Schulter der Frau.

Die Witwe nickte.

»Können Sie mir den Namen dieser Familie sagen?«, fragte Anouk und zeigte Tonis Aufnahme der Flüchtlingsfamilie.

»Ich nicht, aber fragen Sie im Kulturzentrum Goslar. Der Verein kümmert sich um die persönlichen Belange dieser Menschen. Ich bin zwar Schirmherrin, doch ich kenne nicht jeden Asylanten und die von Heiko schon gar nicht.«

»Und warum?«

»Er wollte nicht, dass die Leute glaubten, dass in Wahrheit ich seine Projekte leiten würde. Ihm war das wirklich wichtig, dass sein Name erschien.«

Die Kommissare verabschiedeten sich von der Witwe. Sie stieg aus, schlug die Arme um den Körper und ging die Mauerstraße hoch Richtung Achtermann. Als der Wagen an Gudrun Schreiber vorbeifuhr, erstarrte Toni. »Sie zieht sich gerade die Schuhe aus!«

-24-

»Wie bitter muss es sein, seinen Mann zu verlieren«, sagte Toni.

»Ja, die Frau ist total durch den Wind«, bestätigte Anouk.

»Es gibt einfach zu viele Motive und Ansatzpunkte. Da kommen wir nie weiter«, sagte Toni mit frustrierter Stimme.

»Sie hat gelogen«, sagte Anouk.

»Wie kommst du darauf?«

»Bei meiner Frage nach dem Notizbuch hat sie für Sekunden zu häufig geblinzelt.«

»Das ist alles? Die Frau war total durch den Wind.«

»Das ist eindeutig, glaube ich zumindest.«

Toni verzog seine Stirn zu Runzeln.

»Vielleicht hat sie sein Tagebuch und liest darin, um den Verlust zu verarbeiten«, überlegte er.

»Das glaube ich nicht.«

»Wieso?«

»Auf mich macht sie den Eindruck einer frustrierten Ehefrau, die nicht genügend Aufmerksamkeit bekam.«

»Meinst du nicht, dass sie stolz auf ihren erfolgreichen Mann war?«

»Nein.«

Toni hob eine Augenbraue und schaute kommentarlos aus dem Fenster.

»Da fällt mir ein, was haben wir denn auf seinem Handy gefunden?«, fragte Anouk.

Der Kommissar wendete sich wieder seiner Kollegin zu. »Berufliche Kontakte, Fotos von den Baustellen, keine sozialen Medien, klassische Musik, kein WhatsApp, wenige SMS und fast nur Anrufe.«

»Also eher eine Person der analogen Welt. Da macht ein Tagebuch oder Notizbuch Sinn. Irgendwo muss ein Mensch doch seine privaten Sachen oder Gefühle zum Ausdruck bringen«, wiederholte Anouk das Thema.

»Vielleicht war er wirklich nur an seiner Karriere interessiert, was den Frust der Frau erklären würde.«

»Ja, vielleicht hast du wirklich recht! Doch das stört mich.«

»Dass ich recht habe?«

»Oh, nein, doch dass wir nichts Privates finden.«

Toni hob die Schultern und verzog die Mundwinkel nach unten; daraufhin musste Anouk lachen.

Auf dem Flur des FK1 begegneten die Kommissare ihrem Leiter Hansen.

»Was macht ihr denn noch hier?«, war seine überraschte Reaktion.

»Wir waren noch mal bei Gudrun Schreiber. Es sind einfach zu viele potentielle Motive«, erklärte Anouk.

»Erpressung mit Bildern vom Swinger-Klub, Kontakte in die Schlepper-Szene, potentielle Korruption, um seine Projekte durchzusetzen und so weiter«, zählte sie auf.

»Nicht nur das!«, sagte Hansen.

Anouk legte ihren Kopf schief und blickte überrascht.

»Oscar ist auch noch hier. Die Speichermedien offenbaren so manches Geheimnis«, erwiderte Hansen.

»Da hat jemand einen ganz großen Fisch zur Strecke gebracht! Wahrscheinlich gibt es einige Leute, die dankbar sind!«, sagte Toni.

Hansen hob eine Augenbraue, kommentierte aber nichts.

»Wie dem auch sei. Liebe und Geld sind die meisten Mordmotive. Liebe können wir ausschließen, bleibt noch Geld, doch in diesem Bereich finden sich endlos viele Motive!«, sagte Hansen.

»Wieso können wir Liebe ausschließen?«, fragte Anouk überrascht.

»Seine Frau ist draußen«, erklärte Toni für den Chef. Anouk schaute ihrem Kollegen in die Augen und wendete sich wieder an Hansen.

»Das stimmt zwar, doch vielleicht hatte er eine Geliebte. Uns ist dieses Foto von der syrischen Familie aufgefallen. Das sind die Einzigen, die vermehrt bei seinen sozialen Projekten auftauchen.«

Anouk suchte ihr Handy, öffnete die Bilddatei und reichte das Telefon ihrem Chef.

»Hübsche Frau«, sagte er nur.

»Jeder Mensch hat eine private oder emotionale Seite. Der Mann hatte mir zu viel Business in seinem Leben.«

»Das stimmt zwar, doch dieses Bild alleine ist mir zu dünn, außerdem hat Oscar das ganz große Kino auf den Speichermedien gefunden. Da müssen wir ansetzen«, sagte Hansen; Toni blieb stumm.

Die drei Kollegen gingen in das Büro von Oscar, der immer noch vertieft hinter den Bildschirmen saß. An einer der Wände hing eine große Tafel, die Anouk vorher gar nicht aufgefallen war. Sie entdeckte einen Stapel mit Zetteln und Papieren, die mit Tesafilm versehen waren und direkt unter der Tafel lagen.

Auf ihr standen Namen und Begriffe, die mit Pfeilen verbunden waren. Verschiedenfarbige Kreidestücke lagen auf einer Ablage.

»Ich sehe, die externen Speicher offenbaren so einiges«, startete Toni das Gespräch. Oscar drehte sich allerdings nicht um. Der Kommissar schlug seinem Kollegen wie beim letzten Besuch schwungvoll auf die Schulter. Dieser brüllte laut auf, sprang vom Stuhl, riss sich die Kopfhörer aus den Ohren, drehte sich um und blökte Toni an.

»Mensch, Alter, lass diese Scheiße, sonst krepiere ich vorm Bildschirm!«, donnerte Oscar entsetzt.

Toni hob verteidigend seine Hände in die Luft.

»Oh Mann, Kollege. Konnte ja nicht ahnen, dass du mich nicht hörst. Tut mir echt leid«, stotterte er, griff sich in die Haare und rückte seine Hornbrille zurecht.

»Spinne, du musst das echt sein lassen.«

Anouk war über Tonis Spitznamen überrascht. Ihr Kollege hatte zwar lange, spinnenartige Arme und Beine, doch bisher hatte sie niemanden ihn so nennen hören.

»Musst du mich so nennen?«, kam es prompt von ihrem Kollegen.

»So, Jungs, gut jetzt. Oscar, Anouk und Toni wollen ein Update.«

Oscar räusperte sich, setzte sich zurück in den Stuhl, strich mit den Handflächen über die Oberschenkel, griff in seinen Bart, rieb sich die Hände und legte schlussendlich die Finger auf die Tastatur.

»Hier hat jemand akribisch Daten gesammelt und abgelegt. Eher nach dem alten Modell ohne Cloud, was für uns grandios ist.«

Anouks Neugierde war geweckt.

»Es gibt verschiedene Hinweise auf ausländische Konten.«

Anouk unterbrach den jungen Kollegen.

»Okay, das wissen wir bereits! Die Constructa International GmbH hat doch Niederlassungen auf den Cayman Islands und der Schweiz und besaß Immobilien im Ausland und im Landkreis Goslar. Deshalb sind wir ja erst auf den Klub gekommen. Was ist neu?«

»Vorher war alles hypothetisch, doch jetzt habe ich Beweise und Unterlagen auf den Medien gefunden. Die Constructa International hat Immobilien im europäischen Ausland und im Landkreis Goslar. Von der Muttergesellschaft Schreiber Constructa erfolgen regelmäßig Überweisungen an die Tochtergesellschaften und auch von denen zurück an die Muttergesellschaft. Ich habe eine Historie gefunden, die klar belegt, dass in der Vergangenheit Immobilien gekauft und mit hohem Gewinn wiederverkauft wurden. Dann werden Geldbeträge an die Schweiz und die Cayman Islands übertragen und schon schließt sich der Kreis.«

»Gut, dann haben wir Geldwäscherei! Das passt wunderbar zu den Schleppern. Also hat er wahrscheinlich mit der Schlepperei von Flüchtlingen Geld verdient«, fasste Anouk zusammen.

»Aber nicht nur das, sondern ich habe einen klaren Hinweis von Steuerhinterziehung gefunden. Jetzt kommt die Witwe mit ins Spiel. Sie erbt die Gelder, denn es wird sicherlich kein notariell beglaubigtes Testament über diese Konten geben. Also gehen die steuerlichen Pflichten des Erblassers auf sie, die Erbin, über. Wenn sie bei der Einkommensteuererklärung die Einkommensverhältnisse nicht wahrheitsgemäß angibt, erfüllt sie automatisch den Straftatbestand der Steuerhinterziehung«, führte Oscar weiter aus.

»Ich rede mit Gudrun Schreiber. Wir müssen wissen, wo sie sich zur Zeit des Brandanschlages aufgehalten hat«, sagte Hansen.

»Und mit der Tochter, die auch in der Erbfolge ist«, ergänzte Anouk.

»Oh, Mann, was für ein beschissener Wohltäter! Der muss Feinde haben, somit wird unsere Liste der potentiellen Täter immer länger«, resignierte Toni.

»Okay, Leute! Lasst uns zusammenfassen. Oscar hat an der Tafel bereits angefangen«, sagte Hansen und nahm Kreide in die Hand.

»Wir haben die Familie Schreiber, dann den Swinger-Klub als Basis von Erpressungen, Geldwäscherei mit potentieller Verbindung zur Schlepper-Szene, Steuerhinterziehung und Korruption.«

»Taucht der Name von Gudrun Schreiber bei den Geschäften ihres Mannes auf?«, fragte Anouk.

»Nein, überhaupt nicht. Weder ihre Tochter noch sie selber tauchen irgendwie auf«, erklärte Oscar.

»Wie teilen wir die Aufgaben auf?«, fragte Anouk.

»Ich werde morgen Gudrun Schreibers Alibi und das ihrer Tochter überprüfen und sie über den Tatbestand der Steuerhinterziehung informieren. Dann müssen wir alle identifizierten Personen aus den Swinger-Klub-Videos befragen und deren Alibis überprüfen. Mit den einschlägigen Namen aus der Schlepper-Szene müssen wir behutsam umgehen; ich will niemanden aufschrecken und das LKA wurde in Kenntnis gesetzt«, fasste Hansen zusammen.

Toni stöhnte laut auf. »Da vergehen ja Wochen!«

»Wir müssen uns nur konzentrieren. Wir übersehen irgendetwas«, richtete sich Anouk an Toni.

»Wir haben es hier mit einem ermordeten Lokalpolitiker zu tun, der Bauunternehmer war, Landbesitzer schmierte, einen Swinger-Klub als Druckmittel für seine Projekte führte, die Finger in der Schlepper-Szene hatte, gleichzeitig als Wohltäter der Stadt bekannt wurde und in das Steinberg-Projekt investierte. Dieser Mann hat sich mit den Bildern und Videos aus dem Swinger-Klub abgesichert. Die Männer wurden ja nicht gezwungen, dorthin zugehen. Wenn er ein eiskalter Geschäftsmann war, wissen das seine Partner und Nutznießer. Warum sollten sie ihn umbringen? Wir müssen mehr über sein Privatleben und seine Schwächen erfahren. Meine Intuition sagt mir, dass die Flüchtlinge von Bedeutung sein könnten. Warum investierte er so viel Zeit in diese Projekte?«

-25-

Es war früh am Morgen und ihre Füße knirschten im Schnee. Mara und Qitura liefen freudestrahlend durch den Neuschnee voraus, der in der Nacht gefallen war. Die Bushaltestelle lag vor ihnen. In einigen Minuten würde der Bus kommen, der ihre Kinder in die Schule bringen würde. Amani hatte Gänsehaut und zitterte leicht. Sie hatte zu wenig angezogen, um ihre Mädchen zum Bus zu begleiten. Ihr Herz glühte vor Liebe, wenn sie ihre Kinder so unbeschwert und glücklich sah.

Plötzlich schossen ihr schreckliche Bilder durch den Kopf. Sie sah die toten Augen ihres Mannes, der von den Rebellen verstümmelt worden war. In der Sekunde, als sie ihn gesehen hatte, wusste sie, dass sich dieser Anblick für den Rest ihres Lebens auf ihre Netzhaut einbrennen würde.

Sie spürte, wie ihr Puls schneller schlug. Sie griff sich ins Gesicht, um die Vorankündigung ihrer Tränen zu unterdrücken.

Zu lange hatte sie in ängstliche Gesichter blicken müssen, bevor sie nach dem Tod ihres Mannes mit aller Konsequenz entschieden hatte, Syrien zu verlassen. Sie schüttelte leicht den Kopf, denn es war nicht die Angst ihrer Kinder gewesen, sondern ihre eigene. Wären sie länger geblieben, wären die Mädchen schnell Vergewaltigungsopfer geworden und Tarek, ihr homosexueller Sohn, hatte bereits begonnen, seine Angst mit Drogen zu dämpfen. Sie musste ihrer Heimat den Rücken kehren.

Hektisch hatte sie das Nötigste für die Flucht gepackt. Tarek hatte sofort begriffen, was sie vorhatte, und ihr geholfen. Auch ihm war klar, dass ein Leben außerhalb der arabischen Welt für ihn besser war.

Ihr Zittern wurde stärker. Sie hatte ihre Männer verloren, schoss es ihr durch den Kopf. In der Heimat ihren Mann und in der Fremde ihren Sohn.

Ein älterer Nachbar überholte sie auf dem Weg zur Bushaltestelle; augenblicklich wurde ihr übel. Sie kannte das Aftershave und furchtbare Erinnerungen quälten sie. Diesen Geruch würde sie nie vergessen.

Gedanklich war sie zurück im Schlauchboot auf dem Weg nach Griechenland. Sie waren eingepfercht und es regnete unaufhörlich. Es war kalter, schwerer Regen, der sich durch die Kleidung bis auf die Knochen fraß. Keine vierundzwanzig Stunden später hatte ihre kleinste Tochter hohes Fieber. Kurz darauf entwickelte sich eine Lungenentzündung. Sie musste bitterlich erfahren, dass es auf der Flucht keine Freunde, sondern nur Feinde gab. Jeder dachte an sich selber. Sie war zwar Ärztin, doch hatte sie keine Medizin. In Griechenland wurde ihr von anderen Flüchtlingen ein Arzt empfohlen.

Den Geruch seines Rasierwassers würde sie nie vergessen. Er hatte ihr vorgeschlagen, ihr für eine Gegenleistung genügend Antibiotika zu beschaffen. Es ging schnell, er machte es von hinten. Er hielt sich hektisch massierend an ihren Brüsten fest, schnaubte und stöhnte in ihr Ohr, während er ihr brutal in den Unterleib stieß. Sie war stumm geblieben.

Als er fertig war, holte er Tarek in den Raum. Der Akt war nur wenige Minuten lang gewesen, doch der Schmerz und die Erniedrigung blieben für immer. Der Endfünfziger lächelte überheblich und wollte zuerst die Medikamente nicht rausrücken, bis Tarek sich wutentbrannt auf ihn stürzte.

Syrien war die Hölle, aber die Flucht war genauso grauenvoll. Als Frau mit zwei kleinen Mädchen und einem älteren Sohn war sie ein leichtes Opfer. Überall lauerten Gefahren, und als sie endlich nach fünf Wochen in Deutschland ankamen, hatten sie keine Freunde und kein Geld mehr, nur noch sich selber.

-26-

Gustav Peters trug an diesem Morgen gefütterte Winterstiefel und einen Daunenmantel, als er mit seiner Hündin über den Dr.-Wachler-Weg Richtung Nordberg lief. Wie jeden Morgen hatte er sich vor dem Frühstück nach draußen gewagt. Luna, seine Irish-Setter-Hündin, lief einige Meter vor ihm. Am Ende der Straße, kurz vor dem Wald, stand eine Hochhaussiedlung aus den Siebzigerjahren. An der Bushaltestelle davor wartete eine Menschentraube auf den Bus. Mehrheitlich Schüler, bis auf drei Rentner, die auf der Bank im Wartehäuschen saßen. Gustav kannte vom Sehen die Ruheständler, die regelmäßig ihre Tage an der Haltestelle mit einem Schwätzchen verbrachten.

In den letzten Jahrzehnten hatten sich die Gesichter der Anwohner in der Hochhaussiedlung verändert. Zuerst lebten vorwiegend Deutsche in den Wohnungen, dann kamen Deutsch-Russen und in den letzten Jahren vermehrt Araber und Asylanten.

Der Bus bog gerade langsam um die Ecke, als er nur noch wenige Meter von der Haltestelle entfernt war. Schwerfällig kam er zum Stehen, senkte sich zur Seite ab, öffnete die Türen und ließ die Fahrgäste einsteigen. Sie schlossen sich wieder, das Fahrzeug stellte sich auf und setzte die Fahrt fort. Nur die Rentner und eine arabische Schönheit blieben im Schnee zurück.

Die Frau hatte ihre schwarzen, langen Locken weder bedeckt noch war sie winterlich angezogen.

Gustav erkannte sie. Sie lebte seit einigen Jahren in dieser Siedlung. Ihre grünen Augen hatten besonders herausgestochen, als sie noch Kopftuch getragen hatte. Das hatte sie vor einigen Jahren abgelegt und eine Lockenmähne war zum Vorschein gekommen. Er glaubte, sich zu erinnern, dass sie Kinder hatte und in einer Apotheke arbeitete.

Seit dem großen Flüchtlingsstrom im Jahr 2015 und nach der Reportage »Die Kinder von Aleppo«, die auf der Flucht aus Syrien nach Goslar gekommen waren, engagierte er sich ehrenamtlich für Flüchtlinge. Auch Willi und Martha konnte er begeistern, an verschiedenen Projekten teilzunehmen. Er organisierte einige Kleider- und Möbelsammlungen in der Nachbarschaft und besuchte das interkulturelle Zentrum mit seiner Hündin.

Anfänglich hatten einige Kinder Angst vor der großen Irish-Setter-Hündin, doch mit der Zeit lernten sie, wie schön es war, ihr weiches Fell zu streicheln.

Der Blick aus den grünen Augen der Araberin traf seinen. Die Frau lächelte verlegen, schlug die Arme um sich, drehte sich weg und verließ die Bushaltestelle.

Anouk lag im Bett und starrte an die Zimmerdecke. Der Raum war dunkel und wurde nur von vorbeifahrenden Autos erhellt. Die Geräusche der Straße waren dumpf, wie in Watte gepackt. Der Winter hatte Goslar voll im Griff.

Sie konnte nicht mehr schlafen. Es war kalt im Zimmer, denn die Heizung war das gesamte Jahr heruntergedreht. Sie stand auf, verließ auf Zehenspitzen und mit hochgezogenen Schultern den eisigen Raum und schloss die Tür hinter sich. Das wohlig warme Wohnzimmer empfing sie mit offenen Armen, trotzdem hatte sie Gänsehaut. Deshalb steuerte sie zielsicher den Esstisch an, schnappte sich eine selbst gestrickte schwarze Wolljacke, setzte eine Mütze auf und öffnete Sekunden später die Tür zu ihrer Dachterrasse.

Seit einigen Wochen hatte sie ihren Kühlschrank vom Strom genommen. Sie wollte ausprobieren, ob sie im Winter ohne die elektrische Kühlung auskommen könnte. Also bewahrte sie die schnell verderblichen Lebensmittel in zwei isolierten Holzkisten im Freien auf. Bisher funktionierte es erstaunlich gut, trotz der Temperaturschwankungen.

Zurück in der Küche zerkleinerte sie Obst und Gemüse, um sich einen grünen Saft vorzubereiten. Als Veganerin musste sie genau darauf achten, dass sie vor allem Eisen und Vitamin B12 zu sich nahm. Der Saft half ihr bei der Eisenaufnahme, indem sie Spinat, Erbsen oder Petersilie verwendete, doch sie brauchte auch Nahrungsergänzungsmittel.

Nach einigen großen Schlucken schlich Anouk zurück zu der Fensterfront, vor der auch ihre Yogamatte lag. Die winterliche Landschaft mit den Weihnachtslichtern und ihrem warmen Wohnzimmer ließen ein wohliges Gefühl in ihr aufsteigen. Sie mochte den Winter und die Kälte. Sie liebte es, wenn der Schnee die Geräusche des täglichen Lebens verschluckte und die Natur ihre Macht demonstrierte.

Sie legte sich mit dem Rücken auf die Yogamatte, schaute an die Decke und dachte an Heiko Schreiber, einen eiskalten Geschäftsmann, der offensichtlich kein Privatleben gehabt hatte. Ihr Kollege Cordes streifte durch ihre Gedanken. Wie hatte er mit dieser Untersuchung zu tun, wenn er denn Didi Sedroc war? Im Grunde hatte sie keine Zweifel. Die Frage war nur: Warum gab es seinen Namen auf dem USB-Stick? Hatte Schreiber ihren Kollegen erpresst oder musste Dieter Cordes sich schlicht und einfach im Swinger-Klub von seiner Ehe erholen oder sogar Inspiration holen? Für den Eigentümer des USB-Sticks musste Cordes eine wichtige Rolle gespielt haben.

Anouk drehte sich über die Seite und stand auf. Sie atmete sechsmal ein und aus und begann den Morgengruß, ihre morgendliche Yogaroutine, um den Kopf frei zu bekommen. Durch Meditationsübungen hatte sie es tatsächlich geschafft, bei ihren Yogaübungen gedankenlos zu sein. Eine für sie magische Erfahrung. Gerade bei Ermittlungen brauchte sie diese Leere im Kopf, um danach klarer zu denken und Zusammenhänge zu erkennen.

Nachdem sie geduscht hatte, kramte sie in der Küche ihr letztes selbst gebackenes Brot hervor und blickte auf einen Zettel am unbenutzten Kühlschrank. Er sollte sie daran erinnern, sich eine Vitamin-B12-Spritze setzen zu lassen. In den ersten Jahren hatte sie versucht, das Vitamin B12 durch Pillen zu sich zu nehmen, was nicht ausreichend funktionierte. Sie wusste, dass ihre Lebensweise nicht für jeden Körper oder Geist geeignet war. Es kam zumal vor, dass sich Fleischesser über sie lustig machten, doch sie kannte auch genügend

Veganer, die verurteilend dachten und handelten. Ihr wurde mal wieder klar, was für eine große Herausforderung es war, ohne Vorurteile zu leben und dachte automatisch an die syrische Familie vom Foto.

Sie musste diese Syrerin finden. Sie würden das Bild überall herumzeigen müssen. Im interkulturellen Verein und im Asylantenheim. Irgendjemand musste sie kennen.

Martha und Willi Heine schossen ihr durch den Kopf und deren Nachbarin mit der syrischen Pflegerin. Motiviert stand sie auf, packte ihre Sachen zusammen und sprintete hinunter in die Kälte.

Die Fahrbahnen waren überraschenderweise freigeräumt und den Weg mit dem Fahrrad in die Heinrich-Pieper-Straße schaffte sie mühelos.

In der Polizeiinspektion vibrierte ihr Telefon. Sie griff danach.

»Bernstein«, brummte sie in den Hörer.

»Guten Morgen, Kommissarin. Wie geht es dir heute?«, begrüßte sie die sanfte Bassstimme von Jonas Moreno.

»Jonas! Mit dir habe ich jetzt wirklich nicht gerechnet.«

»Ist das gut oder schlecht?«, fragte der Halbspanier.

»Eigentlich habe ich keine Zeit zum Reden.«

»Ich weiß, du hast den Fall Schreiber aufzuklären, doch ich habe an dich gedacht und wollte deine Stimme hören.«

Sie wusste, dass dieser gut aussehende Mann mit ihr flirtete, obwohl sie seit Monaten blockte. Konnte er spüren, dass er sie nervös machte? Oder war es selbstsichere Arroganz? Irgendetwas in ihr hinderte sie daran, einen Schritt auf ihn zuzugehen. Doch woran lag es?

An Olaf, der jetzt zu ihrer Vergangenheit gehörte und sich wahrscheinlich mit der Tochter des Mordopfers vergnügte? Bei dem Gedanken daran grummelte es in ihrem Magen. Diese Vorstellung war irgendwie seltsam. Nach all den Monaten war er wieder in ihrem Leben und zum ersten Mal nicht nur privat, sondern auch dienstlich.

»Danke«, sagte sie und bereute den Kommentar sofort.

»Ich habe eine rätselnde Rentnerbande zu Hause, die verrückte Theorien aufstellt. Die nerven mich. Wann habt ihr den Fall gelöst? Bitte, sag mir bald«, trug Jonas im übertrieben flehenden Ton vor.

Anouk lachte laut auf. Sie konnte sich bildlich vorstellen, wie Gustav, Hanna, Martha und Willi bei Kaffee und Kuchen über das mögliche Mordmotiv und den Täter von Heiko Schreiber diskutierten.

»Weißt du was: Deine Familie kann mir tatsächlich helfen. Was wisst ihr über Asylanten in Goslar?«, fragte sie direkt heraus.

»Kennst du die Dokumentation ›Die Kinder von Aleppo‹?«, fragte Jonas.

»Nein.«

»Reporter haben, wenn ich mich recht erinnere, um die achtzehn Monate eine Familie an der Kriegsfront von Aleppo begleitet. Irgendwann wurde ihnen geholfen, Syrien zu verlassen, und sie bekamen ein Haus in Goslar. Das war in 2014 oder 2015. Seit dieser Reportage ist Gustav in der Flüchtlingshilfe engagiert, und auch Martha und Willi haben geholfen, den Syrern das Leben hier zu erleichtern.«

»Wie gut kennen sie die Community in Goslar?«, fragte Anouk interessiert.

»Ich glaube, ganz gut soweit. Doch wenn ich ehrlich bin, habe ich keine Ahnung. Das musst du sie schon selber fragen.«

»Mach ich.«

In diesem Moment kam Toni auf sie zu. Sie stand vor der gemeinsamen Bürotür auf dem Flur.

»Morgen, Kollegin!«, schnaubte er von der Treppe kommend, kramte ein Taschentuch hervor und putzte sich die Nase.

»Toni, wir fahren gleich weiter«, sagte sie kurz und wendete sich an Jonas.

»Die sind jetzt schon wach, oder?«, fragte sie ihn, schaute auf ihre Uhr und realisierte, dass es sieben Uhr morgens war.

»Alles gut, Kommissarin. Wenn du Glück hast, bekommst du einen Kaffee!«, scherzte er.

Gedanklich riss sie die Augen auf. Sie trank keinen Kaffee. Wusste Jonas nichts davon? War es genau das?, fragte sie sich auf einmal. Weil er sie nicht ernst nahm? Weil sie kein Fleisch aß, sondern versuchte, einen geringen ökologischen Fußabdruck zu hinterlassen? Oder war das Vorharzer Humor und sie reagierte überempfindlich?

»Vielleicht bekomme ich ja auch ein Steak serviert?«, konterte sie und Jonas musste herzlich lachen.

»Bei Willi kannst du aber davon ausgehen, dass es bio ist«, prustete er und aus den Augenwinkeln erkannte sie Tonis rote Nase und feuchte Augen.

»Und mit dir werde ich auch bald ein Hühnchen rupfen«, sagte sie Jonas und beendete das Gespräch.

»Dir ist schon klar, dass du deinem Halbspanier Hoffnung machst, wenn du solche Kommentare loslässt?«, schaute Toni sie ernsthaft an.

»Und du hast dich erkältet!«, konterte sie.

»Ich weiß, ich brauche erst einen Tee, bevor ich startklar bin. Meine Nacht war doppelt kurz. Fall- und krankheitsbedingt«, lächelte er.

Sie nickte und setzte sich auf ihren Bürostuhl.

»Ich dachte, du magst den Moreno nicht?«, fragte sie ihren Kollegen.

»Nein, das stimmt nicht. Ich mag es nicht, wenn Privatleben mit Berufsleben vermischt wird«, erklärte ihr Kollege. Anouk senkte langsam ihren Kopf und hob ihn wieder.

»Vielleicht werde ich dich bei Gelegenheit daran erinnern, was du gerade gesagt hast.«

Toni lächelte erhaben und verschwand in die Teeküche.

»Bevor wir mit den Asylantenbefragungen beginnen, will ich hören, was der Rentnerstammtisch zu diesem Thema zu sagen hat«, rief sie ihm im Gehen hinterher. Toni blieb stehen und drehte sich um.

»Die wissen bestimmt etwas und erzählen es gern, während ich mir bei den Ausländern nicht so sicher bin.«

»Du bist die Chefin«, sagte Toni, kramte ein bereits benutztes Taschentuch hervor und schnaubte herzhaft hinein.

Als er aus der Küche mit einem frisch zubereiteten Tee zurückkam, stand ein Glas mit grünem Saft auf seinem Schreibtisch.

»Du willst nicht, dass ich das trinke, oder?«, fragte er entgeistert.

»Oh, doch!«, gab sie ihm klar zu verstehen und lächelte schelmisch.

-28-

Willi drehte in Unterhemd und Trainingshose Kreise um den Esstisch des Wohnzimmers.

»Wir hören aber auch gar nichts«, zeterte er mit einer Kaffeetasse in der Hand.

»Mensch, Willi. Setz dich hin. Du machst mich ganz nervös«, flehte Martha.

»Uli wollte schon gestern Abend zurückrufen und ich kann ihn auf dem Handy nicht erreichen, und seine Frau will ich nicht anrufen, sonst wird die noch verrückt«, erwiderte ihr Mann.

»Warum musst du auch die Leute aufscheuchen und Privatdetektiv spielen?«

»Martha!« Willi hielt betont inne. »Heiko Schreiber wurde umgebracht und wir waren vor Ort. Stell dir vor! Ich wusste sofort, dass unser Gutmensch Dreck am Stecken hat. Dieses ganze Steinberg-Projekt. Das lief doch nur über Schmiergelder, doch die Kommissarin braucht Beweise und stichhaltige Hinweise, sonst kann die auch nicht weiterermitteln«, referierte Willi nun im Stakkato. Dabei lief er ununterbrochen um den Tisch, der an der Fensterfront zum Garten des Bungalows stand.

»Und was hat Uli damit zu tun?«, fragte Martha und stemmte ihre Fäuste in die Hüften. »Und hör auf mit dem Rumgelaufe! Setz dich endlich hin!«, fügte sie aufgebracht an.

Willi schaute seine Frau entgeistert an, als ob er den Inhalt ihrer Worte nicht verstehen konnte, rückte dann aber einen Stuhl vom Tisch und setzte sich.

»Der hat doch vor der Rente beim Schreiber auf der Baustelle gearbeitet. Der kennt die richtigen Leute, um mal zu hören, was die Gerüchteküche so von sich gibt«, erklärte er in einem Ton, als ob seine Frau nicht eins und eins zusammenzählen könnte.

Zornesfalten bildeten sich auf Marthas Stirn.

»Dann ruf ihn halt an, sonst dreh ich noch durch!«
Willi sprang wieder vom Stuhl auf.

»Ich habe gestern Abend bei seiner Frau zweimal angerufen. Wenn ich jetzt schon wieder in der Leitung bin, wittert die doch Verdacht.«
Martha schüttelte ungläubig den Kopf.

»Ach, so. Meinst du nicht, dass die beiden über den Fall Schreiber sprechen?«
Willi schaute seine Frau irritiert an.

»Nein, wie kommst du darauf? Dagmar ist viel zu empfindlich und mit wichtigeren Themen beschäftigt.«
»Und ich?«, brummte Martha.

Willi riss die Augen auf und erkannte die Logik seiner Frau, wollte sich allerdings nichts anmerken lassen.

»Du gehörst doch zum Ermittlerteam!«, versuchte er abzulenken. »Seit dem toten Triathleten hast du Standfestigkeit bewiesen«, hoffte er, dass Martha ihm dieses Kompliment abnehmen würde.

Martha riss Augen und Mund vor Empörung auf.

»Hör mir mal gut zu, Herr Heine. Du ziehst dir jetzt was Anständiges an, und wenn du in die Stube zurückkommst, dann rufst du bei Uli an. und wenn seine Frau am Apparat ist, erzählst du ihr, warum du Uli versuchst zu erreichen. Wir sind doch keine Detektivbande wie im Kinderbuch!«, schnaubte Martha.

Willi zog augenblicklich die Ohren ein, nahm einen großen Schluck aus seiner Kaffeetasse, stellte sie geräuschvoll auf den Tisch und verschwand auf leisen Sohlen aus dem Wohnzimmer. Empört, etwas wütend, aber auch belustigt ging Martha in die Küche, um endlich den Frühstückstisch zu decken.

———◇·◇———

Toni schlug kraftlos die Tür des Elektro-Golfs zu.
»Hast du Fieber?«, fragte Anouk.

»Nein, glaube ich nicht. Warum?«

»Weil du nicht gut aussiehst.«

»Ich steh vielleicht kurz vor einer Erkältung«, erklärte Toni.

»Männererkältung?«, fragte die Kommissarin bissig.

»Nein, Toni-Erkältung. Das ist noch viel schlimmer!«, lachte der Junior.

Sie waren in Kramerswinkel angekommen. Anouk schlug ihrem Kollegen auf die Schulter und schob ihn liebevoll Richtung Bungalow der Familie Heine.

Als Martha die Haustür öffnete, hatte sie Marmeladenreste am Mundwinkel.

»Frau Bernstein! Wir haben gerade von Ihnen gesprochen«, begrüßte die Rentnerin die Kommissarin.

»Ach, tatsächlich?«, antwortete Anouk und schob Toni durch den Eingang des Hauses.

»Herr ..., entschuldigen Sie, ich habe Ihren Namen vergessen«, sagte Martha.

»Anton Meyer-Burghardt, Frau Heine«, führte er hektisch aus, bevor er nieste und blitzartig nach einem Taschentuch griff.

»Oh, je. Haben Sie sich bei diesem Winterwetter erkältet? Na, dann kommen Sie mal in die gute Stube. Ich koche Ihnen einen Tee.«

Toni wurde von Martha durch den Flur direkt zum Esstisch des Wohnzimmers geschoben.

»Hier, hocken Sie sich mal hin. Es dauert nur einige Minuten.«

Anouk folgte beiden und setzte sich zu ihrem Kollegen an den Tisch. Martha verschwand und rief im Flur nach ihrem Mann. Kurz darauf kam Willi Heine mit einem Jahrhundertstrahlen ins Wohnzimmer. Er hatte seine Trainingshose gegen eine beigefarbene Cordhose ausgetauscht und trug einen dunkelblauen Pullover.

»Die Kommissare!«, jubelte er. »Dass Sie den Weg zu uns gefunden haben, ist wirklich großartig!«, überschlug er sich förmlich.

»Was haben Sie herausgefunden, Herr Heine?«, nahm ihm Anouk die Show. Willi griff sich irritiert an die Stirn.

»Wollen Sie nicht erst mal Ihre Jacken ausziehen? Meine Frau heizt hier immer die Stube ein«, lenkte er ab.

Anouk und Toni gehorchten und legten ihre Winterjacken über die Stuhllehnen.

»Und?«, fragte nun Toni.

Willi setzte sich zu den Kommissaren und beugte sich zusätzlich noch über den Tisch.

»Auch wenn alle meinen, Heiko Schreiber war ein Gutmensch, bin ich davon überzeugt, dass dieser Mann Dreck am Stecken hatte. Jawohl!« Er verschränkte seine Arme und lehnte sich zurück in den Stuhl.

»Und?«, wiederholte Toni.

Willi Heine beugte sich wieder vor und legte seine Gärtnerpranken auf den Tisch.

»Das mit dem Steinberg-Projekt ist ein riesiges Gemauschel. Da spielt Korruption eine wichtige Rolle. Irgendjemand wurde geschmiert, damit er dieses Projekt vorantreiben konnte.«

»Wissen Sie denn etwas Konkretes?«, fragte Anouk. In diesem Moment kam Martha in die Stube.

»Alles nur Spekulationen! Auch sein alter Kumpel Uli weiß nichts außer Gerüchte«, spottete seine Ehefrau.

»Mensch, Martha. Auch Beweise brauchen ihre Zeit«, jaulte er fast seine Frau an. Diese stellte eine Teekanne und mehrere Tassen auf den Tisch und legte dann eine Hand auf die Schulter ihres Mannes.

»Warum sind Sie denn heute früh da?«, fragte sie darauf an Anouk gerichtet.

»Wegen Ihrer Nachbarin.«

Willi riss die Augen auf.

»Wegen Frau Meit?«, fragte er sichtlich überrascht.

»Ja!« Anouk schaute dem Ehepaar abwechselnd in die Augen.

»Ihre Nachbarin hat eine syrische Betreuerin und Jonas sagte mir, dass Sie Flüchtlingen in Goslar geholfen haben. Wir sind auf der Suche nach einer syrischen Frau, die drei Kinder hat«, erklärte die Kommissarin und legte das Foto auf den Tisch.

Willi schnappte sich das Bild und zog es zu sich herüber. Seine Hand wanderte unter den Pullover und fischte eine Lesebrille hervor, die er sich auf die Nase setzte. Er studierte das Foto. Martha ging zum Wohnzimmerschrank, schnappte sich ihre Lesebrille und beugte sich zu ihrem Mann herunter, um die Personen auf dem Bild besser erkennen zu können.

»Und?«, fragte Anouk.

»Sie kommt mir bekannt vor, doch ich weiß gerade nicht«, sagte Martha und Willi nickte.

»Ach, wenn die Frauen Kopftücher tragen, sehen sie doch alle gleich aus. Besonders die Araberinnen bevorzugen oftmals schwarze Kopftücher. Dann ist es besonders schwer«, erklärte Willi.

»Es kamen doch normalerweise viele Männer als Flüchtlinge, fallen da Frauen nicht sofort auf?«, hakte Toni nach.

»Ja und nein. Frauen flüchteten zwar seltener als Männer, doch sie leben wie Schatten. Sie sind viel zu Hause, schicken oft ihre Kinder, sind zurückhaltend und können in der Burka in der Menge untergehen.«

»Doch Luisa weiß bestimmt mehr oder kennt sie. Ich glaube schon, dass die syrischen Frauen sich in Goslar untereinander gut kennen«, sagte Martha.

─◇·◇─

Anouk und Toni warteten einige Minuten, bis Frau Meit die Tür ihres Bungalows öffnete. Der Blick der

Alten war finster, ihre Finger knöchrig und krumm wie ihr Rücken.

»Guten Morgen, Frau Meit, ich bin Anouk Bernstein, Kriminalhauptkommissarin in Goslar, und das ist mein Kollege Anton Meyer-Burghardt.«

Das Gesicht der Alten hellte sich auf, als sie mit ihrer Lesebrille die Ausweise der Polizisten studierte.

»Dürfen wir reinkommen?«, fragte Toni.

Die Frau schritt zur Seite und öffnete den Eingang des Bungalows für die Gäste. Die Kommissare fühlten sich Jahrzehnte in die Vergangenheit versetzt. Frau Meit führte sie in eine geräumige Küche. Die Möbel waren aus den Sechzigerjahren und die letzte Renovierung schien genauso lange zurückzuliegen, allerdings war alles sauber und gepflegt.

»Frau Meit, wir haben Fragen zu Ihrer Hilfe Frau Luisa Rahman«, sagte Anouk.

Die Frau erschrak augenblicklich, wurde leichenblass und setzte sich an den Küchentisch.

»Sagen Sie mir nicht, dass Sie mir Luisa nehmen wollen. Diese Frau ist ein wahrer Segen und sie bemüht sich sehr, sich zu integrieren.«

»Nein, um Gottes willen, deshalb sind wir nicht da. Es geht eher darum, ob Frau Rahman jemanden auf einem Foto wiedererkennt.«

Der alten Frau fiel offensichtlich ein Stein vom Herzen. In diesem Moment wurde die Haustür geöffnet.

»Frau Meit, ich da!«, lachte eine gut gelaunte Stimme in den Flur.

»Luisa, hier in der Küche«, rief die Alte zurück. Eine Frau Mitte dreißig kam in den Raum und erschrak augenblicklich, als sie die Kommissare entdeckte. Hektisch belegte sie wieder ihr Haar mit einem Kopftuch, das sie bereits gelöst hatte. Dann schritt sie schnell auf Inga Meit zu. »Alles gut?«, fragte sie offensichtlich besorgt.

»Ja, mir geht es gut«, antwortete sie und zeigte zu den Kommissaren im Raum.

»Guten Morgen, Frau Rahman. Mein Name ist Anouk Bernstein von der Polizei in Goslar und das ist mein Kollege Anton Meyer-Burghardt.«

Die Syrerin nickte nur wie ein schreckhaftes Reh und setzte sich zu der Alten.

»Wir sind auf der Suche nach dieser Frau hier und per Zufall sind wir auf Sie gestoßen. Die Frau könnte Zeugin sein.«

Die Erläuterungen waren offensichtlich für Luisa Rahman zu schnell und ängstlich schüttelte sie den Kopf.

»Frau Rahman, alles ist gut. Bitte schauen Sie sich dieses Foto einfach mal an.«

Die Syrerin nickte eingeschüchtert und nahm das Foto entgegen. Die Augen der Frau klebten förmlich auf der Oberfläche des Bildes und Anouk fand, dass sie sich das Foto deutlich zu lange anschaute.

»Nein, weiß nicht«, war ihre Antwort.

»Natürlich kannte sie die Frau vom Foto«, schnaubte Toni verärgert.

»Ja, den Eindruck hatte ich auch.«

»Warum hat sie dann nichts gesagt? Ist doch komisch«, fragte Toni und stieg ins Auto.

»Wahrscheinlich irgendeine Art von Angst. Vielleicht vor der Polizei, einer möglichen Abweisung oder sonst etwas. Fürs Erste belassen wir es dabei. Lass uns lieber in dieses Zentrum fahren.«

Anouk startete den Wagen und fuhr geräuschlos über die gut geräumte Straße Richtung Präsidium. Auf der Fahrt beschlossen sie, beim interkulturellen Zentrum in der Bäringerstraße vorbeizufahren, um dort nachzufragen, ob jemand die Frau vom Foto kannte.

Das Zentrum machte gerade auf, als sie auf der Frankenberger Straße einen Parkplatz fanden. Doch auch hier kannte niemand die syrische Familie vom Bild. Wieder spürten die Kommissare aufgrund der Mimik, Gestik und Wortwahl, dass gelogen wurde.

Anouk stellte ziemlich schnell fest, dass es kein Asylantenheim mehr in Goslar gab, sondern die meisten Flüchtlinge mittlerweile in Wohnungen lebten und die damalige Unterkunft zu einem Hotel umfunktioniert worden war.

»Wie kann das sein, dass eine Frau in dieser Kleinstadt bei einer überschaubaren Anzahl von Flüchtlingen verschwinden kann?«, fragte Toni.

Anouks Blick war ernst und sie fuhr mit Daumen und Zeigefinger über ihre Unterlippe. »Sie hat doch

Kinder. Über diese werden wir sie finden. Die müssen doch zur Schule gehen!«

Sie fuhren auf das Gelände der Polizeiinspektion.

»Super Idee!«, strahlte Toni.

»Doch jetzt machen wir erst mal mit dem Swinger-Klub und all den anderen Spuren weiter«, entschied die Polizistin, als sie ausstiegen.

Toni nickte und klappte den Kragen seiner Winterjacke nach oben. Der Eingang zur Polizeiinspektion lag einige Meter entfernt.

»Hey Toni, hast du Didi gesehen? Der muss mir noch was unterschreiben«, rief ein uniformierter Kollege dem Kommissar über den Gang zu.

Anouk wurde hellhörig.

»Klar, ich sag ihm Bescheid!«, antwortete Toni.

»Didi?«, fragte Anouk.

»So wird Cordes von einigen wenigen Kollegen genannt«, schmunzelte er.

Anouks anfängliche Zweifel waren nun ausgeräumt. Didi Sedroc war Dieter Cordes. Der Nachname einfach wieder spiegelverkehrt geschrieben.

Im Flur des FK1 kam Oscar auf sie zugelaufen. Er informierte sie, dass sich der Stadtrat in einer Abstimmung gegen das Bauprojekt „Steinberg" ausgesprochen hatte und es somit per sofort auf Eis gelegt wurde. Weder Anouk noch Toni überraschte diese Entwicklung; Oscar schien allerdings enttäuscht.

»Goslar braucht Investoren. In den letzten Jahren wurde die Einwohnerzahl immer kleiner; auch die Eingemeindung von Vienenburg ändert nichts daran, dass die Stadtväter endlich was tun müssen, um junge Menschen in die Kaiserstadt zu locken.«

»Ja, die Stadt ist alt, also die Einwohner sind alt, aber es gibt doch viele Touristen«, widersprach Anouk Oscars Kommentar.

»Doch uns fehlt etwas Entscheidendes, um junge Leute anzulocken. Wernigerode hat eine Fachhochschule, wir nicht. Salzgitter hat Industrie, wir nicht. Und so weiter. Wir haben Historie und müssen mehr daraus machen«, referierte Oscar. Toni nickte stumm und zeigte seine Zustimmung.

Da kam Hansen über den Flur der Gruppe entgegen und ließ sich von Anouk und Toni über die Gespräche auf der Suche nach der Person vom Bild auf den neuesten Stand bringen. Er registrierte alles und wies darauf hin, wie wichtig es war, die Befragungen der Swinger-Klub-Mitglieder zu beginnen.

Der Vernehmungsraum, der sich neben dem Besprechungsraum des FK1 befand, war vor einigen Wochen auf den neuesten Stand gebracht worden. Durch vier in den Ecken des Raumes angebrachte Kameras konnte man die Befragungen von Zeugen oder Verdächtigen im Besprechungszimmer verfolgen. Die Vernehmungen wurden aufgezeichnet und automatisch archiviert.

Sebastian Herz, der Braunschweiger Staatsanwalt, erschien im Flur und gab Hansen Bescheid, dass die erste Vernehmung gerade startete.

Anouk riss die Augen auf.

»Wer ist im Vernehmungsraum?«, fragte sie Herz.

»Dieter Cordes leitet die Befragung und ...«

»Ich will dabei sein und nicht nur zugucken!«, unterbrach ihn die Kommissarin forsch.

Der Staatsanwalt ließ nicht erkennen, ob er ihr Verhalten verurteilte oder nicht, sondern nickte nur.

Sie wartete auf Hansens Reaktion und betrat wenig später zu Cordes' Überraschung den Raum. Sie bat den zweiten Kollegen in Zivil, der neben Cordes saß, Hansen aufzusuchen, der zwar überrascht guckte, doch anstandslos den Raum verließ.

Der Befragte machte gerade Angaben zu sich selber, seinem Verhältnis zu Heiko Schreiber und dem Swinger-Klub im Allgemeinen.

Cordes strafte Anouk mit Nichtachtung und führte die Vernehmung ohne Kommentar weiter.

Die Polizistin nahm erst mal eine passive Rolle ein. Sie erkannte schnell, dass der Zeuge und Cordes sich kannten. Ihr Kollege stellte ein paar allgemeine Fragen und erkundigte sich bei dem Zeugen auf kollegiale Art, ob er mehr beizutragen hätte. Als Cordes begann, Suggestivfragen zum Verhältnis zu Schreiber zu stellen, konnte Anouk ihre innere Wut nicht mehr halten.

»Dieter, komm bitte mal mit raus«, sagte sie im freundlichen Ton, griff ihrem Kollegen allerdings harsch am Ärmel und zog ihn in den Flur.

»Sag mal, spinnst du?«, entrüstete sich Anouk.

»Was willst du, Bernstein!«, schnauzte er zurück.

»Didi Sedroc! Wenn wir wieder reingehen, stelle ich die Fragen, verstanden?«

Cordes wurde augenblicklich leichenblass.

Hansen kam über den Flur auf beide zu.

»Was ist los mit dir, Dieter! Deine Suggestivfragen haben keine Beweiskraft. Das weißt du doch!«, sagte der FK1-Leiter verwundert.

»Jürgen, Goslar ist zu klein. Wir kennen doch die Leute, die wir befragen sollen. Lass das lieber Anouk machen. Sie hat eine bessere Distanz zu den Zeugen«, äußerte sich Cordes dazu und fummelte gleichzeitig an seinem Pullunderbund.

»Wirst du krank?«

»Nein, vielleicht bin ich einfach befangen?«

Hansen riss die Augen auf und schaute verwundert, unterließ aber jeglichen Kommentar.

»Okay, dann wird Anouk weitermachen«, stellte der Leiter fest und nickte der Polizistin zu.

Das Verhörteam verließ darauf den Flur Richtung Vernehmungsraum und Hansen sah ihnen kopfschüttelnd hinterher.

Nach der dritten Befragung wurde Anouk klar, dass die schillernden Persönlichkeiten der Kleinstadt wenig bis gar nichts sagten und ihre Mitgliedschaft im Swinger-Klub unter Amüsement verbuchten.

Anscheinend war der Discobereich der hauptsächlich genutzte Aufenthaltsort und die anderen Räumlichkeiten waren den meisten unbekannt. Niemand wurde von Heiko Schreiber erpresst und alles war Friede, Freude, Eierkuchen.

Anouk fand es zum Kotzen.

Kurz entschlossen unterbrach sie die Vernehmung.

Als sie vom Stuhl aufstand, gab sie Cordes ein Zeichen und machte ihm auf dem Flur klar, dass sie in die Teeküche gingen. Sie schloss die Tür des Raumes und stellte den Heißwasserkocher an.

»Was willst du?«, fauchte Cordes.

»Kollege, du bist jetzt mal ganz ruhig, sonst muss ich Hansen von deinem Namen auf der Gästeliste vom ›Liberty-Club‹ erzählen.«

Cordes kniff die Augen zusammen.

»Was war da los in dem Klub?«

»Nichts, was soll da los gewesen sein?«, bockte Cordes.

Das Wasser kochte, Anouk stellte den Wasserkocher ab und nahm sich in Ruhe offenen Tee, schüttete etwas davon in ein Teesieb, goss Wasser darüber und stellte den Wecker im Handy auf sieben Minuten.

»Bist du erpresst worden?«, fragte sie, ohne ihren Kollegen anzugucken.

»Nein, verdammt.«

»Welche Rolle hatte Heiko Schreiber im Klub?«

»Keine aktive.«

»Was heißt das?«

»Er war zwar regelmäßig im Klub, doch nie aktiv. Er organisierte Partys und Prostituierte für Exklusivfeiern.«

»Er hat nie mitgemacht?«

»Nein, ich habe ihn nie mit Frauen gesehen.«

»Wer managt jetzt den Klub?«

»Johann Thiede.«

»Sieh mal einer an! Wie kommt das?«, überraschte es Anouk.

»Thiede und Schreiber sind Kumpels, schon seit Ewigkeiten. Er hat Heiko auch bei seinem Wahnsinnsprojekt Steinberg unterstützt.« Augenblicklich wurde Cordes klar, dass er Schreiber beim Vornamen genannt hatte. Anouk reagierte darauf allerdings nicht.

»Die Frau von Thiede lag lange im Koma und seine Mutter ist eine Hexe. Im Klub konnte sich Thiede entspannen«, versuchte Cordes abzulenken.

»Also Thiede war aktiv im Klub, Schreiber allerdings niemals. Ist das richtig?«

»Genau.«

»Okay. Was weißt du sonst noch von Heiko Schreiber?«

Cordes blieb ein paar Sekunden still. Anouk wartete und kontrollierte ihren Tee.

»Die Schwiegereltern sind nervig, seine Frau krank, die Tochter undankbar und über seine Vorlieben wird nur gemunkelt.«

»Wer sagt das mit seiner Familie?«

»Schreiber hat mir mal gesagt, dass seine Schwiegereltern immer Geld wollen und sie die Tochter dort unten in Heidelberg verhätscheln.«

»Und das mit seiner Frau?«

»Ich weiß es auch nicht so genau. Ich glaube aber, dass sie depressiv ist. Eine einfache Frau, die einen Millionär heiratet und sich im goldenen Käfig langweilt.«

»Und die Vorlieben?«

»Nur Gerüchte, dass er private Räumlichkeiten in Immenrode hat.«

»Und das fällt dir jetzt erst ein?«, schnaubte die Kommissarin. »Ist dir klar, dass du die Untersuchungen behinderst und dass dich das deinen Posten kosten könnte, unabhängig davon, was du mit den Leuten zu schaffen hast?«, schnauzte Anouk ihren Kollegen an.

Cordes hob nur die Schultern.

»Und was ist mit Schleppern und Flüchtlingen?«

Angst erfüllte Cordes' Blick.

»Nichts. Davon weiß ich nichts!« Wieder fummelte er am Pullunder.

Zurück im Vernehmungsraum ließ Anouk alle bisher Befragten noch mal in den Raum kommen. Sie erinnerte sich daran, dass Oscar Immobilien in Astfeld und Immenrode gefunden hatte, und wollte erfahren, ob die Goslarer Oberschicht etwas dazu zu sagen hatte.

Einige erzählten von Gerüchten, dass Schreiber dort einen Rückzugsort hatte, um aufzutanken. Allerdings wussten sie nichts Konkretes darüber. Anouk hatte genug gehört.

Im Besprechungsraum erklärte sie den Kollegen, dass sie mit Toni nach Immenrode fahren, Gudrun Schreiber nach dem Rückzugsort befragen und gegebenenfalls Kollegen aus der Spurensicherung brauchen würde. Anouk war im Leitungsmodus, hatte ein klares Ziel, eine Spur vor Augen und versprühte eine Klarheit und Dominanz, dass weder Hansen noch Herz etwas entgegenzusetzen hatten.

Zurück im Büro rief sie Gudrun Schreiber an und stellte das Telefon auf Lautsprecher. Toni stand neben ihr und schaute sie bewundernd an. Sie war im Flow, zog ihr Ding durch und keiner stellte sich gegen sie, noch nicht mal Cordes.

»Frau Schreiber, hier ist noch mal Anouk Bernstein.«

»Sie schon wieder. Ist Ihnen klar, dass Sie mich langsam nerven?«, sagte die Witwe und Toni riss entsetzt den Mund auf. Hatte er gerade richtig gehört?

»Das ist mir so ziemlich egal, ob ich Sie nerve. Ich ermittle und melde mich bei Ihnen, so oft, wann und wie ich es für richtig empfinde. Ansonsten lade ich Sie vor«, bellte Anouk in den Hörer.

»Was wollen Sie denn?«, schnauzte die Witwe zurück.

»Hatte Ihr Mann Räumlichkeiten als Rückzugsalternative in Immenrode und wenn ja, haben Sie einen Schlüssel dazu?«

Gudrun Schreiber war offensichtlich in der Hotellobby, denn Anouk hörte Musik und Stimmen in der Leitung. Die Frau ignorierte die Kommissarin am Apparat und bestellte einen Wodka-Martini, vermutlich an der Hotelbar, und sagte dem Kellner, dass er ein »Eye-Candy« sei, bevor sich Gudrun Schreiber wieder an Anouk wandte.

Die Polizistin schaute ungeduldig auf die Uhr und versicherte sich, dass es immer noch Vormittag war, wenn auch später Vormittag.

»Brauchen wir nicht alle einen Rückzugsort?«, säuselte die Witwe in den Hörer.

»Wir wissen, dass der schöne Tierarzt Ihr Bekannter ist, Frau Kommissarin«, wechselte die Frau das Thema und Anouk wusste im ersten Moment nicht, wovon die Witwe sprach.

»Oh, ich beneide meine Tochter, die jetzt zur Trauerbewältigung einen so guten Fick-Buddy hat«, führte Gudrun Schreiber weiter aus.

Anouk schluckte.

Toni erstarrte.

»Wissen Sie etwas von einer Wohnung oder dergleichen in Immenrode?«, wiederholte Anouk ihre Frage und Toni schaute seine Kollegin bewundernd an.

»Sie müssen wissen, Heiko liebte es anal bei mir, doch damit wird man nicht schwanger! Es hat mich einiges gekostet, um ihn in meine Muschi zu kriegen«, sagte Gudrun Schreiber lautstark.

Anouk sah vor ihrem inneren Auge pikierte Hotel-gäste. Die Frau musste bereits sturzbetrunken sein.

Anouk entschied, dass sie hier nicht weiterkamen, und beschloss, mit Toni vor Ort nach der eingetrage-nen Immobilie zu suchen.

Nachdem sie das Gespräch mit Gudrun Schreiber be-endet hatte, rief sie bei deren Tochter Anna an und bat diese, sich um ihre betrunkene Mutter zu kümmern.

»Wie machst du das?«

»Was denn?«, fragte Anouk überrascht ihren Kol-legen.

»Dass du so ruhig bleibst, wenn du attackiert wirst.«

»Yoga!«, lächelte sie.

»Glaub mir, die Goslarer sind harmlos. Ich kenne ganz andere Kaliber«, fügte sie noch an und schmiss ihrem Junior-Kollegen die Schlüssel des E-Golfs zu.

-30-

Von Oscar bekamen sie die genaue Anschrift der Immobilie.

»Wie ist das Leben in Immenrode so?«, fragte Anouk ihren Kollegen.

»Ja, wie ein ganz normales Dorf, würde ich sagen.«

»Was heißt das?«

»Es gibt eine Kirche, einen Kindergarten, eine Grundschule mit Spielplatz, einen Turn- und Fußballverein und eine freiwillige Feuerwehr«, zählte Toni auf.

»Und sonst?«

»Keine Ahnung, vielleicht fällt mir mehr ein, wenn wir da sind«, sagte der große und schlaksige Polizist.

Als sie ankamen, war Toni erstaunt, dass die Adresse sie vor die einzige Pension im Dorf brachte.

»Ich dachte, das wäre eine Wohnimmobilie wie in Astfeld«, merkte Toni an und Anouk nickte.

»Das habe ich auch gedacht, doch eine Pension ist gut; da muss es jemanden geben, der uns weiterhilft.«

Das hellgrau verputzte Gebäude mit schwarzen Fensterläden lag an der Weddinger Straße, der Hauptstraße von Immenrode. Es war zweistöckig und hatte eine Zufahrt auf einen Hof.

Toni steuerte das Auto dorthin und parkte neben dem neueren Model eines roten Golfs. Die Kommissare stiegen aus und gingen zurück zur Hauptstraße, wo sich der Eingang der Pension befand.

Der war verschlossen; also betätigten sie die Klingel. Minuten später wurde ihnen von einer Frau Anfang sechzig geöffnet.

»Ja, bitte?«, fragte eine rauchige Stimme und augenblicklich setzte ein Hustenschwall ein.

»Geht es Ihnen gut?«, fragte die Kommissarin besorgt.

»Ja, danke. Das wird mit den Jahren immer schlimmer, doch ich kann die Kippen einfach nicht sein lassen. Sind Sie Raucher?«, fragte die Frau und blickte abwechselnd den Kommissaren in die Augen. Beide schüttelten die Köpfe.

»Dürfen wir kurz reinkommen?«, fragte Toni.

»Oh, entschuldigen Sie. Natürlich, ich habe auch noch freie Zimmer. Wir freuen uns immer über Gäste«, sagte die Frau schnell und hüpfte ungeschickt zur Seite, um die Polizisten ins Haus zu bitten.

»Mein Name ist Anouk Bernstein und das ist mein Kollege Anton Meyer-Burghardt. Wir sind von der Polizei und würden Ihnen gerne ein paar Fragen stellen«, sagte sie, ohne sich vom Fleck zu bewegen.

Augenblicklich sackte die Frau in sich zusammen und schien zu altern.

»Sind Sie wegen Heiko da?«, fragte die rauchige Stimme und Anouk nickte.

»Wer sind Sie?«, fragte die Kommissarin.

»Ich kümmere mich um die Pension. Mein Name ist Elfriede Nowack«, antwortete die Frau.

Anouk und Toni traten ein und gingen an der Frau vorbei in den dunklen Flur. Fast geräuschlos schloss sie die Haustür, schaltete das Licht ein, steuerte die Treppe in den ersten Stock an und blickte zurück zu den Kommissaren.

»Kommen Sie, es ist oben.«

An der Wand klebte weiße Raufasertapete. Es gab keine Bilder oder anderes Dekomaterial. Die Treppenstufen waren mit rotem Samtteppich bespannt. In der ersten Etage gingen vom Gang aus verschiedene Türen ab.

»Hier gibt es fünf Pensionszimmer und eine kleine Wohnung; schön, aber schlicht eingerichtet. Es gab schon lange keine Gäste mehr«, schnaubte die Frau und nahm die Treppe weiter nach oben.

»Woran liegt das, Frau Nowack?«, fragte Toni.

»Die meisten Pensionsgäste wurden über Herrn Schreiber vermittelt, doch in den letzten Wochen kam keiner mehr. Ich hatte gehofft, dass es zum Weihnachtsmarkt wieder Gäste geben würde.«

»Sie wohnen hier?«, fragte die Kommissarin.

»Ja, unten sind meine Wohnung und der Essbereich für die Gäste. Heiko war immer gut zu mir und meiner Tochter. Ohne ihn hätte ich das nicht geschafft«, sagte die Frau und stieg weiter nach oben.

»Und Ihre Tochter?«, fragte Toni.

»Sie studiert, müssen Sie wissen, doch was jetzt aus uns werden soll, nachdem Heiko nicht mehr da ist …«

Die Frau brach ab, hielt sich die Hände vor das Gesicht und begann zu weinen. Sekunden später fing sie sich wieder, hustete rasselnd, wischte sich die Tränen ab und stieg weiter nach oben. In der zweiten Etage gab es einen kleinen Flur mit einer Tür.

»Hier ist, hier war sein Reich«, korrigierte sich Elfriede Nowack, kramte einen Schlüssel hervor und öffnete die Tür.

Die Kommissare kamen in ein geräumiges Wohnzimmer mit offener Küche. Kirschbaumparkett, weiße Wände, ein dunkles Ledersofa mit einem orientalischen Tischchen und einer dazu passenden Kommode schmückten den Raum. Auf der Anrichte stand ein übergroßer Flatscreen-Bildschirm.

Auf Höhe der Küche befand sich ein dunkel gebeizter Esstisch mit weißen Stühlen. Auf dem Tisch thronte ein frischer Blumenstrauß.

»Was ist das hier?«, fragte Toni.

»Das ist, nein, war sein Reich«, korrigierte sich Elfriede Nowack erneut.

»Wir würden uns gerne umschauen«, erklärte Anouk.

»Ja, bitte, tun Sie sich keinen Zwang an«, sagte die
Frau und trat zur Seite.

Der Wohn- und Essbereich erinnerten an eine Ferienwohnung. Sauber, modern, nichts Besonderes. Anouk
ging zur einzigen Tür im Raum und öffnete sie.

Süßlicher Vanilleduft kam ihr entgegen.

Ein weißer, flauschiger Teppich bedeckte den Boden.

Ihr Blick fiel auf ein King-Size-Bett, über dem ein
überdimensional großes Schwarz-Weiß-Bild hing, das
zwei nackte, sich küssende junge, gut gebaute Männer
zeigte, die sich gegenseitig an die Hoden griffen.

»Oh, no!«, stöhnte Toni beim Anblick auf.

Auf den Nachttischen lagen verschiedenes Sexspielzeug und Kondomverpackungen. Überall im Raum gab
es kunstvoll fotografierte Männerkörper in aufreizenden Posen. Meistens nackt oder nur leicht bekleidet.
Binnen Sekunden wurde Anouk klar, welche sexuelle
Veranlagung Heiko Schreiber in Wirklichkeit gehabt
hatte. Ein Homosexueller ohne Coming-out. Doch war
es nur das? Musste sich hier eine in Goslar bekannte
und öffentliche Person verstecken, um ihre sexuelle
Lust auszuleben? Und wer waren die Partner? Kamen
die Geliebten aus ganz Deutschland und trafen sich im
idyllischen Immenrode?

Anouk schaute sich weiter um.

Der Kleiderschrank war in das Dach eingebaut
und enthielt hochwertige Männerbekleidung in unterschiedlichen Größen. Auf einer bunten Truhe im
Kolonialstil standen verschiedenste Phallussymbole
aus Stein oder Holz gearbeitet. Alles in dieser Wohnung wirkte anspruchsvoll und gehoben. Die Möbel
schienen teuer zu sein und die Accessoires waren zwar
sexuell, aber geschmackvoll ausgesucht.

Vom Schlafzimmer aus führte eine Verbindungstür in das Badezimmer. Es war neu und in Weiß gehalten. Auch hier wiesen verschiedene Dekorationsgegenstände auf die Verehrung des maskulinen Körpers und vor allem des männlichen Geschlechtsteils hin. Das einheitliche und gepflegte Bild wurde allerdings am Spiegel über dem Waschbecken durchbrochen.

Verschiedenste Fotografien steckten hinter dem Spiegel oder klebten achtlos an der Wand. Es waren ausschließlich nackte Männerbilder, und es waren viele. Die Personen darauf sahen jung, südländisch oder arabisch aus. Manche Bilder schienen älter, denn sie waren verblichen. Andere mussten neueren Datums sein. Die meisten Fotos waren im Schlafzimmer, wenige im Wohn-Essbereich der Wohnung aufgenommen.

»Frau Nowack, was ist das hier?«, fragte Toni fassungslos.

»Er war immer gut zu den Jungen, sie hatten ja so viel durchgemacht, und später besorgte er ihnen eine Arbeit oder brachte sie anderweitig unter.«

»Woher kamen die Männer?«, fragte Anouk.

»Er liebte die Araber, jung und schlank mussten sie sein«, schwärmte Elfriede Nowack förmlich.

»Woher kamen diese Männer?«, wiederholte die Kommissarin ihre Frage deutlich schärfer. Die Frau riss die Augen auf und erschrak wohl über Anouks Tonfall, fing sich aber augenblicklich.

»Ich weiß es nicht! Ich glaube, viele waren Flüchtlinge. Er war ja so engagiert.«

Augenblicklich wanderten ihre Augen erneut über die Fotos am Spiegel. »Woher kannten sie Heiko Schreiber und wieso wusste niemand, dass er auf Männer stand?«, schnauzte sie weiter.

Toni drängelte sich an Anouk vorbei und schaute sich die Bilder genauer an.

Elfriede Nowack bekam rote Flecken im Gesicht.

»Aus dem Milieu. Eine alte Prostituierte will keiner mehr, höchstens auf dem Straßenstrich«, erklärte sie. »Es war meine Rettung, dass er mich ausgesucht hat, um sein Geheimnis mit mir zu teilen«, zitterte ihre Stimme, die von einem Hustenschwall abgewürgt wurde.

»Toni, wir brauchen die Spurensicherung und wir müssen alle Männer auf den Bildern überprüfen«, wandte sich Anouk an ihren Kollegen.

»Einen der Männer haben wir schon mal gesehen!«, sagte er.

»Was?«, fragte sie und drehte sich zu Toni.

»Schau her, den kennst du auch!«

Anouks Blick fiel auf den Jungen der Flüchtlingsfamilie. Die Kommissarin zog Handschuhe über, riss das Bild von der Wand und zeigte es Elfriede Nowack.

»Kennen Sie diesen Mann?«

»Ach, der Arme«, stöhnte die Frau.

»Was ist mit ihm?«, fragte Anouk.

»Er ist an einer Überdosis gestorben. Diese jungen Araber müssen so viel Schreckliches verarbeiten und übertreiben es dann mit den Drogen. Darüber berichten die Medien nicht! Zu viele Asylanten werden hier drogenabhängig. Von wegen Paradies Deutschland. Heiko trauerte lange um seinen Verlust.«

Anouk konnte der Frau nicht mehr zuhören. Sie himmelte einen Mann an, der Flüchtlinge für seine sexuellen Belange benutzte. Die Schlepperbande kam ihr in den Sinn und der Kreis schloss sich.

»Wissen Sie, wie der junge Mann hieß?«, fragte Toni.

»Ja, aber sicher.«

»Und?«, bohrte Anouk nach.

»Tarek Karim, doch Heiko hat ihn immer Karim genannt. Seinen Karim!«

»Und weiter?«

»Weiß nicht so genau.«

»Wie weiter?«, bellte auf einmal Toni.

»Radid oder Rashid oder so ähnlich«, sagte Elfriede Nowack erschrocken und hustete erneut.

-31-

Alle Tische im Café am Markt waren besetzt. Die Stimmung war gemütlich und es roch weihnachtlich nach Zimt.

»Wie gut, dass du immer einen Tisch im Café Plüsch reservierst«, sagte Gustav zu Martha, als er mit seiner Hündin Luna in das Kaffeehaus kam und sich an den Tisch setzte. Es war Viertel nach eins und er kam eindeutig zu spät. Auf dem Tisch vor Willi und Martha standen bereits Kaffee und Kuchen. Hanna fehlte heute in der Runde.

»Wir dachten schon, du kommst nicht mehr!«, maulte Willi und stopfte sich eine Gabel mit Kuchen in den Mund. Gustav setzte sich kommentarlos zu seiner Schwester und schaute nach der Bedienung, um sich ebenfalls etwas zu trinken zu bestellen.

»Wo ist denn Hanna? Ich dachte, sie hätte für heute Abend Konzertkarten?«, fragte Gustav, nachdem ein Latte Macchiato vor ihm stand.

»Irgendwie hat sie heute einige Vorbereitungen oder Pablo muss etwas mit ihr erledigen. Ich weiß das nicht so genau«, antwortete Martha und hob die Schultern dabei. Willi nickte mit vollem Mund und fischte nach einer Serviette, um sich etwas Käsekuchen vom Mundwinkel zu wischen.

»Tja, mein Lieber, dann gibt es heute keinen Doppelkopf!«, provozierte Gustav seinen Schwager, der dieses Kartenspiel sehr liebte.

»Zumindest habe ich meinen Käsekuchen!«, schmatzte Willi, schlug ungeschickt mit seiner Gärtnerpranke auf den Tisch und traf eine Gabel, die zu Boden flog.

»Mensch, Willi! Hör auf! Die Leute gucken schon!«, ermahnte Martha ihren Mann, bückte sich umständlich, hob die Gabel auf, legte sie auf den Tisch, blitzte ihn lehrerhaft an und wandte sich ihrem Bruder zu.

»Wir sind mit dem Bus da und ich will noch ins Reformhaus. Da ist es mir ganz recht, dass wir heute keine Karten spielen.«

Martha und Willi lebten auf der einen Seite sparsam, denn sie hatten kein Auto, sondern Fahrräder, bauten das eigene Obst und Gemüse an, lagerten es im Keller, spülten ihr Geschirr mit Salz, wuschen sich mit Kernseife, kauften Secondhand-Kleidung, machten kaum Urlaub und hatten Schwierigkeiten mit moderner Technologie. Doch auf der anderen Seite scheuten sie sich nicht, für Reformhausprodukte oder Bio-Fleisch viel Geld auszugeben.

»Was willst du denn dort?«, fragte Gustav.

»Ich brauche noch Buchweizenmehl und ein paar andere Dinge.«

»Aber nicht zu viel, denn ohne Rad muss ich alles schleppen«, nörgelte Willi.

»Schwager! Ist dir eine Laus über die Leber gelaufen?«

»Ach, hör mir auf!«, sagte er, stopfte sich wieder ein Stück Käsekuchen in den Mund und spülte es geräuschvoll mit Kaffee herunter.

»Gustav, frag nicht, irgendetwas ist im Fußballverein«, mischte sich Martha ein. Willi war begeisterter Fußballer.

»Lass uns lieber das Thema wechseln«, schlug Martha vor und berichtete von Anouks Besuch und ihrem Interesse an der syrischen Haushaltshilfe ihrer Nachbarin Frau Meit.

»Und stell dir vor, Luisa hatte nicht die Wahrheit gesagt. Sie hat danach so ein schlechtes Gewissen bekommen, dass sie noch mal rüberkam.«

»Was hatte sie denn verschwiegen?«, fragte Gustav sichtlich interessiert.

»Na, die Kommissarin war auf der Suche nach einer Syrerin, hier in Goslar. Und Luisa sagte, sie würde sie nicht kennen«, antwortete Willi und Martha ergänzte: »Genau, deshalb kam sie später zu uns.«

»Und warum ist sie nicht zur Polizei gegangen?«, fragte Gustav.

»Keine Ahnung. Vielleicht, weil sie uns durch die Flüchtlingsarbeit kannte. Sie wirkte zumindest verängstigt«, erklärte Martha.

Gustav hob seine Hand grübelnd ans Kinn.

»Ist das verdächtig?«, fragte er nach einer Weile. Martha erschrak augenblicklich.

»Meinst du?«

»Keine Ahnung, warum sollte sie sonst Angst haben?«

»Ich dachte, sie ist einfach eine ängstliche Person. Na ja, nach der Flucht und was sie in Syrien erlebt hat, würde mich das nicht wundern.«

»Und was hat sie euch gesagt?«, fragte Gustav.

»Nicht viel. Sie hat uns dieses Bild gegeben.« Martha bückte sich zu ihrer Handtasche und kramte eine Fotografie hervor. »Das hier! Sie hat darauf diese Frau markiert, die von Frau Bernstein gesucht wurde. Sie haben sich wohl im Deutschkurs kennengelernt.« Martha reichte Gustav das Bild, der im Jackett nach seiner Lesebrille suchte. Luna, seine Hündin, stand derweil auf, schnupperte, schritt vor und drehte sich mehrere Male im Kreis, bevor sie sich an einer anderen Stelle unterm Tisch wieder hinlegte.

»Ich kenne die Frau!«, stellte Gustav fest.

»Wirklich? Das habe ich gehofft!«, sagte Martha erleichtert.

»Wieso?«

»Na, du bist so engagiert und ich hatte gehofft, dass du der Kommissarin diesen Hinweis geben könntest.«

Gustavs Augen wanderten mit ernster Miene von seiner Schwester zurück auf die Fotografie. Das Foto zeigte eine kleine Gruppe arabischer Frauen mit Kopftuch, die eine Art Diplom in die Kamera hielten.

»Dieses Bild muss allerdings älter sein.«

»Wie kommst du darauf?«, fragte Willi interessiert und lehnte sich leicht über den Tisch.

»Die Frau, auf die du gezeigt hast, trägt kein Kopftuch mehr.«

»Wirklich?«

»Ja.«

»Und woher weißt du das?«, fragte Willi.

»Sie wohnt am Dr.-Wachler-Weg und ich sehe sie oft, wenn ich mit Luna spazieren gehe.«

»Kannst du nicht mit der Kommissarin sprechen?«, bettelte Martha.

»Ich kann das doch auch machen!«, schlug Willi vor und grinste. Sie ignorierte ihren Mann.

»Weißt du, wie sie heißt?«, fragte Martha ihren Bruder.

»Nein, aber ich kann das rauskriegen. Ich kenne die beiden Lehrer, die Deutsch unterrichten«, erklärte Gustav und Martha strahlte.

Umständlich kramte er sein Smartphone aus der Manteltasche und suchte die Kamerafunktion seines Telefons. Nach dem dritten Versuch war das Bild weder verwackelt noch lag ein Daumen oder Finger über dem Bild.

»Du machst das ganz großartig mit diesem Ding«, jubelte Martha.

»Schwesterherz, das schaffst du auch«, ermutigte er Martha.

»Ja, vor allem diese Kamerafunktion finde ich ganz grandios«, lachte sie.

»Doch wenn die Bilder da immer in dem Apparat bleiben, ist das doch furchtbar«, mischte sich Willi ein.

»Müssen sie doch nicht«, sagte Gustav.

»Und wie soll das gehen, mein Lieber? Wir haben weder Computer noch sonst was«, maulte Willi, der wieder in seine alte Stimmung zurückgefallen war.

»Na, du gehst einfach zum Rossmann oder dm und lässt sie dir ausdrucken!«

Martha strahlte.

»Geht das wirklich?«

»Na, klar!«

»Oh, das musst du mir nachher zeigen!«, bettelte sie und griff ihrem Bruder dabei an den Arm.

-32-

Anouk und Toni saßen wieder im Auto. Noch auf dem Parkplatz hatten sie eine Personenabfrage machen lassen und wussten seitdem, dass Tarek Karim Rashid 2015 mit dem Flüchtlingsstrom über die ungarische Route nach Deutschland gekommen war und sich in Lüneburg bei der Ausländerbehörde hatte eintragen lassen. Er war zu diesem Zeitpunkt achtzehn Jahre alt gewesen und hatte angegeben, dass er ohne Familienbegleitung nach Deutschland eingereist war. Nach der Anmeldung wurde er im Grenzdurchgangslager Friedland bei Göttingen registriert und weiter verteilt. Das Bundesverwaltungsamt hatte ihm Niedersachsen als Erstwohnsitz zugewiesen. Daraufhin lebte er fünf Monate in einem Hotel in Hahnenklee, weitere sechs Wochen in einem anderen in Langelsheim und hatte darauf eine Wohnung mit Goslarer Adresse, und zwar im Dr.-Wachler-Weg.

Sechs Monate später, nachdem er sich registriert und Deutschkurse belegt hatte, durfte er zur Schule gehen. Er besuchte die elfte Klasse des Ratsgymnasiums. Im Jahr 2017, kurz vor dem Abitur, brach er in einem öffentlichen Bus der Stadt Goslar zusammen, wurde ins Krankenhaus gebracht und verstarb kurze Zeit später.

»Wie geht es jetzt weiter?«, fragte Toni und steuerte das geräuschlose Auto. Anouk ignorierte seine Frage.

»Wie viel Reichweite haben wir noch?«, fragte sie stattdessen.

»Weißt du eigentlich, dass diese Elektroautos größere Umweltverschmutzer sind als Dieselmotoren?«, wechselte Toni plötzlich das Thema.

Die Blicke der Polizisten trafen sich.

»Die Herstellung der Batterie ist reine Ausbeute an der Natur und dem Menschen!«, führte er weiter aus.

»Ja, ich weiß«, antwortete sie einsilbig.

»Warum fahren wir dann immer dieses Auto?«

»Weil wir jetzt kein CO_2 produzieren.«

»Das stimmt doch nicht! Der Strom muss hergestellt werden, und Deutschland produziert immer noch über fünfzig Prozent seines Stroms aus Braun-, Steinkohle und Erdgas.«

Anouk schaute ihn müde an.

»Weil wir jetzt fünfzig Prozent weniger CO_2 produzieren.«

»Was ist los mit dir?«, fragte er enttäuscht.

»Wenn es nach mir gehen würde, könnten wir immer Fahrrad fahren, doch das dauert deutlich länger und im Zweifel kommen wir zu spät.«

Toni lachte schallend.

»Du würdest mich wirklich auf einem Rad durch den Schnee peitschen, oder?«

»Wenn ich dürfte!«

Anouk lachte.

»Jetzt mal im Ernst, was ist deine Meinung zu dieser Autogeschichte?«, beharrte Toni.

»Willst du das wirklich wissen?«, fragte sie und ihr Kollege nickte heftig.

»Wir haben Hybridautos, weil die Japaner keinen Diesel fahren und anders den Verbrauch nicht drosseln konnten. Außerdem haben wir einen Elektroauto-Boom, weil die Amerikaner ihre Abhängigkeit zur Ölindustrie reduzieren wollten!«

Toni schaute überrascht, aber interessiert.

»Ist das sicher?«, fragte er.

»Nein, es ist meine Meinung«, sagte Anouk und schaute starr aus dem Fenster.

»In meiner perfekten Welt hätte jede Organisation, jedes Unternehmen, jeder Einwohner in Deutschland ein jährliches CO2-Budget, das kontinuierlich und drastisch über die Jahre reduziert werden würde. Allerdings könnte man durch weltweite Waldaufforstung diesen Finanzplan erhöhen. Hat man das Budget erreicht und verbraucht weiter CO2, käme es zu hohen Strafzahlungen, die direkt und transparent in Investitionen von erneuerbaren Energien fließen würden.«

»Das wäre aber ungerecht, weil andere Länder viel schlimmere Umweltsünder als wir Deutschen sind.«

»Das stimmt, aber es wäre ein Schritt in die richtige Richtung zur Rettung unserer Lebensgrundlage«, erklärte Anouk und hob ihre Arme dabei.

Toni blieb stumm und dachte nach.

»Du glaubst wirklich, dass die Menschheit ausstirbt, wenn wir so weitermachen, oder?«

»Das hat nichts mit Glauben, sondern mit Wissen zu tun. Kinder und Wissenschaftler haben das bereits realisiert und warnen davor, doch der Rest der Bevölkerung hat das noch nicht erkannt.«

In Toni kroch ein komisches Gefühl hoch, so etwas wie Untergangsstimmung.

»Die Veränderungen auf der Erde durch Global Warming passieren nach und nach. In dieser schnelllebigen Zeit ist das viel zu langsam für den Menschen, als dass er die Konsequenzen begreifen würde. Viele haben schlichtweg keine Ahnung. Außerdem ist es schwierig, Gewohnheiten zu ändern, und viele haben den Eindruck, auf etwas verzichten zu müssen.«

Sie schaute Toni lange an.

»Ein schwieriges Thema, doch um auf deine Frage zurückzukommen, wir müssen bei den Mädchen weitermachen. Und Tarek Karim Rashid wird nicht alleine in der Wohnung gewohnt haben.«

Toni nickte und schlug mit seiner Hand sanft auf das Lenkrad, als ob es ein Startschuss sein sollte.

Da ertönte ein Piepton und Anouk ergriff ihr Handy. Ihre Finger wischten schnell über das Display und ihre Augen deuteten ein Lächeln an.

»Diese Rentner sind der Hammer!«

»Wieso?«, fragte Toni überrascht.

»Ich habe gerade ein Foto von Gustav Peters bekommen, auf dem unsere Syrerin mit der syrischen Pflegerin von Inga Meit zu sehen ist. Sie heißt wohl Amani Shakeen und wohnt auch am Dr.-Wachler-Weg.«

»Das gibt es doch nicht!«, staunte Toni. »Fahren wir da jetzt hin?«

»Ja, aber zuerst essen wir etwas«, sagte Anouk und Toni nickte dankbar.

Der Polizeiwagen fuhr von der B82 auf eine Waldstraße, die Am Nordberg hieß. Weiß beschneite Bäume und Büsche begleiteten sie auf der rechten Seite der steilen Straße nach oben. Nach dreihundert Metern bogen sie links auf den Dr.-Wachler-Weg ein. Zu ihrer rechten Seite kam eine Hochhaussiedlung aus den Siebzigerjahren zum Vorschein. Gegenüber davon standen gepflegte Einfamilienhäuser. Der riesige Wohnkomplex wirkte unpassend in der idyllisch beschneiten Winterlandschaft aus Wald und kleinen Häusern.

Auf der Straße parkten die Autos dicht aneinander, sodass sie weiterfahren mussten, um eine Lücke zu entdecken.

Toni klappte seinen Kragen hoch, verließ den Golf und trat auf den Bürgersteig zu Anouk. In diesem Augenblick kam ein Stadtbus um die Ecke. Die Haltestelle befand sich direkt am Anfang der Straße in der Nähe des Waldrandes. Der Bus hielt, öffnete die Türen und die Polizisten beobachteten, wie einige Schüler und Erwachsene ausstiegen.

»Ist der Bus nicht viel zu breit für diese Straße?«, fragte Toni überrascht und verfolgte, wie der Bus sich langsam an den parkenden Autos vorbeischlängelte.

»Offenbar nicht!«, schmunzelte sie.

»Hast du die Hausnummer?«, fragte Toni.

»Ja.«

Sie gingen am Gebäudekomplex und an der Bushaltestelle vorbei, in der drei ältere Männer auf einer Bank saßen und sich ausgiebig unterhielten.

Ein Schild zeigte ihnen den Weg zur richtigen Hausnummer. Sie gingen an Garagenboxen vorbei und sahen einen Mann mittleren Alters in Winterkleidung und Schubkarre auf sie zukommen. Er grüßte freundlich und musste wohl der Hausmeister dieser Anlage sein.

An der richtigen Hausnummer blickten sie auf eine große Anzahl von Klingelschildern. Eines war mit Shakeen/Rashid beschriftet.

Anouk betätigte die Klingel und kurze Zeit später ertönte eine verzerrte Frauenstimme durch die Gegensprechanlage. Die Polizistin stellte sich und ihren Kollegen vor und kurz darauf ertönte der Türsummer und ließ die Beamten ins Gebäude. Anouk nötigte Toni, die Treppe zu nehmen, der maulend folgte. Die Familie wohnte in der fünften Etage und auf einem breiten Flur führten vier Türen zu unterschiedlichen Wohnungen.

Eine Frau mit schwarzen, langen Locken und grünen Augen wartete bereits an einer der Türen. Sie trug kein Kopftuch.

»Guten Tag! Sind Sie Frau Amani Shakeen?«, lächelte Anouk.

»Ja«, antwortete sie leise.

»Kommen rein, bitte«, sprach sie weiter und trat zur Seite. Die Kommissare betraten einen freundlich hellen Flur, der mit Kinderzeichnungen geschmückt war. Die Frau führte sie weiter in ein spärlich eingerichtetes Wohnzimmer. Aus der Küche hörten sie eine Kinderstimme, und Sekunden später betrat ein etwa zehnjähriges Mädchen den Raum. Es hatte dunkle

Haare und wirkte neben ihrer Mutter unscheinbar. Es war eines der Mädchen vom Foto.

»Hallo. Wer sind Sie?«, fragte das Kind und grinste frech. Die Kommissarin stand auf und ging auf sie zu.

»Hallo, ich bin Anouk Bernstein von der Polizei und ich habe einige Fragen an deine Mutter.«

»Wieso?«, fragte das Mädchen provozierend mit zu Schlitzen verkniffenen Augen.

»Heiko Schreiber kam ums Leben und wir haben bei ihm Fotos von euch gefunden.«

»Das ist gut so. Er war ein riesiges Arschloch!«, nahm die Kleine kein Blatt vor den Mund.

»Es ist gut, dass er tot ist?«, fragte Toni überrascht.

»Er hat meinen Bruder auf dem Gewissen«, schimpfte das Mädchen weiter und stemmte ihre Hände in die Seite.

»Wieso das? Was ist denn passiert?«, wollte Anouk wissen.

»Es ist immer gefährlich, sich mit mächtigen Männern einzulassen«, schimpfte das Mädchen weiter. Ihre Mutter ergriff sanft einen Ärmel und sprach einige Sätze Arabisch mit ihr.

»Setzen, bitte«, sagte Amani Shakeen und zeigte auf eines der Sofas. Die Polizisten kamen der Bitte nach und auch Amani schob ihre Tochter zur Sitzgruppe.

»Wie heißt du?«, fragte Anouk das Mädchen.

»Qitura«, sagte sie einsilbig.

»Wie gut kann deine Mutter Deutsch sprechen?«, fragte sie weiter.

»Isch kann gut«, sagte die Frau und Anouk wandte sich an die arabische Frau.

»Was ist passiert?«

»In Suria war es Krieg, hier Drogen«, sagte sie nur und schaute auf ihre gefalteten Hände.

»Warum tragen Sie kein Kopftuch?«, fragte Toni.

»Weil in Almania.«

Toni schaute irritiert.

»Weil wir in Deutschland sind«, sagte Qitura in einem zickigen Ton, als ob Toni begriffsstutzig wäre.

»Ist Ihr Sohn an einer Überdosis gestorben?«, fragte Anouk. Die Araberin nickte stumm und blickte schmerzvoll zu Boden.

Behutsam versuchte die Polizistin, mehr zu erfahren, doch erst als die ältere Tochter Mara nach Hause kam, schien sich die Stimmung zu entspannen. Sie war das zweite Mädchen vom Foto und ebenso unscheinbar wie ihre Schwester Qitura. Sie war bereits ein Teenager und ging auf das Ratsgymnasium in Goslar, während Qitura, ihre Schwester, noch zur Grundschule ging.

Die Kommissare erfuhren, dass Amani in Syrien als Medizinerin gearbeitet und erst ihr Land verlassen hatte, nachdem ihr Mann zu Tode gekommen war. Auch er war aufopfernder Mediziner gewesen, hatte unter anderem in Heidelberg studiert und sprach neben Arabisch auch Deutsch und Englisch. In Syrien hatte er sich für Verwundete eingesetzt und war bei einem Einsatz kaltblütig erschossen worden. Er wurde danach als klarer Regierungsgegner klassifiziert, was Amani dazu bewogen hatte, das Land zu verlassen.

Außerdem hatte es ihr Sohn in Syrien schwer gehabt, weil er nicht nur an Frauen, sondern auch an Männern Interesse gezeigt hatte.

Sie organisierte so viel Bargeld wie möglich, reiste zu ihrer Schwester nach Saudi-Arabien, musste aber das Land bald wieder verlassen und flog mit ihren Kindern in die Türkei.

Von dort aus war die Reise gefährlich und wurde von Schleppern und Ausbeutern organisiert, die sich hauptsächlich in sozialen Netzwerken austauschten.

Während sie freimütig von ihrer Flucht berichtete, weinte sie und die Kommissare konnten den anhaltenden Schmerz der Frau deutlich spüren.

Sie erklärte, dass sie sich mit ihren Töchtern und ihrem Sohn separat registrieren ließ, weil ihnen das so empfohlen worden war.

Heiko Schreiber hatten sie auf einer Spendenaktion kennengelernt, die durch ihren Sprachkurs organisiert worden war. Er zeigte großes Interesse an der Familie, worauf sie erst vermutete, dass er an ihr interessiert gewesen war. Doch schnell stellte sich heraus, dass er an Tarek interessiert war. Er wollte ihm schulisch helfen und für eine Anstellung in seinem Unternehmen sorgen, nachdem der Asylantrag bewilligt worden war.

Doch ihr Sohn begann verstärkt Drogen zu konsumieren, ohne Kontakt zur Szene zu haben, woraufhin sie Heiko Schreiber im Verdacht hatte. Dieser wurde aber weder von Tarek bestätigt, noch konnte sie es Heiko Schreiber nachweisen. Sie vermutete aber, dass der Lokalpolitiker seine Liebespartner mit Drogen gefügig und abhängig gemacht hatte.

»Wo waren Sie letzten Mittwoch zwischen 17 und 19 Uhr?«, fragte Toni.

Amani blickte dem dünnen Kommissar bei ihrer Antwort ins Gesicht. »Ich arbeiten in Famarzi bis 18 Uhr und dann nach Hause.«

»Haben Sie Zeugen?«, fragte Anouk.

»Ja, Apotheker.«

»Und auf dem Nachhauseweg?«

»Nein.«

»Haben Sie Heiko Schreiber zufällig auf dem Weihnachtsmarkt gesehen?«, fragte nun Toni und Amani schloss die Augen, senkte den Kopf und schüttelte ihn.

Sie kamen wieder auf ihren Sohn zu sprechen und als die Araberin vom Tag des Todes ihres Sohnes berichtete, konnte sie ihre Trauer nicht mehr unterdrücken und verließ das Wohnzimmer.

»Es tut uns leid, wir wollten eure Mutter nicht so aufwühlen«, sagte Anouk und hoffte, dass die Mädchen merkten, dass sie es ernst meinte.

»Der Krieg in Syrien war wie in einem Videospiel, einfach surreal. Wir konnten dem Konflikt in Syrien entfliehen, doch der Tod von Tarek hier in Deutschland war für meine Mutter dramatisch. Hier im Frieden!«, erklärte Mara und räumte die Teetassen zusammen, die sie während der Unterhaltung gebracht hatte. Es war ein klarer Hinweis, dass die Polizisten gehen sollten.

»Bevor wir fahren, noch eine letzte Frage.«

»Ja?«

»Arbeitet eure Mutter wieder als Ärztin?«, fragte Anouk.

»Nein, aber sie hilft in der Hirsch-Apotheke am Schuhhof. Vielleicht wird sie in Zukunft wieder arbeiten, doch das weiß keiner«, erklärte der Teenager resignierend.

»Ist sie dort täglich?«

»Nein, nur von Montag bis Mittwoch und auch nur nachmittags.«

»Hattet ihr nach dem Tod von Tarek noch Kontakt zu Heiko Schreiber?«

»Das ist jetzt aber mehr als nur eine Frage.«

»Das stimmt. Und?«

»Nein, ich glaube nicht.«

»Wir sind kein großer Fan von diesem Wohltäter. Tarek hätte hier so ein gutes Leben haben können. Er war gesund und intelligent, doch dieser Mann hat ihm das Glück genommen.«

»Wieso glaubst du das?«

»Weil er Tarek verführt hat wie eine Schlange.«

»Wie kommst du darauf?«

»Ich weiß nicht, das ist ein Gefühl. Tarek hat mir mal gesagt, dass hier die Machthaber auch nicht besser als in Syrien seien.«

»Wie meinte er das?«

»Ich weiß es nicht.«

»Müsst ihr eigentlich mit Ausländerfeindlichkeit kämpfen?«, fragte Toni.

»Nein und ja. Es hilft, dass meine Mutter Deutsch spricht und kein Kopftuch mehr trägt, doch dafür machen wir uns in der muslimischen Gemeinschaft keine Freunde.«

Anouk nickte und konnte sich gut vorstellen, dass die Entscheidung schwer für Amani Shakeen gewesen sein musste. Doch sie bewunderte diese Konsequenz, weil sie wusste, dass sich westliche Frauen auch in vielen arabischen Ländern an deren religiöse Vorschriften halten mussten und in der Öffentlichkeit ein Kopftuch trugen.

»Danke, Mara.«

»Bitte«, lächelte das Mädchen schüchtern.

-33-

Anouk stand in der Teeküche der Polizeiinspektion und bereitete sich einen Rooibostee zu. Sie hatte innerliches Zittern und überlegte, ob sie krank werden würde, da klingelte ihr Telefon.

»Anouk Bernstein.«

»Ich bin es«, sagte eine angenehme Bassstimme. »Hey.«

»Ich stehe vor eurem Gebäude und habe Tee und Bio-Weihnachtsgebäck ohne Milch und Eier dabei.«

»Ach, tatsächlich?«, lachte Anouk und freute sich, nach so kurzer Zeit die Stimme von Jonas wieder zu hören.

»Hast du Zeit?«

»Ja, komm rein und sag meinen Kollegen unten Bescheid; ich hole dich ab.«

Im hinteren Teil der Polizeiinspektion gab es einen kleinen Speisesaal mit verschiedenen Automaten. Hier konnte man mitgebrachtes Essen in der Mikrowelle erhitzen und mit Kollegen zu Mittag essen.

Anouk führte Jonas durch die Gänge bis zur Cafeteria, wie dieser Raum liebevoll von einigen genannt wurde, auch wenn er keiner richtigen Kantine entsprach.

»Was sind das für Kekse? Du hast mich neugierig gemacht«, fragte Anouk und setzte sich.

»Ich habe eine Tochter, also gab es bei uns schon die Weihnachtsbäckerei!«, erklärte er und fischte eine Metalldose aus seinem Rucksack.

»Ich habe Spitzbuben, Vanillekipferl und Haferflockenkekse, natürlich nur Bio-Zutaten«, strahlte er und fischte Servietten und eine Thermoskanne aus seiner Tasche.

»Ich bin beeindruckt! Und alles vegan?«

»Ganz genau«, strahlte er. »Filipa findet, sie schmecken furchtbar, doch ich bin positiv überrascht.«

Anouk hatte ihren Tee mit in die Cafeteria gebracht und tauchte ein Vanillekipferl hinein. Jonas erzählte fröhlich und ausgelassen vom Backen mit Filipa und wie sehr er es liebte, wenn Dezember war und alles zur Ruhe kam, wie in seinem Sport und der Arbeit.

Sie beobachtete ihn, wie er so plauderte. Er hatte gepflegte Hände und wohlgeformte Lippen. Seine Haut war zwar blasser als im Sommer, die Haare länger und er hatte etwas zugenommen, doch es stand ihm. Er wirkte entspannt und glücklich. Sie mochte ihn. Sehr sogar. Er sah zwar aus wie ein typischer Womanizer, doch ob er einer war, wusste sie nicht.

Ein überraschendes Klingelgeräusch holte beide aus ihrer Unterhaltung. Jonas schaute auf das Display seines Smartphones und Anouk bat ihn, das Gespräch entgegenzunehmen. Er wechselte von Deutsch zu Spanisch. Nachdem er aufgelegt hatte und ihr erzählte, dass es sein Vater war, piepte sein Smartphone noch in seiner Hand und automatisch wischte er darüber, las die Nachricht und lächelte. Es war ein ausgesprochen glückliches Lächeln und er gab nicht preis, von wem er diese Mitteilung bekommen hatte oder worum es dabei ging. Stattdessen schloss er kurz die Augen, als ob er sich fangen müsste, und setzte daraufhin einfach seine Erzählung fort.

Ein kleiner Stich durchbohrte Anouks Brust. Was war das? Wieso erzählte er nicht, worum es ging? War es eine andere Frau? Hatte er eigentlich mittlerweile eine Partnerin? War er nur ins Präsidium gekommen, um sie wegen des Falls auszufragen?

Misstrauen quoll empor. Und Unsicherheit.

»Leider habe ich nicht so viel Zeit. Du weißt, unser Fall.«

»Ja, ich weiß, aber ich hatte den Eindruck, der Schoko-Nikolaus war nix!«

»Vielleicht war der Nikolaus nicht bio?«, sagte sie provozierend, lächelte aber.

»Oh!«, riss er die Augen auf, legte seine Hand vor den Mund und schmunzelte.

»Wie läuft´s denn sonst?«, lenkte er das Gespräch vom Nikolaus weg.

»Es geht so. Doch der Hinweis deines Onkels war gut.«

»Ach ja?«, klang er überrascht. »Hast du ihnen das gesagt? Dann sind sie bestimmt jetzt hochmotiviert«, lachte er.

Sie beschloss, zurück ins Büro zu gehen.

»Das mit den Keksen war sehr aufmerksam von dir«, wechselte Anouk das Thema.

»Das freut mich«, antwortete er und blickte ihr tief in die Augen.

»Jetzt sehe ich dein Gesicht und weiß, ob du es wirklich so meinst.«

Nervös schaute sie auf die Tischplatte vor sich, mit seinem intensiven Blick konnte sie nicht umgehen.

»Anouk!«, rief eine Stimme auf einmal hinter ihnen. Die Kommissarin drehte sich um und entdeckte Toni.

»Kurzfristig anberaumte Sitzung!«, sagte er.

»Wir haben einen komplizierten Fall! Es gibt viele mögliche Tätergruppen, also müssen wir noch mal alles durchgehen«, startete Hansen die Sitzung. Das FK1, FK5 und der Staatsanwalt Herz aus Braunschweig waren anwesend.

Cordes berichtete ausführlich von den Mitgliederbefragungen des Swinger-Klubs. Oscar erörterte umfangreich Telefonlisten, Bankkonten und Versicherungen.

»Es gab also Lebensversicherungen?«, hakte Anouk nach und Oscar nickte ihr zu.

»Wie sieht es mit einem Testament aus?«, fragte sie weiter.

»Frau und Tochter erben.«

»Haben wir einen Terminkalender? Wissen wir, ob er wichtige Termine hatte und noch gehabt hätte?«, wollte sie noch wissen, und Oscar trug zusammen, was er hatte. Regelmäßig wiederkehrende Termine waren mit verschiedenen Bauinvestoren, Politikern, Rechtsanwälten und Notaren in seinem Computer verzeichnet. Dann bat Hansen, Anouk von ihrem Treffen mit der Syrerin zu berichten.

Nach ihren Ausführungen konnte sich Cordes nicht zurückhalten und erklärte seinen Verdacht. »Sie ist Ärztin, arbeitet in der Hirsch-Apotheke und hat ihren Sohn wegen einer Überdosis verloren. Der Fall ist doch klar! Wir müssen das Alibi der Frau untersuchen.« Er richtete sich dabei stolz wie ein Gockel auf.

Amani Shakeen hatte relativ zeitgleich zu Heiko Schreibers Verschwinden auf dem Weihnachtsmarkt ihren Arbeitsplatz verlassen. Die Zeiten wurden vom Leiter der Hirsch-Apotheke bestätigt. Kurze Zeit später wurde die Araberin auf Cordes' Pochen hin in die Polizeiinspektion gebracht.

Ihre beiden Kinder begleiteten sie und saßen jetzt im Flur, während ihre Mutter verhört wurde.

»Wollt ihr etwas zu essen oder zu trinken?«, fragte Anouk die Kinder, als sie an ihnen vorbeiging. Sie war auf dem Weg in den Besprechungsraum, um auf den Bildschirmen vom Vernehmungsraum zu verfolgen, wie Hansen und Cordes die Araberin befragten.

Mara lächelte schüchtern und Qitura starrte auf den Boden. Dann hob sie in Zeitlupe den Kopf und blickte Anouk direkt in die Augen.

»Es tut mir leid.«

Anouk hob überrascht die Augenbrauen.

»Was ich über Herrn Schreiber gesagt habe. Ich habe nicht gewusst, dass er tot ist.«

Die Kommissarin legte dem Mädchen eine Hand auf die Schulter. »Es ist in Ordnung, ich wäre auch sehr wütend auf Herrn Schreiber gewesen«, sagte sie mitfühlend.

»Warum ist meine Mutter denn hier?«, fragte nun Mara.

»Wir untersuchen verschiedene Spuren und Heiko Schreiber war sehr interessiert an euch. Wir müssen jetzt klären, was da los war«, erklärte sie.

»Er war nicht an uns interessiert, sondern nur an Tarek«, sagte Mara.

»Wieso?«

»Weil Tarek homosexuell war.«

»Und?«

»Mama hat erzählt, dass er es in Syrien schwer hatte, weil er sich weder für Waffen noch für den Krieg interessierte. Auch spüren es die anderen Männer, wenn einer schwul ist.«

Anouk nickte verständnisvoll.

Das Mädchen senkte den Kopf und ihre stille Schwester drückte sich an sie.

»Wir haben gehofft, dass wir hier in einem freien Land Frieden finden werden. Wir machen doch alles! Mama hat sogar ihren Hidschab abgenommen!«, jammerte sie. Augenblicklich schwollen Tränen in ihren Augen an und sie vergrub ihren Kopf an ihrer Schwester, die stumm neben ihr saß.

»Ich bringe euch etwas Wasser!«, sagte Anouk und verschwand. Sie wusste nicht, wie sie mit dieser Situation umgehen sollte. Die Mädchen mit ihren Erlebnissen taten ihr unendlich leid, aber trotzdem musste geklärt werden, ob Amani Shakeen etwas mit dem Tod von Heiko Schreiber zu tun hatte oder nicht.

Sie glaubte zwar nicht daran, doch sie musste neutral bleiben. Diese syrische Familie war der einzige Anhaltspunkt gewesen, um über Heiko Schreibers Privatleben mehr zu erfahren.

———◇·◇———

Toni hatte Kopfschmerzen und ihm tat der Hals weh. Es war offensichtlich, dass er sich eine Erkältung eingefangen hatte. Also beschloss er, sich etwas Warmes zum Trinken zu besorgen. Da er glaubte, dass ihm einige Schritte guttun würden, ging er an der Teeküche vorbei und machte sich über die Treppe auf den Weg in die Cafeteria.

Der Speisesaal des Präsidiums lag über einer Ecke des achteckigen Gebäudes und hatte zwei Eingänge: einer am Fahrstuhl und einer Richtung Treppe. In der Mitte des Raumes befanden sich verschiedene Tischgruppen. An den Seiten gab es je zwei Anrichten mit Mikrowelle, Kühlschrank, Spülmaschine, Küchenutensilien, Geschirr und Besteck, die zum Essensbereich hin mit Pflanzen abgeschirmt waren. Auf der Treppenseite schränkten Getränke- und Speiseautomaten die Sicht auf die Tische ein, um Privatatmosphäre zu schaffen.

Toni stand gerade vor dem Automaten mit Heißgetränken, als Cordes in die Cafeteria kam und telefonierte.

»Ich weiß, dass es nicht so ist, wie du dir das vorgestellt hast«, sagte sein Kollege und Toni vermutete, dass er mit seiner Frau im Privaten sprach. Also hielt er inne, um dem Kollegen das Gefühl zu geben, dass er alleine im Speisesaal wäre. Er wollte einen günstigen Moment abwarten, um den Raum zu verlassen. Es gab genügend Gerüchte in der Polizeiinspektion, dass die Ehe der beiden nicht die beste war.

»Nun hör doch auf. Ich weiß, dass ich Fehler gemacht habe«, sagte Cordes weiter.

»Dieses Mal bin ich mir sicher, dass ich es im Griff habe, denn ich habe ein Bauernopfer gefunden.«

Toni wurde hellhörig. Hatte sein Kollege gerade das Wort Bauernopfer gesagt? Sprach er wirklich mit seiner Frau?

»Wirklich! Hansen ist überzeugt von meiner neuen Fährte und Bernstein habe ich im Griff, glaub mir bitte!«

Toni erschrak zutiefst und wurde ganz starr. Was machte Cordes da? Mit wem sprach er und was sollte das alles?

Durch einen Spalt zwischen den Automaten sah er, wie Cordes das Gespräch beendete, auf das Display des Smartphones schaute, wischte und tippte.

»So eine Scheiße!«, fluchte er leise und schlug sich mit der Faust auf einen seiner Oberschenkel. Er steckte das Telefon ein und verschwand aus der Cafeteria.

Toni wurde schwindelig. Was sollte er jetzt machen? Sollte er es Anouk sagen? Cordes war sein Mentor gewesen, bevor Anouk nach Goslar gekommen war. Hatte er sich verhört?

—◇·◇·—

Anouk saß im Besprechungsraum und nippte an ihrem Thermobecher aus Metall und Silikon. Toni saß daneben und trank Kaffee.

»Du siehst wirklich schlecht aus!«, sagte sie.

Toni schaute irritiert.

»Wegen deiner Erkältung«, erklärte sie sich. »Du solltest lieber ins Bett. Hast du Fieber gemessen?«

»Du bist ja wie meine Mutter!«, sagte der Polizist gereizt.

Anouk ignorierte Tonis Kommentar und verfolgte den Beginn der Befragung über die großen Bildschirme. Cordes stockte offensichtlich der Atem, als Amani

Shakeen den Raum betrat. Automatisch dachte Anouk an den Swinger-Klub und die Verbindung zu Cordes. Für sie waren die Untersuchungen ins Stocken geraten. Sie glaubte nicht, dass diese Frau Heiko Schreiber heimtückisch ermordet hatte, weil ihr der Zeitpunkt der Tat rätselhaft blieb.

Die Befragung durch Hansen und Cordes verlief schleppend, denn die Syrerin war offensichtlich sehr nervös und ängstlich. Cordes' Vernehmungston war zudem provozierend und seine Blicke dabei lüstern. Er hatte sie von der ersten Sekunde an mit Fragen bombardiert, die sie nicht beantworten konnte. Ihr Deutsch wurde mit jeder Attacke zusehends schlechter, bis ein Übersetzer eingeschaltet werden musste.

Die Befragung wurde unterbrochen. Hansen und Cordes verließen den Raum, nur ein Polizist in Uniform blieb mit der Araberin zurück. Als der arabische Dolmetscher den Raum betrat, schaute er Amani Shakeen, die kein Kopftuch trug, abfällig an.

Hansen und Cordes standen immer noch im Flur und Toni und Anouk konnten bei offener Tür im Besprechungsraum verfolgen, wie Hansen sich über die Vernehmungsart seines Kollegen aufregte.

»Kannst du mir mal erzählen, was mit dir los ist?«, schnauzte Hansen, dessen Gemütszustand offensichtlich gereizt war.

»Wir brauchen nur ein Geständnis, Jürgen!«

»Wieso bist du dir so sicher?«

»Sie ist Ärztin, sie arbeitet in der Apotheke, sie hat kein Alibi und Heiko Schreiber hat ihren Sohn auf dem Gewissen, zumindest behauptet sie das«, bellte Cordes.

»Dieter, er ist an einer Partydroge gestorben.«

»Genau! Drogentod gegen Drogentod! Passt doch perfekt!«, donnerte er weiter.

»Also, du bist davon überzeugt, dass sie es war und sie muss es nur noch gestehen. Ist das richtig?«

»Ja.«

»Aber mit deiner Art macht sie zu, weil du zu hart rangehst. Wenn sie es wirklich war, dann kommen wir so nicht an sie dran!«

»Und was willst du jetzt machen?«, wetterte Cordes.

»Ich will, dass Anouk weitermacht!«

»Du spinnst wohl!«

»Vergreif dich nicht im Ton, mein Lieber!«

Mit voller Wucht schlug Cordes mit der flachen Hand gegen die Wand zum Besprechungsraum. Toni erschrak augenblicklich.

»Scheiße, Mann!«, brüllte Cordes und kam in den Raum.

»Bernstein, weitermachen!«, schnaubte er.

Anouk betrat den Raum und die Augen der Syrerin leuchteten auf. Die Frauen begrüßten sich und die Kommissarin knüpfte an das vorherige Gespräch mit der Syrerin an. Amani wiederholte darauf die Erlebnisse vom Krieg, erzählte vom Verlust ihres Mannes, der Flucht, ihrer Ankunft in Goslar, dem Kennenlernen von Heiko Schreiber durch eine Patenschaft und den Treffen zwischen ihrem Sohn und dem Politiker. Unter Tränen berichtete sie von der Drogenabhängigkeit und dem folgenden Tod ihres Sohnes.

»Das ist doch scheiße, was sie da macht!«, sagte Cordes im Besprechungsraum.

»Wie meinst du das?«, fragte Toni.

»So wird die nie gestehen, dass sie Heiko Schreiber auf dem Gewissen hat.«

»Warum willst du das unbedingt?«, fragte Toni und schaute Cordes in die Augen.

»Ich sag dir jetzt mal was, mein Junge. Goslar sollte eine Asylantenhochburg werden! Wir haben schon genug Ausländer! Alle kommen her, halten die Hand auf, wollen Kohle und wir müssen hart schuften, uns mit höherer Kriminalität auseinandersetzen und Steuern zahlen. Da ist doch klar, dass so eine wie die hinter Gitter muss.«

»Dieter, jetzt mal langsam! Wir sind keine Asylantenhochburg, nicht jeder Ausländer ist kriminell, und es gibt genügend Deutsche, die sich strafbar machen. Das Recht auf Asyl hat etwas mit Menschlichkeit zu tun!«, konterte Toni, der seinem Kollegen nicht mehr zuhören konnte. Was war in ihn gefahren? Erst dieses Telefonat und jetzt der ausländerfeindliche Kommentar!

»Goslar braucht keine Ausländer!«, schnauzte Cordes weiter.

»Wenn die Deutschen keine Kinder bekommen, dann brauchen wir Ausländer, die hier arbeiten und in unsere Kassen zahlen. Schau dich doch selber an! Du hast auch keine Kinder!«, hielt Toni es nicht mehr bei sich.

Cordes' Gesicht rückte dem jüngsten Polizisten aus dem FK1 bis vor die Nasenspitze.

»Hast du dich etwa von der Bernstein infizieren lassen? Loyalität ist dir wohl ein Fremdwort?«, zischte er bedrohlich.

»Hör auf! Du hast doch bloß Angst vor ihr!«, konterte Toni, wich zurück und verließ den Raum. Er hatte genug von all dem Mist. Er musste ins Bett.

—◇·◇—

Auf dem Flur ging die Tür vom Verhörraum auf und Anouk kam, gefolgt von Hansen, aus dem Raum.

»Alles klar, Toni?«, fragte sie ihren Kollegen.

»Entweder brauche ich ein Bett oder literweise Medizin!«, antwortete er.

»Amani Shakeen kennt Gudrun Schreiber. Ich fahre in die Stadt, dort können wir für dich eine Apotheke leerkaufen und Gudrun Schreiber noch mal auf den Zahn fühlen.«

»Warum willst du sie befragen?«

»Weil sie gelogen hat. Sie haben gemeinsam an Hilfsprojekten gearbeitet und Amani Shakeen hat erst später erfahren, dass sie die Frau von Heiko Schreiber ist.«

-34-

Seit gestern nahm sie keine Medizin mehr. Noch nie im Leben hatte sie sich so klar gefühlt. Sie fühlte sich grenzenlos, befreit von ihrem Ballast. Heiko gab es nicht mehr, ihre Zukunft war finanziell gesichert und Johann würde sie die Leviten lesen. Was glaubte er wohl, sie so abzufertigen?

Sie war sich auf einmal bewusst, dass sie jeden Mann haben konnte. Genauso wie diesen jungen Hüpfer aus der Hotelbar. Die Füße hatte er ihr geküsst, nein geleckt. Diese knabenhaften Burschen hatten Durchhaltevermögen. Die ganze Nacht hatte sie ihn drei Mal aufheizen können. Einfach herrlich! Sie erfuhr von ihm, dass er Student und in Clausthal-Zellerfeld eingeschrieben war. Er berichtete ihr von seinem erbärmlichen Studentenleben und als er schlief, beschloss sie, seine Liebesdienste reichlich zu entlohnen. Sie öffnete das Internet, loggte sich in ihr Online-Banking ein und überwies ihm zehntausend Euro. Sie war so pfiffig gewesen und hatte in seinen Taschen nach seiner Bankkarte gesucht und sie glücklicherweise gefunden. Sie liebte es, wenn das Leben so lief. Sie war frei und ungezwungen und alles war möglich.

Auch dieser Morgen begann perfekt, denn einer der Frühstückskellner hatte mit ihr ausgiebig geflirtet, woraufhin sie ihm einen Fünfzig-Euro-Schein zugesteckt hatte. Mittags war sie spontan bei ihrem Stammfrisör, der immer Zeit für sie einräumen konnte. Doch sie brauchte noch mehr Bestätigung. Sie kaufte sich in der Innenstadt edle Dessous und überteuerte Schuhe, doch der Gedanke an Johann ließ sich nicht abschütteln. Am

Nachmittag versuchte sie, sich im Barock-Café Anders mit einem großen Stück Torte zu verwöhnen, doch aus irgendeinem Grund wollte sich dieses Gefühl der Entspanntheit nicht einstellen.

Sie würde zu Johann fahren, um ihn zu verführen. Sie wusste, wie geil der alte Bock sein konnte, und freute sich innerlich auf ihre Überraschung.

Als sie sich umzog, überkam sie der Gedanke, dass er sich vielleicht bereits Ersatz gesucht hatte. Wut stieg aus dem Nichts in ihr auf. So einfach würde sie sich nicht abspeisen lassen. Sie würde ihn zwingen, mit ihr zu schlafen, damit er begriff, dass es nur sie an seiner Seite geben konnte.

Sie griff nach einem Taschenmesser, das sie in einer der Küchenschubladen aufbewahrte, ließ es in ihre Tasche fallen und war zufrieden. Über ihre neue Spitzenunterwäsche zog sie ein eng anliegendes Kleid, das sie bereits den Abend zuvor getragen hatte. Es roch leicht nach Achselschweiß, doch Körpergerüche machten Johann wild; sie ließ es darauf ankommen.

Auf dem Parkplatz der Tierarztpraxis parkte sie ihren Wagen an der Seite, um nicht aufzufallen. Eine Routine der letzten Jahre ihrer Liebesbeziehung. Ihre Dates waren immer erfrischend gewesen und brachten sie grundsätzlich in eine überschwängliche Stimmung.

Liebevolle Gefühle für Johann kamen in ihr hoch. Er war der Mann gewesen, der sie begehrte, respektierte und liebte. Es musste ihm Angst gemacht haben, dass es Heiko auf einmal nicht mehr gab. Ein gutes Gespräch, und die Sache wäre geklärt, sagte sie sich.

Auf dem Weg zum Wohnhaus schlich sie wie in einem James-Bond-Film an der Häuserwand vorbei, um unentdeckt zu bleiben. Geschickt suchte sie in ihrer Handtasche nach dem Hausschlüssel, den sie sich vor Jahren für alle Fälle hatte anfertigen lassen. Heute war so ein Fall und sie freute sich darüber, so vorausschauend gewesen zu sein.

Johanna, seine Mutter, würde vor dem Fernseher sitzen und keine Bedrohung für ihr Vorhaben sein. Vorsichtig öffnete sie die Haustür, hörte die Stimmen aus dem Fernsehapparat, schloss die Tür geräuschlos und schlich die Stufen nach oben in die erste Etage. Oben angekommen, hörte sie Geräusche, die sie nicht sofort einordnen konnte. War Johann gefallen, hatte er sich verletzt und stöhnte verzweifelt nach Hilfe?

Sie huschte in die offene Wohnung, durch den Flur direkt ins Wohnzimmer, entdeckte ihn nicht, ging weiter ins Schlafzimmer und blieb wie angewurzelt stehen, als sie die Szene, die ihr geboten wurde, voll und ganz begriff.

Eine Gefühlsexplosion breitete sich in ihr aus. Nie im Leben würde sie dieses Bild vergessen. Die Schande und Demütigung.

Johann drehte sich um und erschrak zutiefst. Er löste sich von der Frau, die vor ihm nackt, in High Heels und mit Kopf und Körper an der Wand lehnend stand.

Der schmerzhafte Schrei eines erlegten Tiers durchzog den Raum.

Anouk hielt an der Klubgarten-Apotheke gegenüber dem Bahnhof, ließ Toni aussteigen und wartete. Mittlerweile war es draußen dunkel geworden. Als er zurückkam, lächelte er erleichtert.

Am Hotel Villa Saxer fuhr Anouk dieses Mal auf den Hotelparkplatz und gab an der Rezeption Bescheid. Sie erfuhren, dass sich Frau Schreiber und ihre Tochter in ihren Zimmern aufhielten.

Nachdem Gudrun Schreiber ihre Hotelzimmertür nicht öffnete, versuchten es die Polizisten bei Anna Schreiber.

»Ja?«, hauchte die Tochter des Opfers und riss die Hoteltür auf. Sie stand elegant und in Schwarz gekleidet vor ihnen. Bluse, eng anliegende Jeans und High Heels waren perfekt aufeinander abgestimmt. Anouk erkannte Überraschung und Ablehnung im Blick der Frau und stellte sich innerlich auf verbale Attacken ein.

»Sie?«, fragte sie und schürzte die Lippen.

»Frau Schreiber, wir suchen Ihre Mutter und wir haben noch ein paar Fragen, dürfen wir reinkommen?«

»Nein, das passt mir jetzt gar nicht. Ich erwarte Besuch«, antwortete sie und setzte ein falsches Lächeln auf.

»Es dauert auch nicht lange, dann sind wir gleich wieder weg. Wir mögen es informal, sonst müssen wir Sie mit zur Polizeiinspektion nehmen. Obwohl, wir sind ja gerade in dem Gebäude der alten Polizeiwache, dann können wir das auch gleich hier hinter uns bringen, oder?«, lachte Toni und hielt sich die Hand vor den Mund über seinen eigenen Scherz. Er hatte offensichtlich Erfolg bei der Tochter des Opfers. Sie trat zur Seite und ließ die Polizisten ins Zimmer.

»Ist das so?«, fragte Anna Schreiber und runzelte die Stirn.

»Oh ja! Es ist noch gar nicht so lange her, dass die Polizei im Herzen der Stadt residierte!«, strahlte er.

»Frau Schreiber, wo ist Ihre Mutter?«, unterbrach Anouk ihren Kollegen.

»Sie sollte in ihrem Zimmer sein. Doch ich weiß es nicht. Ich muss auch langsam wieder nach Heidelberg«, versuchte sie, die Polizisten abzuwimmeln.

»Und die Beerdigung?«, fragte Toni erstaunt.

»Mein Vater war kein Engel, auch wenn er sich gerne für die Zeitung als Wohltäter in Goslar aufspielte.« Toni ärgerte es, dass die Frau seiner Frage auswich.

»Wie kommen Sie darauf?«, fragte Anouk.

»Er war kalt und berechnend. Nichts wurde unterstützt, wenn es nicht seinem eigenen Nutzen diente.

Ich kann bis heute nicht verstehen, was meine Mutter an diesem Mann fand. Er hat uns behandelt wie Abschaum. Trotz seines Vermögens hatte meine Mutter nur ein winziges Haushaltsgeld zur Verfügung. Ich wurde in der Schule gehänselt, weil ich trotz meines Vaters nichts besaß. Er hat uns immer und überall knappgehalten. Er war nie da und wenn er da war, redete er abfällig, war gehässig und gemein«, machte sich die Tochter Luft.

»Puh, das hört sich aber nicht gut an!«, erwiderte Toni in mitfühlendem Tonfall.

»Ich bin froh, dass ich in Heidelberg wohne. Glauben Sie mir. Die Herzlichkeit meiner Großeltern ist Kompensation für alles.«

»Werden Sie Ihre Mutter mit nach Heidelberg nehmen?«, fragte Anouk.

»Das weiß ich noch nicht. Nach all den Jahren ist sie sehr mit Goslar verbunden, hat ihre Freunde und ihr Leben hier.«

»Wie meinen Sie das?«

»Na ja, ihre wohltätigen Projekte. Besonders die Kinder hängen ihr am Herzen.«

»Ich dachte, Ihr Vater war der Wohltäter?«, fragte Anouk und legte den Kopf zur Seite.

»Ach, hören Sie mir auf. Wieso der mit all den Projekten begonnen hat, weiß ich auch nicht. Bestimmt nicht, weil er sich dann besser fühlte oder der Welt etwas zurückgeben wollte. Er war Egoist, durch und durch.«

Plötzlich klopfte es an der Tür.

Anna Schreiber wischte sich eine Haarsträhne aus dem Gesicht, schritt zur Zimmertür und öffnete sie.

»Anna, schön siehst du aus! Ich habe mich auf unser Treffen gefreut!«, sagte eine Stimme, die Anouk bekannt vorkam. Sekunden später stand Olaf im Zimmer.

»Anouk, was machst du hier?«, fragte Olaf mit großen Augen.

»Ich bin beruflich hier und auch gleich wieder weg«, antwortete sie in eisigem Ton. Sie reichte Anna Schreiber eine ihrer Visitenkarten und bat sie, sich bei ihr zu melden, wenn sie wüsste, wo sich ihre Mutter aufhielt. Anna Schreiber lächelte erleichtert und schloss die Tür, als die Kommissare auf den flauschigen Teppich des Hotelflurs traten. Sofort wurde die Tür wieder aufgerissen und Olaf sprintete den Kommissaren hinterher.

»Anouk, warte. Ich muss mit dir reden!«, rief Olaf hinter ihnen her.

Die Polizistin drehte sich um und blieb stehen.

»Wir müssen nicht reden. Alles ist gut«, seufzte sie und drehte sich zum Gehen.

»Nein, für mich nicht und ich spüre, dass es für dich auch nicht gut ist«, sagte der Tierarzt, packte Anouk am Ärmel der Winterjacke und drehte sie herum. Unmut stieg in ihr auf. Sie presste die Lippen aufeinander und kniff die Augen zusammen.

»Was willst du?«, fragte sie harsch.

Toni griff Anouk an die Schulter und gab ihr zu verstehen, dass er bereits vorgehen und unten auf sie warten würde. Sie nickte und wendete sich wieder Olaf zu.

»Anouk!«, stöhnte er.

»Olaf, hör auf mit dieser Scheiße!«

Er riss überrascht seine Augen auf.

»Wie sprichst du denn mit mir?«, fragte er fassungslos.

»Ich spreche so, wie es mir passt«, sagte sie und hob das Kinn.

»Was ist mit dir?«, fragte er weiter.

Anouk stemmte ihre Hände in die Hüften.

»Olaf, wir hatten eine Vergangenheit, die für dich in Ordnung war, und als es für dich nicht mehr passte, hast du mich wie ein paar alte Socken weggeschmissen. Einfach so! Ich war dir egal!«

»Bitte, hör mir zu! Ich war dumm!«, atmete er kurz und stoßweise.

»Ich habe gelitten wie ein Hund, habe mich und die Welt infrage gestellt, weil ich nicht verstanden habe, wieso du mich für ein Kind einfach so aufgeben konntest. Wir hatten alle Zeit der Welt.«

»Wir müssen reden! Das siehst du doch! Bitte!«, bettelte er weiter.

»Aber weißt du was? Ich bin froh. Ja, ich bin sehr froh, dass sich unsere Wege getrennt haben. Denn erst jetzt habe ich verstanden, dass du nicht gut für mich warst«, hob sie ihren Kopf.

Olaf verstummte.

»Bei uns ging es immer nur um dich und deine Bedürfnisse. Wie jetzt! Du kommst nach Goslar, fällst in mein Leben, weil die Mutter deines Kindes nicht mehr deinen Erwartungen entspricht.«

Er unterbrach sie.

»Das stimmt nicht!«, reagierte er trotzig.

»Ach, nein? Olaf, du bist meine Vergangenheit, aber nicht meine Gegenwart und schon lange nicht mehr meine Zukunft. Was du mit wem und zu welchem Zeitpunkt machst, interessiert mich nicht mehr.«

Er griff nach ihren Händen, doch sie entriss sie ihm augenblicklich.

»Anouk, ich habe dich immer geliebt.«

»Ach wirklich?«

»Bitte!«

»Du hast dich immer am meisten geliebt!«

»Das stimmt nicht!«

»Hör auf. All die Jahre hat es vielleicht funktioniert, mich um den Finger zu wickeln, doch jetzt habe ich dein wahres Gesicht entdeckt. Verschwinde!«, zischte sie und trat einen Schritt zurück.

Er stand mit offenem Mund vor ihr.

»Lass mich in Ruhe! Ich bin durch mit dir!«, fauchte sie, drehte sich um und ließ ihn stehen.

Sie entschied sich für die Treppen zum Hoteleingang und blieb, nachdem Olaf sie nicht mehr sehen konnte, stehen. Sie lehnte sich an die Wand und lauschte. Er musste regungslos im Hotelflur gestanden haben, bevor er sich entschied zurückzugehen.

Die Tür zu Anna Schreibers Zimmer wurde geöffnet und Anouk hörte, wie sie sagte: »Und? Hast du die Kommissarin noch erwischt?«

»Ja, ja!«

»Und was wolltest du von ihr?«

»Nicht so wichtig, alte Frankfurter Geschichten!«

Anouk schloss die Augen und spürte ihr Herz rasen.

-35-

Martha zog Gustav durch die Kaiserpassage, in der Weihnachtsmusik an die Adventszeit erinnerte. Der Drogeriemarkt war ihr Ziel. Willi trottete hinterher, schaute sich gelangweilt die Schaufenster an und trug brav zwei Jutebeutel voller Schätze aus dem Reformhaus.

»Und wie geht das noch mal ganz genau?«, fragte Martha ungeduldig.

»Zeig ich dir, wenn wir da sind.«

»Und ich kann die Fotos dann gleich mitnehmen? Die müssen nicht noch entwickelt werden?«

»Genau.«

»Herrlich! Wo ist denn Willi?«, fragte sie, drehte sich nach hinten und rieb sich die Hände.

An der Fotoservicestation des Drogeriemarktes war wenig Betrieb und Gustav erklärte seiner Schwester mit Engelszungen, wie sie ihre Bilder auf dem Handy ausdrucken konnte.

»Dauert das noch lange?«, maulte Willi und trat von einem Fuß auf den anderen.

»Der druckt doch schon!«, erwiderte Martha, die mit einem Dauerlächeln vor dem Drucker stand und zwischendurch in die Hände klatschte.

»Ich geh noch mal zur Buchhandlung Böhnert rein«, sagte Gustav, als Martha ihre Fotoabzüge bezahlt hatte und die Rentner an den Rolltreppen in der Kaiserpassage standen.

»Und? Was suchst du?«, fragte Willi und lehnte sich neugierig vor.

»Ich schau mal unter den Regionalkrimis, ob es wieder etwas Neues gibt«, schmunzelte er.

»Ach, ich weiß nicht! Wenn man einen Autor gut findet, muss man ja zum Teil ein Jahr und länger warten, bis der nächste Fall erscheint! Warum die nicht schneller schreiben können!«, beschwerte sich Willi.

»Hast du schon mal ein Buch geschrieben?«, sagte Martha und griff ihrem Mann in die Seite.

»Nö!«

»Siehst du, also hast du gar keine Ahnung, wie viel Arbeit das ist!«

Willi verdrehte die Augen und verstaute die Fotos in einen der beiden Jutebeutel in seiner Hand. Martha und Gustav hingegen vertieften sich darüber, welche Art von Krimi sie am liebsten hätten und gaben sich gegenseitig Buch- und Hörbuchempfehlungen. Willi stand währenddessen gelangweilt daneben und beobachtete die Passanten.

»Martha, komm, ich will nach Hause!«, sagte er ungeduldig nach einiger Zeit. Seine Frau hatte glücklicherweise ein Einsehen und verabschiedete sich von ihrem Bruder mit einer Umarmung.

Nachdem sie der Bus nach Kramerswinkel gebracht hatte, bereitete Martha ein frühes Abendbrot zu. Nach dem Essen half Willi beim Abräumen, verschwand aber zügig, um im Keller Arbeiten zu erledigen.

Als die Küche ihren Normalzustand erreicht hatte, setzte sich Martha auf das Sofa im Wohnzimmer und schaute sich bei einer Tasse Tee die Bilder vom Weihnachtsmarkt an. Da klingelte das Telefon im Flur. Sie wartete einen Moment und nachdem Willi das Gespräch nicht entgegennahm, schlich sie mit den Bildern unterm Arm in den Hausflur, setzte sich auf einen Hocker neben den Apparat und nahm den Hörer ab.

»Heine.«

»Martha, ich bin es, Hanna!«

»Schwesterchen, wir haben dich heute in unserer Runde vermisst!«, flötete sie fröhlich in den Hörer.

»Ach, ich hatte heute so viel um die Ohren, aber nächste Woche bin ich wieder dabei. Gehen wir dann auf den Weihnachtsmarkt?«

»So lange der offen ist und es nicht zu kalt oder nass wird, ist das doch herrlich! Du, sag mal, ich habe mir heute von Gustav zeigen lassen, wie ich die Bilder aus dem Telefon auf Papier drucken kann. Ist das nicht grandios!«, freute sich die Rentnerin, schlug sich mit der freien Hand auf den Oberschenkel und verlor dabei die Fotos, die sie unter ihrem Arm geklemmt hatte. Einzelne Bilder verteilen sich auf dem Boden vor ihr.

»Hanna, warte mal. Die Fotos ...«, sagte sie, stand umständlich vom Hocker auf und sammelte ungeschickt die einzelnen Fotos vom Boden ein.

»Da bin ich wieder!«, pustete sie in den Hörer. »Stell dir vor, die Bilder von unserem letzten Treffen liegen in meiner Hand!«

»Wirklich?«

»Genau, ich bin ja völlig begeistert. Einige von den Bildern hat der Drucker zwar unscharf ausgedruckt, doch die meisten sind gut geworden«, berichtete Martha weiter.

»Das war nicht der Drucker, sondern deine wackeligen Finger!«, donnerte Willi, der gerade durch die Kellertür in den Hausflur trat.

»Dich hat doch keiner gefragt!«, erinnerte sie ihren Mann und Hanna lachte in den Hörer.

»Ich glaube, Willi hat recht«, bestätigte ihre Schwester.

»Meinst du? Na ja, egal. Die meisten sind auf alle Fälle gut geworden!«

Martha wechselte das Thema und berichtete ihrer Schwester, was sie am Abend noch vorhatte; da kam Hanna auf den Mordfall zu sprechen.

»Jonas hat mir erzählt, dass ihr unserer Kommissarin einen wichtigen Hinweis geliefert habt.«

Martha strahlte und schob die Brust nach vorne.

»Ja, wegen unserer Nachbarin. Frau Bernstein haben wir ja an Inga Meit vermittelt und später kam ihre Pflegerin, die Luisa, noch mal auf uns zu und hat uns ein Foto gegeben mit der Bitte, es der Kommissarin weiterzuleiten.«

»Und?«

»Die Frau Bernstein hat ja nach Namen gesucht und du weißt ja, dass Gustav sehr aktiv in der Flüchtlingshilfe ist. Also habe ich es zum Treffen mitgebracht; er erkannte die Frau und wir konnten das Foto mit Namen an Frau Bernstein übermitteln!«

»Großartig!«

»Aber, woher weiß Jonas davon?«, fragte nun Martha.

»Na ja, von Frau Bernstein direkt. Er war vorhin im Präsidium.«

»Wirklich, und da hat sie es ihm direkt gesagt?«

»Genau!«

»Meinst du, ich schicke ihr auch mal die Fotos vom Weihnachtsmarkt? Man kann ja nie wissen, ob da vielleicht etwas Brauchbares drauf ist? Wir waren ja direkt vor Ort!«

Hanna schüttelte den Kopf über den Übereifer ihrer älteren Schwester.

»Na ja, vielleicht ist es wichtig!«, sagte sie trotzdem, um Martha nicht zu enttäuschen.

———◇·◇———

Die Anspannung der Kollegen war auf den Gängen der beiden Fachkommissariate deutlich zu spüren. Hansen hatte weitere Befragungen auf Eis gelegt und wollte warten, bis es neue Erkenntnisse gab. Cordes' Unmut über Anouks Verhalten heizte die Spannung zusätzlich an.

Oscar hatte währenddessen verschiedene Versicherungspolicen und Kalendertermine in einem Bericht zusammengetragen, wartete auf den Rückruf eines Notars und verteilte noch zusätzlich die aktualisierten Informationen auf den Tischen der Kollegen, nachdem er eine Rundmail verschickt hatte. Keiner sollte die Informationen verpassen.

Er war auf dem Gang vor dem Büro von Anouk und Toni. Als er die Tür öffnete, schaute er in gähnende Leere. Er ging zu den Schreibtischen und verteilte seine Ausdrucke. Plötzlich klingelte Anouks Telefon. Er legte die Papiere aus der Hand und griff nach dem Hörer.

»Oscar Müller, Polizeiinspektion Goslar.«

»Herr Müller, ja, guten Abend. Ist Frau Bernstein zu sprechen?«, fragte Martha am anderen Ende der Leitung.

»Mit wem spreche ich denn?«

»Ach, ja, entschuldigen Sie. Ich bin Martha Heine.«

»Vielleicht kann ich Ihnen ja helfen?«

»Ja. Ich habe private Aufnahmen vom Tatort, die ich Frau Bernstein zukommen lassen wollte. Können Sie mir ihre Handynummer geben?«

»Nein, tut mir leid, das kann ich nicht, aber ich gebe Ihnen meine und leite die Bilder an Frau Bernstein weiter. Sind es denn viele?«

»Ja, schon. Ist das ein Problem?«

»Nein. Ich gebe Ihnen eine Nummer und Sie schicken mir die Bilder über WhatsApp. Sie haben doch WhatsApp, oder?«

»Ähm, ja. Da fragen Sie mich jetzt was. Ist das dieser grüne Knopf mit dem Telefonhörer in der Mitte?«

»Genau!«

Martha sendete Oscar über dreißig Bilder zu, die unterschiedliche Qualitäten vorwiesen. Die meisten davon waren recht dunkel, aber trotzdem erstaunlich gut in ihrer Qualität. Als er beim Weiterleiten an Anouk auf Senden drückte, wurde die Bürotür aufgerissen. Ein Kollege stand in der Tür.

»Wir haben einen Notruf!«, rief er und war augenblicklich wieder verschwunden. Die Neuigkeit, dass Gudrun Schreiber involviert war, breitete sich wie ein Lauffeuer in der zweiten Etage der Polizeiinspektion aus.

-36-

Gudrun Schreibers Mund stand nach ihrem Schrei sperrangelweit auf. Die nackte Frau Anfang dreißig tippelte in ihren Stöckelschuhen zu einem Stuhl im Raum und griff nach einem T-Shirt.

»Wie um alles in der Welt bist du ins Haus gekommen?«, schrie Thiede, griff sich an die Stirn und suchte ebenfalls hektisch nach Kleidung.

»Du alter, fetter, notgeiler Sack! Wie konntest du mir das antun?«, keifte Gudrun Schreiber zurück, stand breitbeinig im Raum und bekam langsam rote Flecken im Gesicht.

»Wer ist die Schlampe?«, zischte sie weiter, schritt bedrohlich auf die Frau zu und packte ihr ohne Vorankündigung in die Haare. Diese klatschte die entgegenkommende Hand zur Seite, stieß einen Angstschrei aus, schleuderte die High Heels in eine Ecke und griff hektisch nach einer Jeans, die am Boden lag.

Gudrun Schreiber folgte ihr, bückte sich vor und schlug ihr mit voller Wucht auf den nackten Hintern, dass es laut klatschte.

Wieder ertönte ein schreckhaftes Kreischen.

»Das gefällt dir doch, du Schlampe!«, fauchte die Witwe weiter.

»Hör auf damit!«, schimpfte Johann Thiede mit hochrotem Gesicht, zog sich ein Hemd über den Kopf und schlug mit der flachen Hand donnernd gegen die Wand.

Gudrun Schreibers Gesicht war erfüllt von blankem Hass. Sie drehte sich um, stürzte auf ihn und schlug mit geballten Fäusten auf den halb nackten Mann ein.

Ihre Gesichtszüge entgleisten sekundenlang, doch unerwartet breitete sich Trauer in ihr aus. Dabei quollen Tränen empor und liefen ihr über die Wangen. Ihre Schultern sackten zusammen, sie beugte sich vor und hielt sich wie eine Schwerverletzte den Bauch.

Sein schallendes Lachen erfüllte den Raum.

»Gudrun, Schätzchen! Das nächste Mal nehme ich dich wieder richtig hart, so wie du es magst«, hob er ihren Kopf, schubste sie weg und verfiel in eine weitere Lachtirade.

Gudrun Schreiber sank unter Tränen wie ein nasser Sack unsanft zu Boden und kauerte sich zusammen.

Die junge Frau im Raum tat es Thiede gleich und fing lautstark an zu lachen.

Die Witwe begann bitterlich zu weinen und atmete kurz und stoßweise.

»Es war von Anfang an klar gewesen, dass ich mehrere Frauen haben werde. Ich kann nicht nur bei einer bleiben! Aber ich war immer gut zu dir und besser als Heiko es je war, das musst du doch zugeben, oder?«, drückte er die Brust hervor, um seinen Worten Nachdruck zu verleihen. Er hob Boxershorts vom Boden und zog sie an.

Ein Gefühl vollster Erniedrigung durchzog sie, während sie am Boden hockte. Wo war ihr Hochgefühl gewesen? Hatte sie nicht das Empfinden von ausdauernder Kraft in sich gespürt?

Durch ihre Gedanken ließ ihr Schluchzen allmählich nach. Sie schaute in den Spiegel an der Wand und sah, dass ihre Wimperntusche durch die Tränen verlaufen war. Sie erkannte dieses verschmierte Gesicht. Vor Jahren hatte Heiko sie sexuell abgelehnt und erniedrigt. Damals, genau in dem Moment der Kränkung, hatte sie beschlossen, sich einen Mann zu suchen, der ihr gab, was sie brauchte. Kurz danach hatte sie das erste Mal in ihrem Leben dieses kraftvolle Hochgefühl verspürt, eine unbändige, innere Stimmung, über jeden und allem zu stehen. In dieser Gefühlswallung hatte sie Johann Thiede in ihr Leben gelassen.

Ihr Blick wanderte zurück zu ihm und durch einen Tränenschleier beobachtete sie den Mann, dem sie in den letzten Jahren vertraut hatte. Der Mann, der nicht nur Tiere, sondern auch Frauen und Macht liebte.

Plötzlich wurde ihr klar, dass ihre Tochter von Anfang an recht gehabt hatte. Er war nicht besser als Heiko gewesen. Nein, er war genauso ein Egoist durch und durch und sie nur ein billiges Spielzeug.

Unerwartet stand Johanna, Thiedes Mutter, im Türrahmen und schlurfte in das Schlafzimmer.

»Johann, musst du so laut beim Ficken sein? Gleich kommen die Nachrichten im ZDF, die will ich sehen!«, schnauzte die Alte ihren Sohn wie ein Kleinkind zusammen.

Scham, Wut und Kampfeslust stiegen in Gudrun Schreiber hoch. Ohne Vorankündigung rannte sie mit voller Wucht auf Thiede los, streifte die Alte, die strauchelte, und warf sich dem Mann mit ihrem gesamten Körper entgegen. Reflexartig ergriff er ihre Arme, schritt zurück und konnte der Wucht entgegenwirken.

»Meine süße Gudrun, du bist doch verrückt, du untervögeltes Weib«, schnaubte er und lachte aus voller Brust.

Gudruns Schrei, der durch Mark und Bein ging, erfüllte den Raum. Wie in einem Hollywood-Film krallte sie sich an ihm fest, warf ihren Kopf nach hinten, schleuderte ihn nach vorne und traf Johann Thiede zwischen Mund und Nase. Sie hörte ein knackendes Geräusch und spürte das Zerbrechen von Knochen.

Aus den Augenwinkeln sah sie sein schmerzverzerrtes Gesicht. Er konnte sich nicht mehr halten und fiel. Sie stürzte mit ihm und gemeinsam flogen sie Richtung Teppich, wobei sein Kopf vorher auf die Glastischkante des Nachttisches aufschlug, bevor beide dumpf auf dem Boden aufprallten. Augenblicklich breitete sich Blut über dem Fußbodenbelag im Schlafzimmer aus.

Sekunden später riss Thiedes Mutter Gudrun Schreiber an den Haaren, um ihren Sohn von ihr zu befreien. Diese griff sich reflexartig in ihr eigenes Haar, schrie, richtete sich auf, drehte sich um und packte Johanna Thiedes Arme.

»Du Miststück, geh weg von meinem Sohn, der braucht Hilfe!«, schimpfte die Alte und zerrte weiterhin an Gudrun Schreibers Haaren. Mit einem Faustschlag in die Magengegend der Alten befreite sie sich.

Johanna Thiede ließ die Haare los, hustete und hielt sich den Bauch vor Schmerzen.

»Du bist der Teufel!«, stöhnte sie und fiel auf die Knie neben ihren Sohn.

Gudrun Schreiber richtete sich mühsam auf und wischte über ihren Mund, der sich schaumig anfüllte.

»Sag du mir nichts, du altes Weib! Du hast deinen Sohn versaut. Er ist ein Krimineller und ein Egoist.«

Johanna Thiede richtete sich mühsam auf, griff dabei auf das Bett und lief mit krummem Rücken auf Gudrun Schreiber zu. Vor ihr blieb sie stehen und schlug ihr mit der flachen Hand ins Gesicht. Die Angegriffene wich mit schmerzverzerrter Miene zurück und schubste die Alte nach hinten, die sich nicht halten konnte und auf ihren Sohn fiel.

Die erstarrte junge Frau in der Ecke des Raums erkannte den Ernst der Situation als Erste, suchte hektisch nach ihrem Smartphone, rannte aus dem Schlafzimmer, über den Flur und über die Treppe ins Freie.

Gudrun Schreiber schaute ihr kurz hinterher und wendete sich wieder Johanna Thiede zu: »So, und jetzt ganz lieb sein, denn ich schaue mir in Ruhe die Nachrichten an.«

Kaum war die junge Frau halb bekleidet vor dem Haus angekommen, wischte sie über das Display ihres Smartphones. Die Kälte des Winters spürte sie nicht, als sie die 110 wählte.

-37-

Toni saß im Eingangsbereich des Hotels Villa Saxer und wartete auf Anouk. Er hatte sich für einen schwarzen Ohrensessel entschieden, der sich drehen ließ. Der Kommissar bewegte die Sitzgelegenheit hin und her, während er die Leute beobachtete. Nach einer Weile erinnerte er sich an seine Medizin, nahm sie und las danach die Packungsbeilage. Nach der dritten Nebenwirkung faltete er ungeschickt den Zettel hektisch wieder zusammen, stopfte ihn in die Verpackung und steckte alles in seine Winterjacke, die über der Lehne hing.

Der Eingangsbereich des Vier-Sterne-Hotels war weihnachtlich geschmückt, allerdings dezent und anspruchsvoll. An der Rezeption standen einige neu ankommende Gäste mit ihrem Reisegepäck und warteten geduldig, bis sie an der Reihe waren, um für das Wochenende einzuchecken.

Gerade als er überlegte, einen Tee an der Hotelbar zu bestellen, kam Anouk von der Treppe in den Eingangsbereich.

»Alles gut?«, fragte er, als sie bei ihm stand, und musste unweigerlich niesen. Er riss schlagartig den Ärmel vor das Gesicht, um sie vor seinen Bazillen zu schützen.

»Gesundheit!«

»Danke. Und?«

»Ja, alles gut.«

»Was machen wir jetzt?«, fragte Toni.

»Wir fahren zu ihrem Haus, vielleicht ist sie ja dort.«

»Okay, wenn du meinst.«

»Was ist dein Vorschlag?«

»Ich weiß auch nicht. Ich weiß nur, dass ich Gudrun Schreiber seltsam finde. Kannst du dich noch an die Szene erinnern, in der sie sich die Schuhe trotz des Schnees ausgezogen hatte?«

»Ja, ich weiß. Mit der Frau ist irgendetwas. Irgendwie von Sinnen, aber komm, wir gehen.«

Anouk drehte sich um, ging zum Ausgang und merkte nicht, dass ihr Telefon mit einem Piepton eine neue Nachricht ankündigte. Toni stand auf, schnappte sich die Winterjacke, zog sie über und folgte seiner Kollegin.

Kalter Wind blies Toni ins Gesicht, als sie ins Freie traten. Er schloss seinen Reißverschluss bis zum Kinn.

Am Wagen klingelte Anouks Telefon. Die Kommissarin angelte das Smartphone, erkannte ihre eigene Büronummer und nahm ab.

»Anouk Bernstein.«

»Hier ist Oscar, wir haben gerade einen Notruf reinbekommen. Johann Thiede ist in seiner Wohnung angegriffen worden. Die Anruferin geht davon aus, dass er tot ist. Die Kollegen sind bereits unterwegs.«

»Was?«, erstarrte die Kommissarin und blickte ins Leere.

»Was ist los?«, fragte Toni.

Anouk schüttelte den Kopf und hob die Hand, um ihm verstehen zu geben, dass sie ihn gleich informieren würde.

»Danke, wir machen uns auf den Weg.«

Mit Blaulicht fuhren sie von der Mauerstraße am Achtermann, Bahnhof und Post vorbei, Richtung Wachtelpforte. Auf dem Parkplatz vor der Tierarztpraxis standen vier Polizeiwagen mit Blaulicht, ein Krankenwagen und der Bus der Spurensicherung. Susanne Schönfeld war mit ihrem Team bereits vor Ort. Ein

Kollege an der Straße hielt Anouk zur Eingangskontrolle an. »Frau Bernstein!«, wurde sie begrüßt, bevor er sie durchließ. Das Haus der Thiedes war hell erleuchtet und laute Stimmen drangen nach draußen.

Als Anouk das Auto verlassen hatte, schloss sie für einen Moment die Augen, um sich auf das Kommende vorzubereiten. Toni stand hinter ihr und wartete geduldig, ohne einen Kommentar von sich zu geben.

Sie atmete tief in den Bauch, drehte sich zu Toni, nickte ihm zu und betrat mit ihrem Kollegen kurz darauf das Haus des Tierarztes.

Hansen kam ihnen entgegen und informierte sie darüber, dass nicht nur Johann Thiede, sondern auch seine Mutter im oberen Stockwerk tot aufgefunden worden war und die Zeugin in der Küche betreut wurde.

Anouk wollte unmittelbar an ihm vorbeistürmen, doch ihr Chef hielt sie fest und wies sie darauf hin, dass die Angreiferin im Wohnzimmer des Erdgeschosses saß. Sie runzelte die Stirn und der FK1-Leiter gab ihr zu verstehen, in die Küche zu blicken, in der die junge Frau eingewickelt in Decken saß. In diesem Moment hörten sie Schreie aus dem Wohnzimmer und liefen hinein.

Anouk sah zu ihrer Überraschung Gudrun Schreiber.

Sie schlug entfesselt um sich, zappelte und schrie wild. Zwei Beamte versuchten sie zu beruhigen. Als die Witwe die Kommissarin entdeckte, wurde sie schlagartig still und formte ihren Mund zu einem Lächeln.

»Frau Bernstein. Endlich sind Sie da«, sagte sie im kindlichen Tonfall, sackte leicht zusammen und ließ sich auf das Sofa im Raum fallen.

»Frau Schreiber! Was ist denn hier bloß passiert?«, fragte Anouk mitfühlend, um sich auf die Stimmung der Frau einzustellen.

»Wieso? Ich wollte nur die Nachrichten anschauen, doch ich darf nicht«, lächelte sie unschuldig und leckte sich dabei über die Lippen.

»Und warum geht das nicht?«, fragte Anouk und setzte sich zu der Frau auf die Couch.

»Ich weiß auch nicht! Ich bin einfach so müde!«, sagte sie und ließ sich zur Seite fallen.

»Ich komme gleich wieder. Ruhen Sie sich hier mal schön aus.« Anouk stand auf und ging in die Küche. Toni folgte ihr. Die junge Frau, die in Decken eingewickelt war, starrte beide an. Neben ihr stand ein Sanitäter und war in seinen Arztkoffer vertieft.

»Geht es Ihnen gut?«, fragte Anouk sanft.

»I don´t speak German«, antwortete die Frau in russischem Akzent.

»Are you okay?«, wechselte die Kommissarin ins Englische.

»This is crazy woman! She is a murderer!«, überschlug sich die Frau, begann zu zittern und zog die Decke reflexartig höher.

»Ich habe ihr bereits Beruhigungsmittel gegeben«, schaltete sich der Sanitäter ein und die Kommissarin nickte.

»No worries. You are safe now«, sagte Anouk, legte der Frau eine Hand auf die Schulter und wendete sich wieder an den Sanitäter.

»Haben Sie Frau Schreiber auch etwas gegeben? Zur Beruhigung?«

»Nein, sie verweigert alles. Aber sie macht einen komischen Eindruck.«

»Komisch? Inwiefern?«

»Sie wechselt im Minutentakt die Persönlichkeiten. Entweder kann sie gut spielen oder sie braucht dringend Medikamente.«

»Und jetzt?«

»Jeden Moment sollte ein Psychiater hier sein.«

»Okay.«

»Du hast ja voll den amerikanischen Slang drauf«, sagte Toni bewundernd.

»Wirklich?«, schmunzelte sie.

»Hammer!«

»Ich habe eine Zeit lang in den USA gelebt.«

»Quatsch, oder?«

»Nein!«

»Wirklich?«

»Ja, wirklich«, lächelte Anouk.

»Frau Schreiber, brauchen Sie Medikamente?«, fragte Anouk, als die Kommissare zurück im Wohnzimmer waren. Die Witwe lag immer noch auf dem Sofa und hielt sich die Augen mit ihrem Arm zu.

Anouk legte eine Hand auf den Arm. Die Witwe erschrak und setzte sich hastig kerzengerade auf das Sofa.

»Frau Schreiber, ich wollte Sie nicht erschrecken!«, entschuldigte sie sich.

»Was ist los? Müssen wir schon los?«

»Nein, aber brauchen Sie Medikamente? Nehmen Sie regelmäßig Arzneimittel?«

»Ich weiß nicht!«

»Weiß das Ihre Tochter?«

Gudrun Schreiber fing schallend an zu lachen.

»Ich habe doch keine Tochter!«, lachte sie weiter und schlug sich auf die Oberschenkel.

»Doch, Anna«, erinnerte sie Anouk.

»Ach, Anna! Die weiß alles. Sie hat immer recht und weiß mir zu helfen. Doch dieses Mal hat es nicht geklappt. Sie fragt mich immer so viele Sachen. Das finde ich ganz furchtbar an ihr. Sie fragen auch so viel.«

Die Frau strich sich erst über die Haare und ließ dann ihr Gesicht in die Hände fallen, massierte Augen und Brauen und griff sich in den Nacken.

Schritte kündigten einen Kollegen an, also drehten sich Anouk und Toni um und entdeckten Cordes.

»Na, die Bernstein ist ja auch hier!«

»Dieter, was ist?«, fragte Anouk unwirsch.

»Hättest du die Tochter nicht gleich mitbringen können? Ihr wart doch im Saxer!«, tadelte er.

Anouk ignorierte ihn, presste die Lippen aufeinander und verließ kommentarlos das Wohnzimmer.

»Hat deine Kollegin ihre Tage?«, fragte er Toni.

»Mensch, Didi, halt einfach die Klappe!«

»Wieso?«

»Wir wussten doch gar nicht, dass Gudrun Schreiber hier ist!«, verteidigte Toni seine Kollegin.

Bei dem Wort Didi wurde Gudrun Schreiber hellhörig.

»Didi? Der Didi von Johann?«, fragte sie und streckte ihre Brust vor. »Du bist doch auch ein ganz passabler Liebhaber. Komm her und reib dich ein wenig an mir. Hier ist es so langweilig; ich hatte heute noch keinen Sex«, hauchte die Witwe und öffnete ihre Oberschenkel. Cordes erstarrte. Augenblicklich verließ er den Raum.

Im Flur wartete Anouk und hielt ihn unsanft auf.

»Jetzt hör mal gut zu, Cordes! Wenn du noch einen dummen Spruch lässt, dann lasse ich dich auffliegen und du bist den letzten Tag Kommissar gewesen, verstanden?«, fauchte sie im Flüsterton.

Dieter Cordes versteinerte.

»Was willst du von mir?«

»Ich weiß noch nicht zu hundert Prozent, was da im Swinger-Klub mit dir gelaufen ist, doch ich bin mir sicher, es wäre nicht förderlich für deine Polizistenkarriere. Den USB-Stick werde ich gut aufbewahren. Du hältst ab jetzt die Beine still und lässt mich meine Arbeit machen, sonst bringe ich dich hinter Gitter.«

Cordes nickte stumm und verschwand.

Anouk lehnte sich an die Wand und starrte an die Decke. Hatte sie das Richtige gemacht? War Cordes gefährlich, stand er vielleicht sogar auf der Seite der Mörder oder war er einfach nur ein Swinger-Klub-Besucher, der vor dem Alltag und seiner Ehe floh? Sie wusste es nicht, und Thiede war jetzt tot.

»Alles in Ordnung?«, fragte Hansen, der plötzlich vor ihr stand.

»Ja, Jürgen. Ich habe wohl heute zu wenig gegessen«, antwortete sie und fühlte sich schlecht bei der Lüge.

Unaufgefordert steckte er ihr einen Müsliriegel entgegen.

»Ist zwar nicht bio, aber vielleicht hilft er dir. Die habe ich immer dabei«, sagte der Leiter väterlich.

»Danke! Wir sollten Anna Schreiber verständigen. Sie weiß vielleicht, ob ihre Mutter Medikamente braucht«, lenkte sie ab, nahm den Riegel entgegen und steckte ihn in die Tasche.

»Der Psychiater sollte gleich hier sein. Warst du schon oben?«, fragte ihr Chef.

»Nein. Ich gehe mit Toni gleich hoch. Hat Gudrun Schreiber die Tat zugegeben?«

»Nein, und sie macht einen sehr verwirrten Eindruck; doch wir haben ja eine Zeugin.«

Anouk nickte und fischte nach ihrem Handy. Als sie es entsperrt hatte, entdeckte sie eine neue Nachricht. Sie war von Oscar und erklärte, dass die Bilder von Martha Heine seien. Anouk öffnete einige und erkannte den Goslarer Weihnachtsmarkt. Sie schaute sich ein paar Fotos an und verstand nicht, warum ihr Frau Heine diese Bilder schickte; also schloss sie die Nachricht und wählte die Nummer des Hotels von Anna Schreiber.

Über die Rezeption wurde sie in das Zimmer geleitet, allerdings blieb der Anruf unbeantwortet. Sie legte auf und ging zurück ins Wohnzimmer.

»Frau Schreiber, warum haben Sie Johann Thiede umgebracht?«, fragte Toni, als er den Raum betrat.

»Ich habe nichts gemacht, glauben Sie mir!«, flehte die Frau auf dem Sofa und öffnete lächelnd die Arme, als sie Anouk ins Zimmer kommen sah.

»Die Kommissarin!«

Anouk nahm sich einen Stuhl und setzte sich zu der Frau.

»Frau Schreiber, wir haben eine Zeugin, die gesehen hat, dass Sie Johann Thiede angegriffen haben. Warum haben Sie das gemacht?«

Sie schwieg. Anouk wartete und beobachtete, wie sich Schweiß auf der Stirn der Frau bildete, den sie ruckartig wegwischte. Dann legte die Witwe den Kopf in den Nacken und starrte die Wohnzimmerdecke an.

»Das ist schon ein erbärmliches Haus. Da meint man, die Thiedes haben richtig viel Geld, doch schauen Sie sich mal um! Alles sperrmüllverdächtig.«

Anouk blieb stumm und hoffte, sie würde in einen Redefluss kommen.

»Geld ist doch ein Gift. Wir wollten es immer haben, doch es tut den Menschen nicht gut, denn wir vergessen die wahren Leitbilder des Lebens. Diese können wir nicht mit Geld kaufen. Werte wie Liebe, Anerkennung, Loyalität.« Sie schaute auf ihre Hände und spielte mit den Fingernägeln.

»Mein Mann hat mich behandelt wie Vieh. Ich musste um jeden Cent betteln. Mein Leben war die reine Hölle. Er hat mich verachtet und gedemütigt«, sagte sie abgeklärt und Anouk überlegte noch, ob Gudrun Schreiber eine hervorragende Schauspielerin war, da schlug die Witwe die Hände vors Gesicht. Ihr Körper bebte und schluchzend wischte sie sich Tränen aus den Augen. Sekunden später lachte sie entgeistert.

»Doch jetzt bin ich frei! Ich bin frei und reich! Niemand kann mir je wieder etwas wegnehmen. Ich bin wie neugeboren!«

»Was war mit Johann Thiede?«

»Ach, Kindchen. Sie haben ja keine Ahnung, wie es ist, wenn man feststellt, dass man nur getäuscht und benutzt wurde. In Ihrem Leben gibt es doch bestimmt nur Gutes. Sie sehen großartig aus und sind jung. Sie müssen bestimmt nicht betteln, dass Ihnen ein Mann Aufmerksamkeit schenkt!«, erklärte sie geschäftsmäßig.

»Was war mit Thiede?«

»Was soll mit ihm gewesen sein? Auch er war ein A-r-s-c-h-l-o-c-h!«, zog sie das Wort in die Länge und begann unkontrolliert zu kichern.

»Haben Sie das Gleiche mit Ihrem Mann gemacht? Haben Sie sich von Ihrem Mann befreit, wie Sie sich jetzt Johann Thiedes entledigt haben?«

»Mein Kind, Sie wissen nichts.«

»Gut, dann erklären Sie mir alles und sagen mir, was bei Ihrem Mann vorgefallen war.«

Gudrun Schreiber verfiel in lautes Gegacker und riss plötzlich unkontrolliert an ihren Haaren.

»Frau Schreiber, ich schaue jetzt in Ihre Tasche, ob ich Medikamente finde«, sagte Anouk und verließ den Raum. Toni kam hinterher.

Sie erfuhren von Hansen, dass die Kollegen in den persönlichen Dingen nichts gefunden hatten.

Da kam der Psychiater um die Ecke. Er arbeitete in der psychiatrischen Abteilung der Klinik für mentale Gesundheit in Liebenburg.

-38-

»Wie geht es Ihnen, Frau Schreiber?«, fragte eine helle, aber ruhige Männerstimme.

»Vielen Dank der Nachfrage«, strahlte Gudrun Schreiber und befeuchtete ihre Lippen. »Die Sanitäter haben sich wunderbar um mich gekümmert. Ich glaube, ich habe mir den Fuß verstaucht.«

Sie hielt inne, strich sich erst über den Spann und dann durch die Haare.

»Und dann diese vielen Ereignisse. Ich weiß nicht, ob ich verrückt geworden bin. Es ist alles so furchtbar, was in den letzten Tagen passiert ist.«

Sie setzte sich zurück ins Sofa, beugte sich wieder nach vorne und suchte nach ihrer Handtasche am Boden.

»Wissen Sie, wo meine Tasche ist? Es ist wirklich verrückt!« Sie schüttelte ihren Kopf und strich sich durch die Haare.

»Erst wird mein Mann heimtückisch umgebracht und dann werde ich Zeugin, wie eine russische Prostituierte Herrn Thiede und seine Mutter erschlägt. Ich bin froh, dass ich mich ins Wohnzimmer flüchten konnte!«

Sie schlug ein Bein über das andere und wippte schwungvoll mit einem Fuß.

»Noch bevor ich mich beruhigt hatte und die Polizei verständigen konnte, hörte ich bereits das Martinshorn. Ich bin wirklich erleichtert, dass ich jetzt keine Angst mehr zu haben brauche. Es ist so gut, dass Sie da sind«, sagte Gudrun Schreiber und blickte dem Psychiater lüstern entgegen.

Der Anblick von Johann Thiede und seiner Mutter erinnerte an aufeinanderliegende Fleischhaufen. Der Kopf des Mannes war unnatürlich verdreht und lag in einer Blutlache. Die Mutter hatte einen verzerrten und entstellten Gesichtsausdruck. Ihre Porzellanhaut und ihr starrer Blick wirkten wie von einer Puppe.

Der Rechtsmediziner, der sich mit seinem freundlichen Mondgesicht gerade über die Leichen beugte, als Anouk den Raum betrat, passte gar nicht in das scheußliche Bild. Prof. Dr. Keller drehte sich um und formte die Lippen zu einem O.

»Unsere Schönheit aus dem FK1! Meine Liebe, hier in Goslar ist ja was los!«

»Herr Keller«, lachte Anouk, die den kleinen und dicklichen Mann aufgrund seiner Kompetenz und fröhlichen Art ins Herz geschlossen hatte.

»Und?«, fragte sie.

»Ich gehe von einer tödlichen Fraktur der Halswirbelsäule aus und bei der Frau würde ich einen Herzinfarkt nicht ausschließen. Sie ist alt und kann unter den Gewaltanwendungen ein Herzversagen erlitten haben.«

»Okay.«

»Sie haben doch eine Zeugin, die den genauen Verlauf schildern kann, oder?«, erwiderte Professor Keller.

»Ja, sie steht aber noch unter Schock.«

Hansen kam in den Raum, gefolgt von Toni.

»Wir können Frau Schreiber, die Tochter, nicht erreichen. Sie sollte im Hotel sein, doch sie nimmt das Gespräch nicht entgegen. Wir fahren jetzt hin«, informierte Hansen Anouk, die nickte.

»Jürgen, ich komme mit. Gudrun Schreiber und auch die Zeugin sollen ins Präsidium gebracht werden. Wir müssen auch Anna Schreiber befragen. Hier ist doch etwas komisch. Warum war Gudrun Schreiber überhaupt hier?«

Jürgen Hansen nickte, gab den Kollegen Anweisungen und suchte Cordes, den er in der Küche bei der Zeugin fand.

Auf der Treppe klingelte erneut Anouks Handy. Sie griff danach und erkannte Oscars Nummer.

»Ja?«

»Hast du dir die Fotos angeschaut?«

»Welche meinst du?«

»Von Martha Heine.«

»Ja, nur ein paar, aber nicht alle.«

»Das solltest du tun, denn ich bin der Meinung, dass ich Gudrun Schreiber auf einem der Bilder erkenne.«

»Was?!«

»Jup, und nicht nur das, sondern ich habe das Bildmaterial untersucht. Laut den technischen Angaben war sie circa dreißig oder vierzig Minuten vor Todesbeginn in der Innenstadt von Goslar und nicht in Torfhaus.«

»Danke, Oscar! Sehr gute Arbeit«, lobte sie den jungen IT-Spezialisten.

Ärger stieg in ihr unmittelbar hoch. Warum hatte sie sich die Fotos nicht genau angeschaut? Sie stürzte ins Erdgeschoss. Hansen und Toni sahen ihr mit großen Augen und offenen Mündern hinterher.

Anouk stand im Wohnzimmer und beobachtete, wie sich der Psychiater mit Gudrun Schreiber unterhielt. Sie wirkte gelöst und fühlte sich verstanden.

Anouk trat näher und beobachtete für einen Moment die Szene, bevor sie ohne Vorankündigung die neue Beweislage aussprach.

»Ihr Alibi ist soeben geplatzt!«, ließ sie die Katze aus dem Sack.

Die Witwe unterbrach ihren Satz und schaute sie schlagartig an. Augenblicklich verkrampfte sich der Körper der Frau und unkontrolliertes Zittern setzte ein.

Der Psychiater drehte sich um und verdrehte miss-billigend die Augen.

»Musste das jetzt sein?«

Anouk ignorierte den Kommentar. Stattdessen gab sie den uniformierten Kollegen Bescheid, Gudrun Schreiber festzunehmen und ins Präsidium zu bringen, und bat den Arzt, die Frau zu begleiten.

———◇·◇———

Im Auto saß Toni am Steuer und lenkte den Wagen zurück in die Mauerstraße. Aus für Anouk unerfindlichem Grund wollte er das Fahrzeug steuern. Die Heizung des Golfs lief auf Hochtouren, sodass sie sich ihre Winterjacke auszog.

Hansen hatte beschlossen, mit Cordes in die Polizeiinspektion zu fahren, um mit den Befragungen zu beginnen.

Susanne Schönfeld und Helmut Keller blieben am Tatort, um Erkenntnisse und Beweise zu sammeln.

»Sag mal, muss die Heizung so laufen?«, sagte Anouk und überlegte, ob sie noch ihren Pullover ausziehen sollte.

»Was soll ich sagen, mir ist kalt!«, entgegnete ihr Kollege, der stündlich schlechter aussah. Anouk schaute ihn an und entdeckte Schweißperlen auf seiner Stirn.

»Wenn Anna Schreiber im Präsidium ist, fährst du nach Hause, okay? Du musst ins Bett.«

Toni nickte schwach.

Die Kommissarin holte das Handy aus ihrer Schultertasche und schaute sich die Bilder von Martha Heine an.

Die Fotos waren zum Teil sehr dunkel oder unscharf, doch Oscar hatte recht behalten. Auf dem zehnten oder zwölften Foto stach das Gesicht von Gudrun Schreiber durch die Menschenmenge des Weihnachtsmarktes.

»Es ärgert mich, dass ich mir die Fotos nicht früher angeschaut oder bei Jonas' Verwandten nach Bildern gefragt habe.«

»Wie auch? Das Alibi von Gudrun Schreiber war doch bestätigt. Kannst du dich noch an die Wetterverhältnisse erinnern? Torfhaus und Goslar ist recht weit voneinander; das geht nicht einfach so. Sie muss die Strecke wirklich wie eine Furie abgefahren sein.«

»Ich weiß. Doch so, wie sie im Moment drauf ist, traue ich ihr alles zu.«

Toni nickte.

»Aber das Bild ist kein Beweis, dass sie es war, die ihren Mann umgebracht hat. Wir wissen nur, dass sie gelogen hat. Solange sie nicht gesteht, haben wir nichts in der Hand.«

Jetzt nickte Anouk stumm.

Gedankenverloren griff sie wieder zum Mobiltelefon und öffnete WhatsApp, um sich den Rest der Bilder anzuschauen.

Die Rentner hatten es offensichtlich gemütlich miteinander an diesem Abend gehabt. Sie prosteten sich zu, stellten sich zusammen und machten abwechselnd Fotos voneinander. Auch die Standorte auf dem Weihnachtsmarkt wechselten sie, und Martha Heine hatte den frühen Abend sehr gut dokumentiert. Vor dem Weihnachtswald tauchte plötzlich Gudrun Schreiber unter den Besuchern auf und erstaunlicherweise war das Bild ausgesprochen scharf.

Anouk führte zwei Finger über das Display auseinander und vergrößerte somit den Bildausschnitt. Das Bild wurde pixeliger. Dann wischte sie weiter und konnte nicht fassen, was sie auf einmal entdeckte.

»Toni! Nicht nur Gudrun Schreiber hat gelogen!«

»Nein? Was hast du entdeckt?«

»Auch Anna Schreiber!«

Toni schlug mit einer Hand auf das Lenkrad.

»Sie war bereits in Goslar! Sie ist nicht erst mit der Todesmeldung hierhergekommen!«

Toni riss die Augen auf.

»Die beiden haben den Mord gemeinsam geplant und ausgeführt!«, schlussfolgerte er.

»Möglich! Toni, fahr schneller!«

———◇·◇———

Zurück im Präsidium, traf Hansen auf Sebastian Herz. Nach der Genehmigung der Staatsanwaltschaft ließ er die Hotelzimmer der beiden Frauen untersuchen. Weder Gudrun noch Anna Schreiber waren im Polizeiregister als auffällig registriert. Die Befragung der Mutter erwies sich als schwierig, denn sie blieb stumm.

———◇·◇———

»Warum willst du auf einmal nicht mehr mit mir essen gehen?«

»Olaf, hör mir zu, meine Oma hat mir eine Nachricht geschrieben. Ich muss los!«, rechtfertigte sie sich und dachte an die Nachricht ihrer Mutter, in der sie schilderte, was bei Thiede passiert war.

Olaf stand mit verschränkten Armen vor Anna Schreiber und setzte einen trotzigen Schmollmund auf. Er hatte sich mehr erhofft, nachdem sie gerade eben noch etwas an der Hotelbar getrunken hatten.

Nach seiner Ankunft in Goslar hatte ihn Anouk vor den Kopf gestoßen. Er hatte sich eine andere Reaktion von ihr erträumt, und wie aus dem Nichts stand diese junge, naive Frau an der Bar seines Hotels und verbrachte eine erotische Nacht mit ihm. Er wollte dieses Erlebnis mit ihr wiederholen, denn er brauchte Anerkennung.

Anna war blutjung und trotz ihrer bleichen Erscheinung attraktiv auf ihre Art. Er hatte von den Tieren, seinem Beruf und seiner veganen Lebenseinstellung erzählt. Sie hatte ihn angehimmelt und berichtet, dass sie schon an Umweltdemonstrationen teilgenommen hatte. Es schien ein Funke übergesprungen zu sein, auch wenn er wusste, dass er deutlich älter war.

Erst viel später am Abend berichtete sie von ihrem verstorbenen Vater und der fehlenden Trauer um ihn, weil er egoistisch und dominant gewesen war.

Aus einem Glas Wein waren vier oder fünf geworden und irgendwann verlegten sie ihre Unterhaltung auf ihr Zimmer. Nach dem ersten Kuss wurde sie fordernd und verwandelte sich in eine Frau, die genau wusste, was sie wollte, was ihn sexuell aufheizte.

Als er ihr danach von seinem Sohn berichtete, freute sie sich und sagte, dass sie Kinder liebte und in ihrer Zukunft selber viele haben wolle. Es war so einfach, neben ihr seine Alltagsprobleme zu vergessen. Er ertappte sich bei dem Gedanken, dass er sich wünschte, mit ihr neu zu beginnen, auch wenn er Anouk noch nicht komplett aus seinem Herzen verbannt hatte.

Es war die Erinnerung an ihre gemeinsamen Jahre, die es ihm schwermachten, sie komplett zu vergessen, vor allem, weil sie ihm immer das Gefühl gegeben hatte, ihn zu nehmen, wie er war.

Die Mutter seines Sohnes hingegen kritisierte ihn nicht nur ständig, sondern war auch permanent unzufrieden.

»Dein Vater wurde aber noch nicht beerdigt.«

Ihre Augen wurden zu Schlitzen, ihr Mund zu einem dünnen Strich und ihre Dominanz blitzte heraus.

»Olaf, ich will, dass du jetzt das Zimmer verlässt, weil ich zu Ende packen und gehen will«, zischte sie. Es war ihr offensichtlich ernst damit.

»Warum hast du mich dann überhaupt heute Abend eingeladen?«, konnte er immer noch nicht ihren Wandel verstehen.

»Weil meine Mutter wieder manisch wird und ich dachte, sie braucht mich, doch jetzt muss ich wirklich gehen.«

Er runzelte die Stirn. Hatte sie manisch gesagt? Was sollte das bedeuten? Er fasste ihr auf die Schultern und blickte ihr tief in die Augen.

»Bleib«, hauchte er liebevoll.

Schlagartig schossen ihre Hände hoch und klatschten seine von ihren Schultern. Er schreckte zurück.

»Was ist los mit dir?«, ließ er nicht locker.

»Raus!«, zischte sie und schubste ihn. Er stolperte einen Schritt nach hinten.

»Anna!«

»Raus!«

Sie sprang ins Bad, schnappte sich ihren Kulturbeutel und schleuderte ihn in eine Sporttasche auf dem Bett. Beim Flug kullerte eine kleine braune Glasflasche aus dem nicht ganz geschlossenen Necessaire auf den flauschigen Teppich des Hotels.

Olaf bückte sich reflexartig nach unten und schnappte sich den Behälter. Anna sprang gleichzeitig wie eine Raubkatze auf ihn zu, riss ihm die Flasche aus der Hand und kickte ihm ihren Ellbogen in die Magengegend. Er beugte sich automatisch nach vorne, um sich seinen Bauch zu halten, und bekam einen weiteren Schlag ins Gesicht.

Augenblicklich durchzog ein dumpfer Schmerz seinen Körper und seine Nase blutete. Er fiel zu Boden und blieb unter Schmerzen und fassungslos liegen.

Sie rannte zum Schrank, zog die Tür auf, gab konzentriert die Geheimzahl des Tresors ein, öffnete die Tür, griff hinein und verstaute verschiedene Gegenstände in einer großen Handtasche.

Langsam rappelte sich Olaf auf. Er konnte nicht verstehen, was in sie gefahren war. Er stellte sich zwischen sie und das Bett, auf dem die Sporttasche lag.

»Geh aus dem Weg!«, drohte sie.

»Und wenn nicht?«, stöhnte er und hielt sich seinen Bauch.

Mit voller Wucht zog sie das Knie hoch und rammte es mit reiner Gewalt in seine Genitalien. Augenblicklich sackte er zusammen und fiel in Ohnmacht. Sie schnappte sich die Sporttasche und sah das Blaulicht durch das Fenster.

Sie fuhren mit Blaulicht über die Hildesheimer Straße und forderten Verstärkung aus der Polizeiinspektion an. Im E-Golf rasten sie an weihnachtlich geschmückten Häusern vorbei und bedrängten Autofahrer, um vorwärtszukommen. An der Ampelanlage am Köppelsbleek schob sich Toni langsam an den Autos vorbei auf die Kreuzung und bog rechts in die Okerstraße. Am Kreisel leuchtete das Breite Tor in seiner vollen Schönheit, doch die Beamten schenkten dem alten Mauerwerk keine Sekunde der Aufmerksamkeit. In der Mauerstraße wurden sie von einem Schneepflug ausgebremst und kamen erst vorbei, als dieser kurz vor dem Hotel Villa Saxer eine Lücke fand, um an die Seite zu fahren.

Toni brauste daran vorbei und fuhr die Auffahrt zum Hotel hoch. In dem Moment kam ein Kleinwagen die Zufahrt heruntergefahren. Die Kommissarin erkannte in letzter Sekunde Anna Schreiber. Anouk brüllte und Toni reagierte automatisch, riss das Lenkrad nach links und rammte die Fahrerseite des entgegenkommenden Wagens.

Es gab einen donnernden, dumpfen Knall und die Kommissare wurden nach vorne geschleudert. Der E-Golf scherte mit dem Heck aus und drehte sich mit dem Kleinwagen, bis beide abrupt gestoppt wurden, weil die Hinterräder des Fahrzeugs von Anna Schreiber an einer kleinen Mauer abgebremst wurden.

Beide Wagen standen. Anouk fühlte in Zeitlupe ihren Kopf und entdeckte kein Blut. Daraufhin wanderte ihr Blick zu Toni, der eine Platzwunde an der Stirn hatte.

Durch die zerbrochene Fensterscheibe seiner Fahrertür erkannte sie Anna Schreiber, die sich aus dem Auto zu befreien versuchte. Die Frau kletterte vom Fahrer- über den Beifahrersitz ins Freie und griff dabei nach einer Tasche.

»Toni, alles klar?«, fragte Anouk ihren Kollegen und hörte nur ein kratziges Stöhnen.

»Lauf und hol sie dir!«, ächzte er.

Sie drehte sich, verließ den Polizeiwagen nur im Pullover, um Anna Schreiber hinterherzulaufen, allerdings gaben ihre butterweichen Knie kurz nach.

Sie hielt inne, beugte sich vor, stützte sich auf die Oberschenkel wie nach einem Tausend-Meter-Lauf, atmete eiskalte Luft ein und suchte alle Kräfte zusammen, um die Verfolgung wieder aufzunehmen.

Auf der Straße erkannte sie, dass Anna Schreiber bereits über fünfzig Meter Vorsprung hatte. Sie überprüfte, ob ihre Handschellen am Gürtel waren, und rannte los, so schnell es ihr aufgrund der schneebedeckten und glatten Flächen möglich war.

Eisige Luft peitschte ihr ins Gesicht. Sie spürte ihren Puls im Ohr und hörte ein Piepen.

Die Flüchtige drehte sich kurz um, übersah eine Eisfläche, rutsche, strauchelte, fand keinen Halt und fiel mit voller Körperlänge auf den Bürgersteig.

Anouk erkannte ihre Chance, rannte schneller, kam näher, griff nach den Handschellen und erhöhte ihr Tempo weiter. Anna Schreiber fasste in ihre Tasche, schleuderte verschiedene Gegenstände an eine Hauswand, drehte sich um und versuchte wieder auf die Füße zu kommen.

Rechtzeitig hatte Anouk sie erreicht, stürzte sich auf sie, hielt sie mit einem Knie am Boden, ergriff einen ihrer Arme, zog ihn über den Rücken nach oben, bis Anna Schreiber kreischte, und ließ eine Handschelle nach der anderen an den Handgelenken der Frau einrasten.

Dann ergriff sie die Kleidung in Höhe des Nackens, schnappte sich einen Arm und drehte die Flüchtige herum. Mit einem Ruck saß die Frau und die Kommissarin stand hinter ihr. Anouks Brustkorb bewegte sich stoßweise.

»Was haben Sie gerade weggeschmissen?«, fragte sie. Anna Schreiber blieb stumm.

Kontrolliert fischte Anouk nach ihrem Handy.

Toni kam schweißgebadet auf Anouk zu und hielt ihre Jacke im Arm. Im Hintergrund fuhren zwei Polizeiwagen die Mauerstraße hoch, hielten vor ihnen, übernahmen Anna Schreiber und führten sie ab.

»Ich habe der Spurensicherung Bescheid gegeben«, sagte Anouk.

»Was ist denn passiert?«

»Ich glaube, sie wollte Beweise vernichten. Sie hat etwas aus ihrer Tasche gegen die Hauswand geschmissen.«

Seit über einer halben Stunde versuchte Hansen, Anna Schreiber zum Reden zu bewegen. Anfänglich schwieg sie. Dann beharrte sie darauf, dass sie sich bedroht gefühlt habe. Als ihr das Beweisfoto des Weihnachtsmarktes vorgelegt wurde, verstummte sie kurz, erklärte aber, dass sie und ihre Mutter aus der Schusslinie wollten und deshalb nichts gesagt hatten.

Anouk saß mit Toni, der nicht nach Hause gegangen war, im Besprechungsraum. Sie verfolgten über die Monitore die Vernehmung.

Mit einem breiten Grinsen betrat Oscar den Raum.

»Ich habe gerade einen Anruf bekommen!«

»Und?«, fragte Anouk.

»Heiko Schreiber hätte in der nächsten Woche einen Notartermin gehabt.«

»Und?«, fragte Toni und schüttelte sich. Trotz der warmen Temperaturen im Präsidium trug er seine Winterjacke.

»Der Notar hat sich bei mir entschuldigt, dass er mich so spät zurückruft. Außerdem hatte er nicht erwartet, dass er mich noch erreichen würde.«

Anouks und Tonis Augen weiteten sich.

»Heiko Schreiber wollte Frau und Tochter enterben. Außerdem wollte er bei ihr eine Geschäftsunfähigkeit bewirken und einen familienunabhängigen Betreuer für sie benennen. Er hatte zudem vor Kurzem durch einen Gentest herausgefunden, dass seine Tochter nicht seine leibliche war und wollte die Vaterschaft anfechten«, sagte er, hob die Füße, um auf den Zehenspitzen zu stehen, und wippte dann vor und zurück, während er grinste.

Die Nachricht schlug ein wie eine Bombe.

Toni rieb sich die Hände.

»Das muss Hansen erfahren«, fand Toni als Erster seine Sprache wieder.

»Aber der Pflichtteil«, sagte Anouk und Toni formte sein Gesicht zu einem Fragezeichen.

»Den hätte sie wohl bekommen. Aber Leute, ich bin noch nicht fertig!«, freute sich Oscar.

»Nein?«

»Wieso, was hast du noch?«, fragte Anouk.

»Anna Schreiber hat sich seit Monaten hohe Geldsummen übertragen, und sie hat Flugtickets.«

»Ich fasse es nicht!«, sagte der Junior.

Anouk kaute auf ihren Lippen, nickte und starrte für Sekunden ins Leere.

»Toni, hol Hansen. Wir brauchen eine neue Strategie. Die beiden müssen gestehen. Am besten konfrontieren wir Tochter und Mutter miteinander«, schlug Anouk vor.

— ◇·◇ —

Gudrun Schreiber saß im Vernehmungsraum an einem viereckigen Tisch und starrte an die Decke. Neben ihr stand ein uniformierter Polizeibeamter.

Anouk und Hansen betraten den Raum und setzten sich ihr gegenüber hin. Der FK1-Leiter erklärte ihr ihre Rechte und fragte nach einem Rechtsanwalt. Sie schüttelte den Kopf und lehnte ab.

Im anliegenden Besprechungsraum versammelten sich die Kollegen aus dem FK1 sowie Sebastian Herz von der Braunschweiger Staatsanwaltschaft, um das Verhör zu verfolgen.

»Frau Schreiber, wie geht es Ihnen?«, begann Hansen das Gespräch.

»Danke, mir geht es besser, nur der Fuß tut noch weh.« Hansen nickte verständnisvoll.

»Wissen Sie, wo Ihre Tochter ist?«, fragte Anouk.

»Im Hotel, oder?«

»Wissen Sie, was heute für ein Tag ist?«, fragte Hansen und Gudrun Schreiber blickte irritiert, verdrehte die Augen, blieb aber stumm.

»Sie waren auf dem Weihnachtsmarkt, als Ihr Mann in der Goslarer Bimmelbahn an einer Überdosis GBL verstarb«, sagte Anouk.

Die Witwe reagierte nicht.

Die Kommissarin holte einen Fotoabzug hervor, legte ihn auf den Tisch und schob ihn zu Gudrun Schreiber.

Diese starrte wieder an die Decke des Raums.

»Ich möchte, dass Sie sich das Foto anschauen, Frau Schreiber«, insistierte Hansen.

Die Frau senkte den Kopf, wackelte ihn wie eine Inderin seitwärts und schaute sich das Bild an.

»Sind Sie das?«

Gudrun Schreiber nickte langsam.

»Sie waren aber nicht alleine auf dem Weihnachtsmarkt, als Ihr Mann an einer Überdosis GBL in der Bimmelbahn verstarb«, konfrontierte sie Anouk.

Ruckartig blickte die Witwe auf und starrte zwischen den Kommissaren hindurch ins Nichts.

Anouk griff nach einer zweiten Fotografie und legte sie auf den Tisch.

Die Witwe verharrte in ihrem starren Blick.

»Frau Schreiber, ich will, dass Sie sich das Bild anschauen«, forderte sie Hansen auf und die Frau befolgte, worum er sie gebeten hatte.

Für Sekunden blitzten ihre Augen auf.

»Ist das neben Ihnen Ihre Tochter Anna Schreiber?«, fragte Hansen. Jetzt nickte die Frau, aber zaghafter.

»Wir wissen, dass Ihr Mann Sie enterben wollte«, sagte Anouk und die rechte Hand der Witwe zitterte.

»Aber nicht nur Sie, sondern auch Ihre Tochter. Heiko Schreiber wollte sein eigenes Kind enterben! Ach, nein, war ja gar nicht seine leibliche Tochter«, provozierte sie.

Gudrun Schreiber atmete mit einem zischenden Geräusch aus und ihre linke Hand begann zu zittern.

»Sie hätten was auch immer für Ihr Kind gemacht, nicht wahr? Welche Mutter würde nicht alles für ihr Kind tun, oder?« Hansen lehnte sich provozierend vor.

Gudrun Schreiber trommelte mit den Fingern auf die Tischplatte, ihr Blick war leer.

»Ihr Kind sollte frei und reich sein, oder?«, sagte Anouks sanfte Stimme. Sie berührte zaghaft die Hand der Witwe.

Gudrun Schreiber ergriff ihre Nasenwurzel und Tränen schossen ihr in die Augen. Sie nickte.

»Haben Sie Ihren Mann, Heiko Schreiber, vergiftet?«, fragte Hansen.

Sie nickte.

»Bitte sagen Sie mir das, anstatt es nur mit einem Nicken zu bestätigen.«

Gudrun Schreiber stützte beide Ellbogen auf den Tisch im Vernehmungsraum und ihre Handflächen hielten ihren Kopf.

»Ich habe meinen Mann vergiftet«, sprach sie in ihre Hände.

»Wie haben Sie das gemacht?«

»So, wie Sie gesagt haben.«

»Wie hoch war die Dosis?«

»Ich erinnere mich nicht mehr.«

»Wie haben Sie ihm die Dosis verabreicht?«

»Ich habe sie ihm ins Getränk geschüttet.«

Anouk lehnte sich vor.

»Sie würden alles für Ihr Kind tun, nicht wahr?«

Gudrun Schreiber löste ihren Kopf aus den Händen und blickte die Kommissarin direkt an.

»Wahre Liebe, oder?«

»Haben Sie Kinder?«

»Ich hätte gerne welche.«

Gudrun Schreiber wischte sich die Tränen aus dem Gesicht.

»Das Gefühl der Freiheit ist das größte Gut, nicht wahr?«

»Sie verstehen mich, oder?«, sagte die Witwe.

»Ja! Die Sehnsucht nach Freiheit und die Liebe zu Ihrer Tochter waren die treibende Kraft, nicht wahr?«

Gudrun Schreiber nickte und lächelte leicht.

»Würde Ihre Tochter das Gleiche für Sie tun?«

Die Witwe lächelte voller Liebe und Zuversicht.

»Die Beziehung zwischen Mutter und Tochter ist etwas ganz Besonderes«, schwärmte Gudrun Schreiber.

Hansen hob die Hand und die Tür wurde geöffnet.

Anna Schreiber betrat den Vernehmungsraum.

Sie war um Jahre gealtert, wirkte nicht mehr wie eine Zwanzigjährige, sondern deutlich älter.

Ihre Mutter sah Hansen entgeistert an.

»Was macht mein Kind hier?«, brüllte sie unkontrolliert und schlug mit der flachen Hand auf den Tisch.

Anna Schreiber wurde von einem Beamten an den Tisch geführt. Sie setzte sich neben ihre Mutter und Anouk schob ihren Stuhl so, dass sie gegenüber der Tochter saß. Hansen blieb vis-à-vis von Gudrun Schreiber sitzen. Er beobachtete ausschließlich die Mutter.

»Sie waren doch gemeinsam auf dem Foto. Jetzt werden wir den Abend einfach noch mal rekonstruieren«, begründete er im väterlichen Tonfall ihre Anwesenheit.

Anouk erklärte der Tochter zu Beginn des Verhörs ihre Rechte und konzentrierte sich ausschließlich auf Anna Schreiber.

»Frau Schreiber, warum waren Sie auf dem Weihnachtsmarkt, als Ihr Vater in der Bimmelbahn an einer Überdosis starb?«, fragte die Kommissarin.

Tochter und Mutter schauten sich an.

Anna Schreiber blieb stumm.

Anouk wiederholte verschiedene Fragen, doch die Tochter blieb still und betrachtete den Tisch vor sich oder ihre Hände.

Das Gesicht der Mutter war schmerzerfüllt während Anouks Befragung.

»Wofür brauchen Sie zwei Millionen Euro? Waren die vielen Geldübertragungen rechtens oder hat der Banker eine Ausnahme gemacht?«, fragte Anouk.

Anna Schreibers Gesichtszüge entgleisten.

»Haben Sie sich unerlaubt in sein Banksystem gehackt und den Übertrag veranlasst? Wie haben Sie das gemacht? Soweit wir wissen, hatten Sie keinen Zugriff auf die Konten Ihres Vaters.«

Die Tochter wurde bleich im Gesicht und starrte die Wand an.

»Frau Schreiber, Sie wissen doch sicherlich, dass sich Ihre Tochter zwei Millionen Euro übertragen hat und das Land verlassen wollte«, sagte Hansen und beugte sich vor.

Rote Flecken bildeten sich im Gesicht der Mutter, ihr Brustkorb hob und senkte sich unkontrolliert.

»Wussten Sie nichts davon?«, provozierte Hansen weiter.

Die Augen der Witwe wanderten ruckartig nach links und rechts und suchten Halt. Der Körper schwankte und die Hände hielten sich an der Tischplatte fest.

Die Frau war ein brodelnder Vulkan kurz vor dem Ausbruch. Schlagartig sprang sie vom Tisch auf.

Der uniformierte Mann war mit einem Schritt hinter ihr.

»Setzen Sie sich, Frau Schreiber, bitte«, sagte Hansen.

Die Frau setzte sich.

Sie schaute ihre Tochter an, ihre Halsschlagader pulsierte.

»Du bist ein Bastard«, flüsterte sie leise.

Die Tür wurde geöffnet und ein Kollege betrat den Vernehmungsraum. Er teilte Anouk mit, dass der Psychiater sie dringend sprechen wollte.

»Es wurde Lithium in ihrem Hotelzimmer gefunden«, erklärte der Psychiater im Flur des FK1.

»Was heißt das?«, fragte Anouk.

»Lithium gehört zur Gruppe der Antipsychotika und hat einen antimanischen Wirkstoff. Es wird hauptsächlich zur Vorbeugung und Behandlung manischer Episoden eingesetzt. Eine typische Indikation ist die bipolare Störung.«

Anouk fasste sich an die Nasenflügel und überlegte.

»Sie glauben also, dass Gudrun Schreiber seit Tagen ihre Medizin nicht mehr genommen hat.«

Der Psychiater nickte.

»Was passiert, wenn manische Patienten ohne Lithium leben?«

»Die Dosis wird individuell eingestellt, der Blutspiegel und weitere Parameter werden regelmäßig überwacht, sonst werden die Patienten unberechenbar.«

Anouk hob die Augenbrauen.

»Bipolare Patienten durchlaufen manische und depressive Stimmungsschwankungen«, erklärte der Psychiater weiter und atmete schwer.

»In der manischen Phase sind die Patienten euphorisch, brauchen wenig Schlaf, sind selbstbewusst, fast größenwahnsinnig, geraten in hemmungslosen Kaufrausch oder werden sexsüchtig.«

Er hielt kurz inne.

»Es gibt auch Mischformen, die kurzfristig wechseln können, doch solange ich nicht ihre Krankenakte kenne, kann ich nicht beurteilen, inwieweit sie eine Gefahr für sich selber oder ihre Umwelt sein könnte.«

———◦·◦———

Plötzlich herrschte Tumult auf dem Flur, die Tür des Vernehmungsraums wurde aufgerissen und mehrere Beamte liefen hinein.

Anouk ließ den Psychiater stehen und folgte der Masse. Auf dem Boden lag Gudrun Schreiber und zitterte. Ein Tuch lag halb über ihrem Kopf und sie hatte ein Taschenmesser im Hals stecken. Hellrotes Blut strömte heraus.

Ein Beamter versuchte mit seinen bloßen Händen, die Blutung zu stoppen und schrie nach einem Krankenwagen.

Zwei Beamte hielten Anna Schreiber fest, die hemmungslos weinte und zu ihrer Mutter wollte.

Hansen war leichenblass.

»Was ist passiert?«, fragte Anouk ihren Chef und konnte die Ausuferung der Situation nicht fassen.

Hansen schüttelte den Kopf.

»Es ging so schnell. Die Schreiber sagte, dass sie müde sei, holte ein Tuch hervor und legte es sich über den Kopf. Dann sprach sie Dialekt mit ihrer Tochter. Scheiße, ich habe nichts verstanden, auf einmal zückte sie ein Messer, hielt es sich an den Hals und beschimpfte ihre Tochter.« Hansen fasste sich an den Kopf. »Wie konnte sie dieses Messer in den Raum mitnehmen? So etwas darf einfach nicht passieren!«, machte er sich Luft.

»Oh, Scheiße«, flüsterte Anouk und sah Toni in einer Ecke des Raums neben Cordes stehen.

»Die Frauen haben sich angegiftet, wir hatten keine Chance. Auf einmal hat sie sich dieses Messer in den Hals gerammt.«

Anouk legte ihrem Leiter eine Hand auf die Schulter.

»Mama!«, kreischte Anna Schreiber währenddessen. Ihr flossen Tränen über das Gesicht. Sie drängte mit voller Kraft zu ihrer Mutter.

»Es war alles für dich! Verstehst du? Alles nur für dich! Dieser Arsch von Vater hätte uns mit dieser verfuckten Enterbung alles genommen«, schrie sie und zerrte an den Polizisten, die sie festhielten.

Anouk wurde augenblicklich klar, dass Tochter und Mutter nicht wussten, dass es in Deutschland so gut wie unmöglich war, jemanden ohne Pflichtanteil zu enterben. Waren sie wirklich so naiv?

Gudrun Schreibers Augen wanderten zu ihrer Tochter. Sie lächelte.

»Ich wollte nicht nur uns befreien, sondern auch all die anderen Menschen! Warum hast du deinen Dämon zugelassen?«, weinte die Tochter weiter und sackte in sich zusammen. »Deine verdammten Pillen? Gerade jetzt!«, jammerte sie.

Anouk spürte einen Stich im Herzen. Sie hatte die Situation komplett verkannt und fühlte sich furchtbar.

Anna Schreiber hob den Kopf. Tränen, Rotz und Spucke vermischten sich im Gesicht der Tochter.

»Papa war der reinste Abschaum, hörst du, Mama? Wir waren einmal stärker als er. Bitte, bleib bei mir!«, bettelte sie und verfiel in einen Weinkrampf.

Gudrun Schreiber versuchte zu reden, doch es kam kein Ton aus ihrem Mund. Sie schloss ihre Augen und hatte ihre Tochter für immer verlassen. Zu spät betraten die Rettungssanitäter den Raum.

24. Dezember

-39-

Der Mord an Heiko Schreiber lag seit Wochen zurück. Zwischenzeitlich hatte sich der Dezember von seiner milden Seite gezeigt und keiner hatte mehr daran geglaubt, dass es zu Weihnachten noch einmal schneien würde. Die Temperaturen waren seit Mitte Dezember frühlingshaft warm und die Meteorologen uneinig darüber gewesen, von welcher Seite sich das Wetter über die Feiertage in Norddeutschland zeigen würde.

Am Vormittag des Heiligabends saß Anouk vor ihrem Klavier, einem August Förster, und suchte nach Noten. Sie schnappte sich ein Heft von Johann Sebastian Bach, schlug es auf und suchte nach Präludium und Fuge in C-Dur.

Ihr Vater, Leopold Bernstein, hatte sich für die Weihnachtsfeiertage angekündigt und sie freute sich sehr darauf. Durch den frühen Tod ihrer Mutter hatte sich eine besondere Vater-Tochter-Beziehung gebildet, auch wenn sie sich nicht täglich sahen oder miteinander sprachen. Er lebte in Lübeck, ihrer Geburtsstadt, und hatte nach dem Tod ihrer Mutter nicht wieder geheiratet.

Zum ersten Mal seit vielen Jahren hatte sie über Weihnachten keine Bereitschaft. Bis Anfang Januar würde sie, ohne besondere Vorkommnisse, frei haben.

Hanna Moreno veranstaltete, wie in jedem Jahr zu Weihnachten, ein großes Festessen und alle Familienmitglieder und Freunde der Familie waren eingeladen. Zumindest hatte ihr Jonas die Einladung so verkauft.

Auch hatte er sie davon überzeugt, dass ihr Vater in einer der Ferienwohnungen bleiben könnte.

Insgesamt rechnete Jonas' Mutter mit vierzehn Erwachsenen, drei Kindern und einem Hund.

Anouk konnte sich nicht erinnern, wann sie das letzte Mal in so einer großen Gruppe Heiligabend verbracht hatte. Sie zitterte innerlich, weil ihr Vater sie begleiten würde und sich alles so verbindlich anfühlte.

In ihrer langen Beziehung zu Olaf hatte sie Weihnachten entweder bei ihrem Vater oder zusammen mit Olaf in Frankfurt verbracht.

Ihre Finger schwebten über die Tastatur zu den melancholischen Tönen und für einen Moment ging sie im Klang der Musik vollkommen auf.

Wie in jedem Jahr, so erzählte ihr Jonas, würde es eine Gemüsesuppe und spanische Tapas als Vorspeise geben. Eine Weihnachtsgans mit Semmelknödel, Rotkohl und Soße als Hauptspeise und Fruchtsalat mit Vanilleeis als Nachtisch. Willi brachte zusätzlich selbst gebackenes Brot und Kuchen mit und Tobias, sein Sohn aus Zürich, würde Schweizer Schokolade anbieten. Er hatte außerdem versprochen, nach veganer Bio-Schoki Ausschau zu halten. Und er hatte ihr versichert, dass Hanna in diesem Jahr ausschließlich Bio-Produkte verwenden, Plastik beim Einkauf reduzieren würde und ein größeres Gemüseangebot ins Auge gefasst hatte.

Anouk war es anfänglich sehr unangenehm, dass sich seine Familie ihretwegen so anpassen würde, doch Jonas erzählte ihr, dass Emma und Lilly, die Kinder von Willis Sohn Thomas, sich seit Monaten für die Umwelt einsetzten und seitdem auf vegane Ernährung umgestellt hatten.

Es klingelte an ihrer Tür und sie ging zur Gegensprechanlage. An der Haustür begrüßte sie ihren Vater mit einer herzlichen Umarmung und half ihm, den Koffer bis in ihre Dachwohnung zu tragen.

»Von deinem letzten Fall stand sogar etwas in der Lübecker Zeitung«, hörte sie die sanfte Bassstimme von Leo Bernstein, bevor er die Tasse an den Mund führte.

»Eine schillernde Fassade mit einer fiesen Persönlichkeit.«

Leo nickte.

»In der Öffentlichkeit trat er als Wohltäter auf, doch in Wirklichkeit war er ein Narzisst und skrupelloser Krimineller.«

Leo hob die Augenbrauen.

»Bei einer Durchsuchung haben wir sein privates Tagebuch gefunden. Seine Frau hatte es im Hotelzimmer. Es war erschreckend, was ich lesen musste.«

Leo schüttelte den Kopf.

»Wieso?«

»Er hatte es geliebt, sich junge arabische Männer gefügig zu machen. Aus den Zeilen sprach der reine Größenwahn. Das Gefühl der Macht war das Einzige, was ihm wichtig war.«

Leopold Bernstein schnaufte, um seinen Unglauben zum Ausdruck zu bringen. Dann wechselte er das Thema.

»Und Olaf?«, fragte er.

»Die Mörderin hat genau das gemacht, was ich mit ihm hätte machen müssen!«, grinste Anouk.

»Du meinst, ihn zusammenzuschlagen?«

»Na ja, nicht das, sondern mich wehren.«

»Und wieso?«

»Weil ich jetzt weiß, dass es mir ohne ihn besser geht.«

»Und Jonas? Was ist das für einer? Und seine Familie?«

Anouk verdrehte die Augen und lachte.

»Anders!«

»Wie meinst du das?«

»Ich weiß nicht, wie ich das sagen soll, du wirst es nachher sehen.«

»Ich habe Wein mitgebracht; meinst du, das ist in Ordnung?«

»Bestimmt.«

Sie hatten beschlossen, trotz Leos Koffer zu Fuß von Anouks Wohnung in der Bismarckstraße zum Jürgenweg zu laufen.

Der Vorgarten von Hanna Morenos Haus war weihnachtlich geschmückt und in den Fenstern standen elektrische Kerzenbögen.

»Das ist ein Haus der Energieverschwendung, Anouk! Da wollen wir hin?«, hob Leo die Augenbrauen und schaute seine Tochter überrascht an.

»Ja, Papa. Hör auf, mich zu piesacken!«, neckte sie ihren Vater und Leo lachte.

»Aber sie denkt über eine Solaranlage fürs Dach nach«, schmiss Anouk hinterher und boxte ihren Vater in die Seite.

Sie waren pünktlich und Jonas öffnete die Tür. Er begrüßte Leo mit einer freundschaftlichen Umarmung, dieser verzog überrascht das Gesicht, was Willi bemerkte.

»Frohe Weihnachten, Herr Bernstein. So wird man hier nur von den stürmischen Familienmitgliedern des Südens begrüßt. Von mir kriegen Sie nur einen Handschlag«, lachte Willi, schaute an dem einen Meter neunzig großen Mann hoch und streckte ihm seine Pranke entgegen.

Erleichtert reichte Leopold Bernstein ihm die Hand und wurde von Willi überraschend durch die Tür gezogen.

Jonas' schwarze Augen verloren sich in Anouks blauen, bevor er sie zur Begrüßung küsste.

Filipa sprang beide von hinten an, wodurch sie gefährlich ins Schwanken gerieten, sich aber am Türrahmen halten konnten.

»Papa, hör auf mit dem Knutschzeug, ich will auch Hallo sagen«, drückte Filipa ihren Vater zur Seite und umarmte Anouk.

»Im Kindergarten wissen alle, dass du meine Freundin bist, und jetzt will ich auch zur Polizei gehen, wenn ich groß bin«, sagte die Fünfjährige stolz.

»Du musst erst mal eingeschult werden«, erwiderte Jonas.

»Papa, ich werde doch bald sechs!«, blickte sie ihren Vater tadelnd an.

»Herr und Frau Bernstein!«, kam Hanna an die Tür und begrüßte die Gäste. Pablo, ihr Mann, stand hinter ihr und lächelte freundlich.

»Hanna, warrum sso fömlig in Teusland? Soy Pablo, der Papa von Jonas!«, drängelte sich Hannas Mann an ihr vorbei und umarmte Anouks Vater, der nicht aufhörte zu schmunzeln und seine Tochter mit aufgerissenen Augen, aber lächelnd ansah.

Sie zogen ihre Winterjacken aus und wurden von der restlichen Familie begrüßt. Freunde konnte Anouk nicht entdecken. Sie fragte Jonas, der ihr erklärte, dass es eine Notlüge gewesen war. Ihre Augen formten sich zu Schlitzen und Giftpfeile schossen heraus, gepaart mit Luftküssen.

Am Festtisch saßen Leo und Gustav nebeneinander, die sich ausgiebig über Geschichtliches und die Küste Deutschlands unterhielten, Martha war im Gespräch mit ihrer Schwiegertochter vertieft und Filipa sprach mit ihren Zwillingscousinen Lilly und Emma.

Die Mädchen erzählten, dass sie seit Neuestem für ihre Zukunft, die Umwelt und den Planeten streikten und sogar keine tierischen Produkte mehr aßen, nachdem Filipa sie gefragt hatte, warum sie nichts von der Weihnachtsgans wollten.

Lilly und Emma wussten von ihren Großeltern, dass die Kommissarin Veganerin ist. Als sie sich mit Anouk verglichen, drehte sich Filipa um und sagte in die Runde: »Wenn der Kindergarten wieder beginnt, gehe ich auch freitags streiken, wie die Großen.«

Das Hotel Bergkristall in Torfhaus erstrahlte in weihnachtlicher Beleuchtung und versprühte festliches Ambiente.

Tonis Eltern hatten zum Weihnachtsbankett in eines ihrer Hotels geladen. In einem elegant geschmückten Saal saßen um die zweihundert Gäste und lauschten unterschiedlichen Dankesreden und Vorführungen.

Sein Vater hatte Toni nicht an seinen Wunschtisch, sondern an einen Repräsentiertisch gesetzt, um Small Talk zu führen. Er sollte die Stimmung der Gäste bei Laune halten.

Toni fühlte sich einsam und fremd unter diesen Menschen. An seinem Tisch saßen mit ihm insgesamt zwölf Gäste, die teure Getränke und Speisen verzehrten und es nicht als etwas Besonderes, sondern als selbstverständlich erachteten. Er hörte gerade der lamentierenden Frau neben sich zu, als sein Tischnachbar auf der anderen Seite ungewollt Besteck laut auf den Tisch fallen ließ und sich augenblicklich entschuldigte. Dadurch wurde er auf ein Männergespräch am Nachbartisch aufmerksam, dem er zuhörte, während er seiner Tischnachbarin mit Nicken zu verstehen gab, wie schwer es war, eine gute Küchenhilfe für den eigenen Haushalt zu finden.

»Diese ganzen streikenden Kinder bekommen immer mehr Aufmerksamkeit. Sogar ein Youtuber hat die politische Führung ins Wanken gebracht«, sagte einer der Männer vom Tisch nebenan.

»Dabei haben die keine Ahnung, wie die Welt funktioniert und woher ihr Spielzeug kommt«, lachte der andere.

»Als ob wir auf einmal alles Plastik verbieten könnten! Damit machen wir die Wirtschaft kaputt, und wenn der Papa dann arbeitslos wird, wollen es die streikenden Kids nicht gewesen sein«, bestätigte der eine.

»Eigentlich wollen die, dass wir unseren ganzen Wohlstand aufgeben. Von wegen nicht mehr fliegen! Und auf ihr Tablet oder Smartphone wollen sie auch nicht verzichten, und dass dafür Kinder sterben, damit sie seltene Erden zu Tage befördern, interessiert sie dann auch nicht mehr«, sagte der andere und alle lachten.

Innerlich wünschte sich Toni, dass Anouk neben den Herren sitzen würde, um ihnen mit ihrem Wissen Kontra zu bieten.

Hatte er das gerade wirklich gedacht? Ja, er musste zugeben, dass er seine Kollegin mit ihrer vollkommenen Konsequenz bewunderte. Sie fuhr nur Fahrrad, Zug oder als Dienstwagen den E-Golf. Sie verzichtete auf tierische Nahrungsmittel, aß nur bio, trug keinen Schmuck und ausschließlich Secondhand-Kleider.

»Wir können ja mal eine Challenge machen!«, hörte Toni auf einmal eine weiche, weibliche Stimme hinter sich. Er drehte sich um.

»Vier Wochen kein Fleisch, oder acht?«, funkelte eine junge Frau provozierend in die Männerrunde.

Sie selber war jung, höchstens Mitte, Ende zwanzig. Sie hatte kurze, schwarze Haare, die in alle Richtungen abstanden, und einen frechen Blick.

Auf einmal wusste Toni, dass es eine gute Entscheidung gewesen war, nicht auf dieses Dinner zu verzichten.

———◇·◇———

»Dieter! Bringst du noch die Würstchen?«

Cordes stand in seiner Küche und fischte heiße Bockwürstchen aus einem Topf am Herd.

Auf dem Tisch im Wohnzimmer stand bereits der Kartoffelsalat. Auf einem Tischchen in der Ecke zwischen zwei Sofas thronte ein Plastikweihnachtsbaum mit Lametta.

Der Fernseher lief und zeigte weihnachtliches Programm. Er verabscheute dieses Fest, und er hasste es, es mit seiner Frau zu verbringen. Er schaute ungeduldig auf die Uhr und ging zurück ins Wohnzimmer, in dem seine Frau auf den Fernseher blickend auf ihn wartete.

Sie aßen stillschweigend ihr Weihnachtsessen.

»Ich muss gleich noch mal los. Ich wurde angepiepst.«

Cordes Frau blickte kurz vom Fernseher auf und nickte ihm desinteressiert zu. Sekunden später war sie wieder im Programm des Senders vertieft.

Dreißig Minuten später stand er in Salzgitter vor dem »New-Liberty-Club«. Seine Lenden vibrierten, seitdem er eine Einladung per WhatsApp bekommen hatte. Seit Thiedes Tod hatte er seine Klubbesuche vermisst. Die Spurensicherung konnte beweisen, dass Thiede die Einbrüche bei Schreiber begangen hatte und wahrscheinlich auch den Molotov-Cocktail in das Büro des Swinger-Klubs geworfen hatte. Er hatte so Einiges geahnt, doch wollte seine Lust befriedigen und hatte dabei seine Vereidigung bei der Polizei ignoriert. Umso mehr überraschte ihn die Einladung. Er wusste nicht, wer jetzt die Zügel in der Hand hatte, doch das war ihm egal. Er stand auf der Party-Liste. Das zählte.

Nach Heiko Schreibers Tod konnten viele offengelegte Spuren von der Polizei weiterverfolgt werden, nur im Zusammenhang mit den Schleppern und den Flüchtlingen war die Spurenlage bisher zu dünn gewesen, doch das LKA war dran.

Er hatte in seiner Nachricht vom Klub einen Barcode erhalten, der ihm nach einer Zahlung von einhundert Euro pro Person den Eintritt in den Klub gewährleisten würde. Zuerst ärgerte er sich über den erhöhten Preis, doch sein Unmut verflog schnell. Der heutige Abend hieß »Lonely Souls« und er fühlte sich direkt angesprochen.

Auf einem alten Fabrikgelände standen unzählige Autos vor einer Halle. Die Automarken verrieten aber, dass das Publikum nicht exklusiv sein würde, und die Türsteher am Eingang kamen ihm noch nicht mal bekannt vor. Als er nach der Schleuse nackt den Diskoraum betrat, erkannte er kein Gesicht. Es gab keine Goslarer Persönlichkeiten und die Frauen waren vorwiegend Prostituierte. Hier war nicht die Elite unterwegs. Ein komisches Gefühl kroch in ihm hoch.

Er beobachtete zufällig, wie kleine Beutel und Fläschchen den Besitzer wechselten und in die Gläser einiger Mädchen gegossen wurden. Hitze stieg in ihm hoch.

Was war das hier? Wer hatte den Laden übernommen? Roch es nach Abschaum? Er dachte an Anouk, bekam einen Schweißausbruch und das Zucken in der Lendengegend verschwand.

Plötzlich packte ihn eine vollbusige, gut aussehende Frau am nackten Hintern, schwankte, leckte sich die Lippen und griff ihm in die Genitalien.

Er spürte nichts.

Er musste gehen.

Die Kollegen in der Polizeiinspektion schauten ihn überrascht an, als er durch den Haupteingang kam. Er suchte die Cafeteria auf und traf auf einige bekannte Gesichter, die gemütlich zusammensaßen und hofften, dass der Abend ruhig verlaufen würde.

Seine Patenkinder waren immer noch aus dem Häuschen, dass der Weihnachtsmann bei ihnen zu Hause gewesen war. Jürgen Hansen hatte Glühwein in der Hand und beobachtete seine Frau, die zwischen den fünf Kindern auf dem Boden vor dem Weihnachtsbaum saß. Seine Schwester hatte, wie in jedem Jahr, gut und reichlich gekocht. Der Festtagstisch war einladend geschmückt und der Kirchenbesuch lag hinter ihnen. Für ihn und seine Ehefrau war es wunderbar als kinderloses Paar, die Kinder und Enkelkinder seiner Schwester aufwachsen zu sehen.

Plötzlich fühlte er sich alt. Die Gliedmaßen und vor allem sein Rücken schmerzten öfter und seine Augen wurden deutlich schlechter. Er liebte den Polizeiberuf, doch er spürte, wie ihn die Kraft und der Wille langsam verließen. Er freute sich auf einen ruhigen Lebensabend mit seiner Frau, die er seit der Schulzeit kannte.

——◇·◇——

Endlich konnte er sich abseilen. Brav hatte Oscar Heiligabend mit seiner Familie verbracht, doch jetzt lockte ihn etwas anderes. Der Aufbruch der Familienmitglieder in die Mitternachtsmesse war der richtige Moment gewesen, um nach Hause zu fahren.

Er kontrollierte seinen Kühlschrank und fand Cola, die er schnappte, bevor er sich vor die Bildschirme setzte. Spiele, Programme und Systeme waren seine Welt. Er war zwar Polizist, doch gehörte er auch zu der Hacker-Gruppe der Fighter oder auch White-Hats. Allerdings betrat er auch den Grey-Hats-Bereich, um Sicherheitslücken aufzuzeigen oder in der Polizeiarbeit vorwärtszukommen.

Wie jedes Jahr war Weihnachten der Zeitpunkt, um im Netz zu beobachten, wie Black-Hats in Computersysteme eindrangen, um große Spieleanbieter lahmzulegen.

Hier konnte er lernen, sein Wissen permanent ausbauen und anwenden. Es war wie die analoge Polizeiarbeit, bloß im Netz.

Sein Blick auf jene Welt war anders als bei den meisten Menschen, die mit Computer arbeiteten. Er verstand die Logik und beeinflusste die Folgerichtigkeit eines Programmes.

Er musste nur kurz warten, schon war er nicht mehr alleine im Netz unterwegs. Er stellte sich auf eine lange und spannende Nacht ein.

-40-

Der Schnee war kurz nach Weihnachten wieder ge-
schmolzen und die Silvesternacht sollte klar und mild
werden.

Amani stand am Küchenfenster ihrer Wohnung und
beobachtete, wie Mara und Qitura auf dem Hof mit
den Nachbarskindern und deren Eltern Feuerwerks-
körper vorbereiteten.

Beim ersten Knall vor zwei Tagen verspürte sie einen
inneren Instinkt, sich zu verstecken. Diese tiefe innere
Furcht vor lautem Knallen würde sie für den Rest ihres
Lebens nicht ablegen können, das wusste sie. Dieses
Angstgefühl würde immer bestehen bleiben. Das Trau-
ma war zu tief und die allgemeine Furcht zu groß.

Der Anblick von Heiko Schreiber vor der Apotheke
kam ihr wieder in den Sinn. Die feine Kleidung und das
falsche Lächeln. Nie würde sie vergessen, was dieser
Mann aus ihrem Sohn gemacht hatte – einen zukunfts-
losen Junkie.

Sie erspürte sich zurück in den Moment, als sie die
gefüllte Spritze mit Insulin in Händen hielt, mit der
vollen Absicht, sie Heiko Schreiber durch den Wintermantel in den Körper zu injizieren. Einen kleinen,
kurzen Pieks würde er merken, mehr nicht. Der bit-
tersüße Stich der Rache, den er im Gedränge nie be-
merkt hätte.

Amani hatte noch nie im Leben getötet; sie war Ärztin geworden, um Menschen zu retten. Beim Anblick
dieses Teufels und als sie die Spritze in ihrer Hand
spürte, wusste sie auf einmal, dass sie sich für Frieden
entschieden hatte.

Sie wollte keinen Krieg mehr. Sie war entschlossen, der Freiheit und Zukunft ihrer Kinder eine Chance zu geben. Trotz der Veränderungen, der Einsamkeit und des Ausstoßes aus der muslimischen Gemeinde würde sie es für ihre Töchter durchziehen. Sie hatte zwei wunderbare Kinder, die in Deutschland die Möglichkeit bekamen, in Gleichberechtigung aufzuwachsen. Sie war ihre Mutter und übernahm die vollkommene Verantwortung dafür, mit allen Konsequenzen.

Sie hatte die Augen geschlossen und die Einwegspritze fest mit ihren Fingern umschlossen gehalten. Langsam hatte sie den Kolben nach unten gedrückt und flüssiges Insulin verteilte sich im Schnee vor der Apotheke.

Als sie die Augen geöffnet hatte, sah sie Heiko Schreiber von hinten im Gespräch vertieft mit einer jungen, braunhaarigen Frau, die er offensichtlich kannte. Diese beugte sich vor, er drehte sich zur Seite, sie flüsterte ihm ins Ohr, er lachte und sie schüttete ihm unbemerkt etwas in seinen Glühweinbecher.

In diesem Moment wusste Amani, dass sie die richtige Entscheidung getroffen hatte.

»Ende«

ANOUKS GOSLAR

Kaiserpfalz

Das Kaiserhaus ist der größte und am besten erhaltene Profanbau des 11. Jahrhunderts in Deutschland. Der Pfalzbezirk, die Goslarer Altstadt sowie das ehemalige Bergwerk Rammelsberg gehören zum Weltkulturerbe der UNESCO.

Rammelsberg

Dieses Erzbergwerk wurde 1988 nach über 1000 Jahren des Bergbaus geschlossen und eröffnete 1992 als Besucherbergwerk. Der Röderstollen, das Feuergezäher Gewölbe, der Rathstiefste Stollen und ein Besuch in dem modernen Bergbau sind Highlights.

Weitere Sehenswürdigkeiten

Breites Tor, Glockenspiel am Marktplatz, Marktkirche, Schuhhof, Domvorhalle, Kaiserworth, Bäckergildehaus von 1501, Zwinger, Huldigungssaal des Rathauses, Großes Heiliges Kreuz, Brusttuch, Siemenshaus, Hirsch-Apotheke und die Goslarer Museen.

Weitere Highlights

Goslarer Stadtführung, Blick vom Maltermeister Turm, Bayrisch in Norddeutschland mit der Steinberg-Alm, Goslarer Altstadtlauf, Schützenfest, Weihnachtsmarkt und Altstadtfest.

#GOGREEN MIT ANOUK

Anouks Grüner Saft zum Selbermachen
Alle Zutaten sollten frisch in Bio-Qualität vorliegen.
Füllen Sie alles in einen Mixer, drei Minuten auf höchster Stufe mischen und zum Süßen Stevia oder Agavendicksaft verwenden.

50 g Grünkohl, 50 g Spinat, 50 g Brokkoli, 50 g Fenchel, 1/2 Gurke, 1 Mango, 1 Apfelsine, 1 Kiwi und einen Spritzer Zitrone in den Mixer geben und mit Eiswasser auffüllen. Den Saft mit Eiswürfel kühlen und genießen!

Anouks Tipps, um nachhaltiger zu leben
1. Bepflanzen Sie Balkone, Terrassen, Dächer, Betonflächen und Garten mit Bäumen, Grünpflanzen und Blumen.
2. Installieren Sie ein Insektenhaus auf Balkone, Terrassen oder im Garten.
3. Reduzieren Sie den Fleisch-/Wurst-, Fisch- und Milchproduktekonsum.
4. Reduzieren Sie den Plastikverbrauch. Ersetzen Sie Plastikstrohhalme durch Stroh oder Metall. Benutzen Sie Seife anstatt Duschgel. Verwenden Sie eigene Taschen und Baumwollbeutel beim Einkauf. Kaufen Sie wiederverwendbare Trinkflaschen und Trinkbecher für alle Familienmitglieder und verzichten Sie auf To-Go-Becher. Recyclen Sie Restplastik.
5. Kaufen Sie Bio-Produkte, denn Qualität ist besser als Quantität.
6. Nehmen Sie öfter mal das Rad, den Bus oder die Bahn, denn Bewegung tut Ihnen und unserem Planeten gut.

NACHWORT
& ANMERKUNG

In meinem zweiten Kriminalroman habe ich mich mit den Figuren weiterentwickelt. Anouk, Toni, Jonas und der Rentnerstammtisch sind mir stärker ans Herz gewachsen. Oscar, das IT-Genie, erweitert und ergänzt liebevoll mein Dream-Team.

Anouk ist für mich ein großes Vorbild. Sie ist Feministin und Umweltschützerin. Mich in ihre Welt zu versetzen, ist erfrischend und lehrreich.

Beim Schreiben sehe ich jede Szene vor Augen und freue mich, wenn meine Finger die passenden Worte finden. Um Anouks Rolle zu verstehen, lebte ich vegan, reduziere seitdem konstant Plastik, kaufe verstärkt Bio-Produkte und verbessere meinen eigenen CO_2-Footprint.

Anouk, der Rentnerstammtisch und meine Geburtsstadt Goslar inspirieren mich, sodass ich noch viele weitere Geschichten im Kopf habe.

Dieser Krimi ist ein Roman. Die Realität ist mein Vorbild, die Fantasie ermöglicht mir meine Umsetzung. Auch wenn ich Gebäude und Orte in und um Goslar beschreibe, erlaube ich mir, künstlerische Freiheit walten zu lassen. Personen und Handlungen sind von mir frei erfunden. Ähnlichkeiten mit lebenden oder verstorbenen Personen oder Begebenheiten sind rein zufällig und von mir nicht beabsichtigt.

DANKSAGUNG

GELTUNGSTOD, der zweite Goslarer Fall von Anouk Bernstein, taucht in die schwarze Seele eines Menschen ab. Ein großes Projekt wie dieses kann nur realisiert werden, wenn großartige Personen mich auf dem Weg begleiten und unterstützen. Ich danke allen von Herzen, denn jeder Beitrag war wertvoll.

Ohne meine großartige Familie könnte ich keine Bücher schreiben, vielen Dank Fina Sol und Juan José. Ein herzliches Dankeschön gehen an die Polizeiinspektion Goslar mit Ralf Siemers, Markus Lüdke und Michael Ebeling sowie Prof. Dr. Günther, leitendender Oberarzt des Instituts für Rechtsmedizin der MH Hannover, Bianca Weirauch, meine einfühlsame Lektorin, Heike Rodenkirch, eine fantastische Korrektorin, Laura Newman, einer ideenreichen Buchsetzerin, und die wunderbare Casandra Krammer, meine Cover-Designerin.

Auch in diesem Roman hatte ich Testleser. Vielen Dank für eure wertvollen Rückmeldungen, Henje Förster und Stephanie Hunneshagen-Monien. Weiter möchte ich Siegfried Dombrowsky, Wissam Moati, Fara Kassmou, Sara Kassmou, Helen Kassmou, Mohammed Kassmou, Hala Kamil (ZDF-Reportage: Kinder von Aleppo), Alf Hesse, Ulrike Bartels, Jürgen Koch, Ines Wodicka, Ina Fricke, Martin Scherpers, Thomas Hänsch und Nadja Springer von Herzen für ihre Unterstützung danken.

Mein größter Dank geht an meine Leserinnen und Leser. Es ist wunderbar, wenn ich Ihnen Spannung und Unterhaltung schenken darf.

IN EIGENER SACHE

Hat Ihnen mein Kriminalroman gefallen? Durfte ich Ihnen Spannung und Unterhaltung schenken? Haben Sie alle Fälle von Anouk Bernstein gelesen? Wollen Sie mich unterstützen?

Ich veröffentliche im Selbstverlag und vermarkte meine Bücher persönlich, damit sie ihre Leser/innen finden. Wie können Sie mir helfen?

Schreiben Sie mir eine positive Rezension auf Amazon, der Online-Plattform Ihrer Wahl oder auf meiner Homepage www.federundfoto.com. Erzählen, verschenken oder verleihen Sie mein Buch an Familie und Freunde.

Wollen Sie mehr über mich erfahren? Dann besuchen Sie meine Homepage, Facebook, Instagram, Twitter oder YouTube unter Stella Fontana oder federundfoto.

Vielen Dank!

Ihre
Stella Fontana

stella@federundfoto.com

VERÖFFENTLICHUNGEN

Kriminalromane:

AUSDAUERTOD
Erster Fall von Anouk Bernstein
ISBN 973-3-752-81466-8
Taschenbuch 11,99 Euro / E-Book 3,99 Euro

Ein Profi-Triathlet wird brutal erstochen und Anouk
Bernstein taucht in den Morast der Vergangenheit ein.

Kinderbücher:

DIE HEXENBANDE
Der geheimnisvolle Kaufhausdieb
ISBN 978-3-741-26576-1
Taschenbuch 9,99 Euro / E-Book 3,99 Euro

Finja, Lara, Anna und Kiara entlarven einen mysteriösen Dieb, der den Erwachsenen durch die Finger geht.